悪役の王女に転生したけど、隠しキャラが隠れてない。

I WAS REINCARNATED AS A VILLAIN PRINCESS, BUT THE HIDDEN CHARACTER IS NOT HIDDEN.

3

著
早瀬黒絵
KUROE HAYASE

イラスト
comet

キャラクター原案
四つ葉ねこ

TOブックス

CHARACTER DATA

リュシエンヌ＝ラ・ファイエット

（旧姓：リュシエンヌ＝ラ・ヴェリエ）

ヴェリエ王国のかつての第三王女。
虐待を受けていたが、クーデター以降
ファイエット家の養女として迎えいれられる。
ルフェーヴルが何よりも大切。

ルフェーヴル＝ニコルソン

乙女ゲーム『光差す世界で君と』の
隠しキャラクター。
闇ギルドに属する凄腕の暗殺者。
リュシエンヌにしか興味がない。

ロイドウェル＝アルテミシア

攻略対象の一人。公爵次男。
原作ではリュシエンヌと婚約していた。

アリスティード＝ロア・ファイエット

攻略対象の一人。
ベルナールの息子で
リュシエンヌの義理の兄となる。

ベルナール＝ロア・ファイエット

クーデターの旗印、
新国王でアリスティードの父親。
リュシエンヌを養女にする。

メルティ＝ラスティネル

ファイエット家での
リュシエンヌの
専属侍女。

リニア＝ウェルズ

ファイエット家での
リュシエンヌの
専属侍女。

CONTENTS

三．王女の生活

❖イラスト❖ comet

❖デザイン❖ 諸橋藍

三.

王女の生活

I WAS REINCARNATED
AS A VILLAIN PRINCESS,
BUT THE HIDDEN CHARACTER
IS NOT HIDDEN.

男爵と鉱山

この七年間で色々なことがあった。

四歳の頃、わたしはこの国の王城にいた。ひっそりと後宮で生きていたが、王妃であった継母やその子供である王女や王子達から虐待を受けて育った。姉王女に突き飛ばされ、頭を打ったことでわたしは前世の記憶を思い出し、ここが乙女ゲームの世界だと気付いた。

そこで隠し攻略対象でもあったルフェーヴル＝ニコルソンという暗殺者・ルルと出会い、助けてもらって、暴君であった王族を排そうと起こされたクーデターの中でわたしはルルによって王城から連れ出された。そうしてファイエット家の養女として引き取られて新たな王家の王女となった。

やっとファイエット家に慣れて、洗礼を受けたら女神様の加護なんてものが発覚して、そのせいで、教会派の中でも旧王家の血筋を支持していた貴族達に狙われて、誘拐されたり、その人達が処罰されたり。誘拐の時はわざと敵の企みにハマったふりをしただけだけど。

あの教会の事件以外は何事もなく時は過ぎて、わたしはあっという間に十二歳目前になった。

十二歳からは王族として公務に出なければならない。

王族としての教育を早めに始めたおかげで不安はないが、それでも、心配することは多い。

旧王家の血筋のわたしを周囲が受け入れてくれるか。

新王家の一員として認められるか。

きちんと公務をこなせるか。

色々と気になる部分がある。

初めての公務は十二歳の誕生日を祝うパーティーという名の舞踏会だ。

お兄様も十二歳の誕生日に王家主催の大きな舞踏会が開かれ、それが初めての公務だった。

その翌日にお屋敷で誕生日パーティーもした。

まだパートナーのいないお兄様は一人で舞踏会に出たが、大勢の貴族の子息令嬢に囲まれて大変だったらしい。

……まあ、お兄様はあの外見だし、王太子だし、色んな人が縁をつくろうと集まっただろうなあ。

むしろお兄様は昼間に立太子の儀を執り行い、夜に誕生日と立太子のお祝いの舞踏会ということだったので、わたしよりももっと大変だったと思う。

わたしも初の公務で、しかも舞踏会の主役となることもあって、当日に着るドレスや身に着ける装飾品にはかなりお金がかけられたし、舞踏会もいつもより華やかになるそうだ。

派手さはないが品の良いドレスや装飾品。ドレスの色は柔らかな淡いパステルグリーンで、装飾品は瞳に合わせて金で統一されている。リボンも金みたいな黄色で結構可愛いと思う。

そしてこの公務にはもう二つ重要なことがある。

一つは、わたしとルルの婚約発表だ。

入場とファーストダンスはお兄様とだけど、その次のダンスはルルと二度踊ることが決まっていた。同じ相手と二度続けて踊るというのは、貴族の常識では恋人や婚約者に限られており、夫婦になると三度続けて踊ることが出来るようになる。

二度続けてルルと踊る。

つまり、この人は恋人か婚約者ですよと周知させるための一種のパフォーマンスである。

そう習ってからはルルと続けて踊ることをずっと夢見てきた。

……練習では何度も踊ってるけど。

練習と本番はやはり違う。

退場時はルルと一緒に、ということになった。

全体の流れでは貴族達が入場し、最後に王族であるわたし達が入場、お父様が挨拶してわたしの紹介と婚約を発表し、お兄様とルルと踊ったら、貴族達がわたし達への挨拶をしに来て、後は時間になるまで好きに過ごせば良いそうだ。

好きに過ごすと言っても、恐らく高位貴族達やその子息令嬢に話しかけられるだろうからのんびりは出来ないらしい。

「いざとなれば『初めての夜会で疲れた』とでも言って席で休んでいれば良い。王族の席に戻れば近付いて来る者もいないだろう」

既に経験済みのお兄様がそう苦笑していた。

「お兄様もそうしたんですか？」

「ああ、初めての公務では身動き出来ないいんじゃないかと思うくらい囲まれて大変だった」

「そうなのですね……」

と、いうことであった。

二つ目の重要なことは、継承権についてだ。

わたしが王位継承権を放棄することを、正式に公の場で発表するのである。

お兄様が王太子として二年間、立派に公務をこなし、着実に足場を固めているので、対抗馬になりえるわたしが正式に継承権を手放せば、お兄様を脅かす者はいない。

継承権の放棄をすれば『自分よりもお兄様のほうが王太子に相応しい』『王位に興味はない』というわたしの意思表示にもなる。

初めての公務に色々詰め込みすぎだとは思わなくもないけれど、貴族達に最初に広めておかなければならないことなので仕方がない。

きっと貴族達はわたしの誕生日よりも婚約と継承権の放棄のほうに意識が向くだろう。

でも、誕生日に婚約出来るのは嬉しい。

お父様が「婚約証明書には当日の日付を記入しておいた」と言ってくれたので、十二歳からはルルがわたしの婚約者となる。堂々と一緒にいても問題ないのだ。

そう思えば初の公務にも気合が入る。

オリバーさんがお父様から届いた手紙を持って来てくれたが、筒状のもので、ルルにも何やら同じ形の物が二つ渡された。

「それなぁに？」

わたしが問うとオリバーさんが訳知り顔でニコニコしながら「ニコルソンにお訊きになってみてください」と言って、一礼すると去っていった。

ルルが受け取った筒状の二つのうちの一つを持つと、それを纏めている封をナイフで切り、紐を外して開けた。大きな書状だった。

素早く内容を確認したルルがニコ、と笑う。

「見てもいいよぉ」

差し出された書状を受け取った。

その内容を読む。

……………えっ⁉

慌ててルルを見上げれば頷き返される。

「オレ、男爵になっちゃった～」

ふわっとルルが嬉しそうに笑う。

書状をもう一度読み直す。

仰々しい言葉で綴られているが、要約すると、七年前のクーデターでの協力で成功へと導いた功績と王女を保護した功績、そしてこの七年間献身的に王女へ仕えて守護した功績により、男爵位を授けるというものだった。

領地はないが、爵位と共にそれなりの額の報奨金が与えられるそうだ。

これでルルも貴族の仲間入りである。

そして貴族になることで、身分差はあるけれど、王女を降嫁させることが可能になった。

「これでリュシーをお嫁さんに出来るねぇ。まあ、そうじゃなくてもお嫁さんにもらうつもりだったけどぉ」

と、ルルが書状を覗き込んだ。

報奨金の額が書かれた部分を指でなぞり、満足そうに頷いている。

「いいねぇ、貯金が増えた」

ルルはわたしとの結婚を考えて、ずっと前から貯金してくれている。

それを知ってからは、わたしもお父様やオリバーさんに何かお金を稼ぐ方法はないかと訊いてみたが、当然、王女が働くことは許されないし、割り当てられたお金を貯金に回すなんて民の血税なのでそれこそ出来ない。

その代わりに嫁ぐ際の持参金を出来る限り増やしてくれることが決まった。

わたしが継承権や王族が得られる領地を断ったことも理由の一つだろう。

書状をルルへ返し、今度はわたしも自分宛ての書状の封を切った。

丸められた書状を広げる。

……婚約証明書の写し？

少し前にサインをした書類のうちの一枚だ。

ルルが「こっちも同じのだねぇ」と言う。

三枚書いたものを、一枚は国が保管し、残りの二枚は婚約した家がそれぞれ保管するという決まりが上段に書かれている。

それから婚約にあたっての禁則事項。簡単に言えばお互いに浮気はダメだとか、婚前交渉はいけませんとか、そういうことである。

あとは婚姻後について書かれていた。婚姻後、わたしは男爵夫人になること、持参金や嫁入り道具を王家が持たせること、国が所有する鉱山の一つを嫁入り道具とすること――……。

「鉱山っ⁉」

そんなものを嫁入り道具に数えていいものなのか。

「鉱山なんて貰っても困るよ……」

「ああ、それねぇ、国が管理するけど所有者だけリュシーに名義変更して、収入の二割を管理費として国が、八割をリュシーが受け取ることになるらしいよぉ」

「……何でルルは知ってるの？」

わたしは何も聞いてない。

ルルが小首を傾げる。

「聞いたからぁ？　本来は王族が結婚する時に領地が与えられることが多いんだけどぉ、リュシー、断ったでしょぉ？　だから代わりになるものをって王サマが考えたらしいよぉ」

しかもこちらが八割も貰えるなんてすごい。

管理してもらえるなら実質、わたしはただお金を受け取るだけということだ。

わたし自身は何の功績もないし、王族としてもまだ何一つやっていないのに、こんなに好条件の結婚でいいのだろうか。

うーん、と悩みながら書類の続きを読む。

……侍女二名を付き人として婚家に連れて行く？

「ここに侍女二名を結婚先の家に連れて行くことが出来るって書いてあるけど、もしかして、リニアさんとメルティさん？」

書状を示しながら問いかけると、控えていた二人が頷いた。

「はい、そうでございます」

「私共は死ぬまで姫様にお仕えする所存です」

「どうぞ、お連れください」と異口同音に言われる。

ルルを見上げれば頷き返された。

「この二人は連れて行ってもいいよぉ。オレがいない時に独りぼっちは寂しいだろうしぃ、身の回りの世話をする人間も必要だろうしねぇ」

わたしは嬉しくて、書状をテーブルに置いてからルルに抱き着いた。

「ルル、ありがとう！」

一応、身の回りのことは最低限、自分でも出来るように努力したけど、自分では難しいことが多くて、結婚後は無理かなと思うこともあった。

だからこれはとても嬉しかった。

でも、と気付いてハッとする。

「その、本当にいいの？　もしわたしと一緒に来たら、多分、二人とも結婚出来ないと思う……」

けれどリニアさんもメルティさんも微笑んだ。

「構いません。元より私は結婚したくなかったので、願ってもないことなのです」

「私も、姫様の侍女は辞めたくないので結婚しません。楽しく働けて、実家にも仕送りが出来て、私にとっては最高のお仕事です」

二人とも何かしら事情があるにしろ、自分から進んでついて来てくれるというのであればとても助かる。

わたしはルルから離れると二人に近付き、それぞれの手を取った。

感謝の気持ちを込めて二人を見る。

「リニアさん、メルティさん、ありがとう。ここに来た時から色々助けてくれた二人がついて来てくれるのはとても嬉しいし、すごく心強い」

二人もキュッと手を握り返してくれた。

「これからもよろしくね」

この二人とオリバーさんなど、この七年間で砕けて話せる人が増えた。

このお屋敷の人は大半がそうだ。

お父様とお兄様には「私達にもそうしてほしい」と言われたけれど、二人のことは尊敬しているのと、わたしよりも立場が上だから、そのままの言葉遣いである。

それでもきちんと家族だと思っていると説明すれば、二人はそれ以上は何も言わなかった。

使用人のみんなに砕けて話すようになったのは、ミハイル先生に「使用人にあまり丁寧な言葉遣いをすると、王女殿下を軽視する貴族も出てくるかもしれませんので」と注意されたこともそうだ。ただ呼び捨てだけはどうにも慣れなくて「さん」付けで呼んでいる。

リニアさんとメルティさんが笑う。

「はい、今後ともよろしくお願いいたします」

「精一杯お仕えさせていただきますっ」

二人の笑みにわたしも笑い返す。

それからそっと手を離して元のソファーへ戻り、婚約証明書を手に取った。

確かに書類にも鉱山について書かれていた。

そうして最後に、この婚約は破棄及び解消は許されないものとする、と書かれていた。

しかもどちらかが死別しても婚約は継続するとまで書いていて、わたしは目を丸くした。

「……最後の文、もしかしてルルが押し込んだ？」

ルルがニコ、と笑った。

「だってリュシーはオレ以外のお嫁さんにはならないでしょぉ？　それにもしオレがうっかり死んじゃってもリュシーが他の奴に取られなくて済むしぃ？」

……あ、そうか。

わたしは当たり前に思っていたけど、ルルの本業は暗殺者で、それをまだ続けている。

もしかしたら何か仕事上で死ぬかもしれないということがありえるのだ。

わたしはルルが原作ゲームの隠しキャラでファンディスクに出ると知っているから、公開された立ち絵の歳まで問題なく生きていると知っている。

でもルルや他の人はそうではない。

だから素直に頷き返した。

「そうだね。ルルには絶対に死んでほしくないけど、もし何かあってルル以外の人と結婚するなんて、それも絶対に嫌」

わたしにとってはルルだけが一番で、ルルだけが良くて、ルル以外なんて考えられないし、考えたくもない。ルルが死んだらわたしだって生きてはいけない。

この婚約証明書はわたしを縛る鎖だ。

ルルから離れないように、ルルだけを見ていろと、そう言っている。

だけど逆にこう考えることも出来る。

これでルルはわたしにずっと縛られる。

書かれている日付を迎えた瞬間、わたしとルルは互いだけを唯一として、互いだけに縛られる。

「ルルと一緒にいられるなら、喜んでわたしの一生をあげる」

ルルの手が伸びてわたしの頬に触れる。

細くて、筋張っていて、実は大きな手の平が片頬を包み、目元を優しく親指の腹で撫でる。

「ありがとぉ。代わりにオレの残りの人生はリュシーにあげるねぇ」

「これまでの人生は？」

一生じゃないのかと問えばルルが珍しく困ったように眉を下げて笑った。

「これまでの人生は結婚したら全部あげるねぇ」

「リュシーに嫌われたくないしぃ」と続けられる。

それにわたしは目を丸くした。

「ルルのことを嫌いになったりしないよ」

「……本当に？」

「うん、だってわたしの世界で、わたしの命よりも大事で、何よりも大好きなのがルルだから。もしかしたら驚くことはあるかもしれないけど、嫌いにならないよ」

きっと、ルルが言ったら嫌われると思っているのは本業が暗殺者であることだと思う。

……わたしだってルルに秘密にしてることがある。

前世の記憶やこの世界がゲームと類似したものであるということは、まだ誰にも話せていない。

でも本当はルルに話したい。

他の誰でもないルルには隠し事はしたくない。

だから正式に婚約したら、全て、包み隠さずに話したいとずっと考えていた。

だけど婚約を破棄も解消も出来ない状況で言うのは卑怯なことかもしれない。

それでもルルが離れていかないという状況でなければ、多分わたしは話すことが出来ない。

わたしは臆病だから。

「そっかぁ」

周りから見たらルルがわたしに物凄く執着してるように見えるかもしれない。

実際は、わたしも同じくらい、ルルに執着してるし、依存してる。

「もしわたしがルルを嫌いになったら殺して。ルル以外を好きになったリュシエンヌ（わたし）はもうわたしじゃないから。それに死ぬならルルの手で死にたいの」

これが恋や愛じゃなくても構わない。

執着や依存で何が悪い。

その形が周りと少し違って歪（いびつ）でも、相手を強く想い、相手を欲しいと強く請い願うという点は同じだ。

ルルが懐かしそうに目を細めた。

「うん、分かった」

そう言ったルルは満面の笑みだった。

誕生パーティー

そして十二歳の誕生日当日。

朝からわたしは大忙しだった。

それまでにも沢山の招待状を書いて送ったり、貴族達から届けられたプレゼントの目録などを纏めたり、そのお礼のお返事を書いたりと大変だった。

プレゼントは全て王城に届き、広い部屋にこれでもかと置かれたそれらに全て目を通すのは時間がかかる。

前以て騎士達が全て開けて中身に問題がないか確認をした後とは言っても、その確認作業でわたしは数日、王城に泊まることになった。

お兄様に訊くと「私の時はこの倍くらいあったぞ……」とやはり疲れたような顔をされた。

そう考えると半分くらいで良かった。

お兄様の時には先に立太子すると告知されていたため、誕生日と立太子のお祝いとでプレゼントが増えたそうだ。

プレゼントの大半は宝飾品、繊細なレースや高価な布地、高級な食材や珍しい品物などであった。

中にはわたしに相応しくないと判断された物もいくつかあったようだけれど、それについては何も知らされていない。

開封を担当した騎士達に尋ねても教えてくれなかった。

舞踏会に関しては、専属の担当者というか、相談役のような人がおり、その人とお父様が話し合って準備してくれたらしい。

それとわたしの生活場所はこの十二歳の公務を境に、王城の離宮へ移ることとなった。

後宮が元あった場所に新しく建てられた離宮だ。

同じ場所でも、全く違う建物で、広い庭園が広がっており、初めて行った時はその美しい建物と庭園に感動した。お父様やお兄様は「もし嫌なら他の離宮もあるが」と心配してくれたけれど、わたしはそこに住むことに決めた。

もちろんルルも一緒である。

リニアさんやメルティさんも来てくれる。

驚いたことにオリバーさんも、ファイエット邸を若い執事に任せて、数ヶ月ほどはわたしの住む離宮へ移ってくれるそうだ。

お父様が「リュシエンヌが快適に過ごせるように取り計らってくれ」とお願いしてくれたらしい。

わたしの離宮の執事に色々教えているそうで、わたしの好みやよく使う物などがファイエット邸と同じように揃えられている。

離宮のメイドや騎士達もかなり厳選してくれた。

誕生日の二ヶ月ほど前に離宮へ居を移してみたが、メイドも騎士も、皆わたしを王女として敬って仕えてくれて、思ったよりも過ごしやすい。

お父様とお兄様は別の離宮で暮らしている。

わたしが引っ越すのと同時に、お兄様も王城の離宮へ居を移した。

王族なので、生活はそれぞれ別の宮だ。

お兄様は酷く残念がっていたけれど、頻繁に遊びに来て良いか訊かれたので頷いておいた。

この二ヶ月の間、お兄様は公務や授業がなければ毎日わたしの離宮でティータイムを楽しんでいる。

時々、予定が合えば王城でお父様とお兄様と三人で夕食を共にすることもある。

お兄様との時間は減ったが物理的に近くなったおかげで、お父様とお兄様と家族三人で会う機会は増えた。

こうして色々ありながらも今日を迎えたのである。

朝に軽い食事を摂って、それから入浴した。

リニアさんとメルティさんと、数名のお風呂場専属のメイドに寄ってたかって身体中を擦られて、バラの香りのする湯船に浸かっている間に髪を丁寧に洗われて、出たら今度は全身をマッサージされる。

マッサージはちょっと痛いけど、これをすると体が軽くなるし、全身の浮腫(むく)みが消えてスッキリするのでもう慣れた。

マッサージが終われば顔に化粧水などをこれでもかと叩き込まれる。

その間に乾かしながら髪にもオイルを塗られて、何度も何度も、引っかかりがなくなり艶が出るまで梳(と)かされる。

わたしはバスローブを着せられていて、手足の爪を整えて磨かれるので手足は動かせない。

その代わりにメルティさんが絶妙なタイミングで飲み物を飲ませてくれるので不便さはない。

それらが終わると普段着のドレスを着せられる。

休憩と称した昼食の時間である。

でも沢山食べると良くないため、食事量はいつもよりかなり少なめだ。

午後はゆったりする時間があったので自室に戻り、ソファーで休む。

ぐたっとしている間に部屋付きのメイドさん達が用意してくれていたドレスや装飾品の説明をしてくれた。

ドレスは柔らかな淡いパステルグリーンで、デコルテが出ている。ドレスの襟には白や淡い緑、緑色の刺繍の花が縫い付けられていた。布に刺繍したものを切り取り、わざわざそれを縫い付けてあるそうだ。

上半身はパステルグリーンの生地の上に細く白い糸で植物の繊細な刺繍が施され、胸元から腰までにやや濃い緑のリボンが連なっている。

腰はキュッと細くなり、正面から見て右腰の辺りに大きなバラのようにドレスの布地が纏められ、そこから三段に布地がふんわり重なって、たっぷり使われた布地のわりに見た目は軽やかだ。所々にある刺繍の花が実に可愛らしい。

……実際は重いんだけどね。

スカートの裾は襟と同じ刺繍の花が縁取る。

手袋は肘よりやや長く、ドレスと同じ布地に手の甲まで上半身と同じ刺繍がされていた。

首や手首につけるリボンは金に近い色合いで、首元だけは大粒のダイヤモンドを金で縁取ったものが縫い付けられている。

靴もドレスと同色の布で作られ、刺繍と花で飾られており、踵はあまり高くない。

わたしは同年代の女の子達に比べると長身らしいので踵は低めにしてもらったのだ。

休憩後に普段着のドレスを脱いで、新しい下着や肌着を身に着け、コルセットをギュッギュッと絞って、数人がかりでドレスを着せられて、靴を履かせてもらう。

手袋をして、首や手首にリボンをつける。

そうしたらドレッサーの前へ移動する。

また髪を何度も梳き、髪の上半分を後ろで纏められる。

それをしながら顔に化粧が施される。

まだ子供なので化粧は最低限、薄く。

それから纏めた髪や後ろの残った髪は温かく熱したコテみたいな棒でクルクルと巻かれていく。

前髪や横の髪は毛先のほうだけ巻かれた。そうするとお姫様みたいな髪型になる。

「お姫様みたい」

思わず呟くとリニアさんがふふ、と笑った。

「姫様は正真正銘のお姫様でございます」

「あ、そうだった」

ダークブラウンの髪はふんわりクルクルと巻かれて、あっという間にお姫様スタイルになった。

ドレスと同じ布地のフリルと刺繍の花で華やかに飾られた髪飾りをつけ、それに繋がった繊細な白いレースを顔へかける。

「本当にお顔を隠してしまわれるのですか？」

メルティさんが残念そうに問う。

「うん、この目はどうしても旧王家を思い起こさせちゃうから。旧王家のせいで苦しい思いや悲しい思いをしている人がこの目を見たら、きっとその時のことを思い出してしまうでしょ？」

だからわたしは目元を隠すことにした。

公務や外出時など、離宮の外へ出る時はそうすることに決めた。

わたしの琥珀の瞳は旧王家を、前国王を容易に思い出させてしまう。

もしかしたら嫌悪する人もいるかもしれない。

それならいっそ隠してしまおうと思ったのだ。

ルルは即座に「リュシーは可愛いから顔を隠していたほうがいいよぉ。みんな見入っちゃうからぁ」と理由は違うが賛成してくれた。

それにレースが一枚あるだけで、精神的にも安心して人に会える。

目元を隠すと人見知りが若干なくなる。

お父様やお兄様も説明したら許可してくれた。

それとなく、わたしが目元を隠す理由を周知させてくれたという。

「姫様の瞳はとても綺麗なのに……」

リニアさんやメイド達が頷いた。

「ありがとう。みんなにそう思ってもらえるだけでわたしは十分」

レース越しに微笑みかける。

椅子から立ち上がり、姿見の前で最終確認をする。

目元は隠れているけれど口元は見えているし、レースなので、距離が近ければ顔は分かる。

レースはあくまで遠目に分かり難くするだけだ。

鏡の中でパステルグリーンのドレスを着た少女がこちらを見つめている。

……我ながらかなり美人だと思う。

幸い、この歳になっても顔立ちは穏やかなもののままで、原作のリュシエンヌのような美しいけれどどこかキツい顔立ちにはなっていない。

まだ幼さの強く残る顔立ちなので、美人だけど子供の可愛らしさもあって、パステルグリーンのふんわりした雰囲気とよく合っている。

少なくとも原作のリュシエンヌのような派手な原色の豪奢(ごうしゃ)なドレスは今のわたしにはあまり似合わないだろう。

「どこか不備はございませんか？」

問われて頷き返す。

「ううん、とってもキレイ。これなら今日の舞踏会も自信を持って行けるよ。ありがとう」

「勿体ないお言葉です」

鏡の前でドレスを見ていると、メイドの一人が来客を告げた。

誰かと問えばルルらしく、わたしが通すようにお願いすると、すぐに入ってきた。

ルルも正装に身を包んでいた。

しかもいつも適当にしている髪をきっちり纏めているため、整った顔がハッキリと見える。

わたしが着ているドレスよりは濃い緑色の衣装で、わたしより明るい茶髪なので、まるでお揃いだ。

いや、色を合わせてあるからお揃いなのだ。

わたしが口元に手を当ててルルをジッと見つめると、ルルもジッとわたしを見つめ返す。

……物凄くカッコイイ。

ルルがニコ、と笑った。

「リュシー、誕生日おめでとう。今日もすごくかわいい」

やや大股でルルが近付いて来る。

リニアさんが「抱き締めるとドレスに皺が寄るので控えてください」と注意したことで、わたしの目の前でピタリと動きを止めた。

不満そうに整った顔が僅かに唇を尖らせた。

「ええ〜、どうしてもダメぇ？」

ルルの手がわきわきと動く。

リニアさんが小さく息を吐いた。

「そっと、軽く、触れる程度でしたら。軽くです」

「二度も言わなくても分かってるよぉ」

リニアさんの念押しにルルが返事をしつつも、わたしに更に近付き、そっと抱き締めた。

「こんなリュシーを他の人間に見せたくなぁい」

囁(ささや)くような声にわたしもそっと抱き返す。

「わたしも、ルルの素敵な姿を他の人に見せたくない。凄くカッコイイよ」

「うーん、二人で逃げちゃう〜？」

「そうしたいけど、そうしたら、婚約発表が出来なくなっちゃう」

「それは困るなぁ」

仕方ないという風にルルが笑った。

わたし達が抱き締め合っていると、ほう、とメイド達から感嘆の溜め息が漏れた。

メイド達はルルが婚約者になる予定だと既に知っている。

ただでさえ常日頃からわたし達は一緒でべったりしているので、最初の頃は顔を赤くする者が多かったけれど、今では全員慣れたものだ。

最近では「お姫様と従者の身分を超えた恋」という感じで好意的に受け取られているらしく、時に微笑ましく、時にうっとりと見守られている。

ルルに言い寄るメイドも当初はいたが、そういうメイドは即座に配置換えされてこの離宮を去るか、それでも諦めないとクビにされた。

主人の婚約者に懸想するメイドなんていても困る。

あと、ルルが笑顔でイライラしているのを見るのは結構怖い。ルルが怖いんじゃなく、ルルの本業を知っているので、しつこく付き纏うメイドの行く末を想像してである。

ルルの場合、こっそり殺(や)ってしまいそう。

そして誰もそれを教えてくれないだろう。

ルルもきっと普段通りだと思う。

体を離すと、ルルがわたしの顔を隠すレースをゆっくりと捲り上げた。

「今はまだ隠す必要ないでしょ？」

「うん」

視界が良好になり、真正面からルルを見上げる。

……何度見てもカッコイイなあ。

ルルに手を引かれてソファーへ座る。

窓の外はもう日が沈み、藍色が広がりつつある。

そろそろ舞踏会が始まる頃だろうか。

まずは下位貴族達から入場していくので、わたしが入場するまでは大分時間がある。

「そういえば、ルルは男爵になったから、男爵位の辺りになったら先に会場に行くの？」

そうだとしたらもうすぐお別れだ。

横に座ったルルが「ううん」と首を振る。

「オレはリュシーとアリスティードの入場する時にぃ、後ろに側仕えとしてついて行くよぉ。それでぇ、王サマが直々に婚約者として紹介してくれるってぇ」

「そっか、ルルがいてくれるなら安心だね」

しかも国王であるお父様の紹介ということは、王命での婚約と言っているようなものだ。

思うところはあっても、多分、貴族達は祝福の言葉を口にするだろう。

それに今日になった時点で婚約は成立している。

破棄も解消も出来ないこの婚約は、たとえ反対する者がいたとしても、もうどうにもならない。

メイド達がそっと控え室へ下がっていく。

リニアさんとメルティさんだけが残った。

「ねえ、ルル」

呼ぶと、ルルが小首を傾げた。

「なぁに～？」

「婚約してくれてありがとう」

ルルがふっと笑う。

「オレも婚約してくれてありがとぉ」

頭を撫でようとしたのか、伸びた手が、髪飾りに気付いて止まった。

そして化粧を崩さない程度に頬を撫でられる。

口元に手を添えればルルが耳を寄せて来る。

「あのね、ルルに話したいことがあるの。舞踏会が終わったら聞いてほしい」

何時になく真剣な声で囁く。

するとルルが目を瞬かせた。

「それって大事な話～？」

訊いてくる灰色の瞳が真っ直ぐに見つめてくる。

「うん、そう」

「分かったぁ」

ルルはいつもよりしっかりと頷いた。

今夜、わたしの秘密をルルに話そう。

受け入れてもらえるか少し不安はあるけれど、でも、ルルならきっと受け入れてくれる。

そうでなかったとしても知ってほしい。

ルルに隠し事をするのはもうおしまい。

そう覚悟を決めると、初めての公務で緊張していた気持ちなんて吹き飛んでしまった。

公務よりもルルに秘密を打ち明けるほうが、もっとずっと緊張するだろう。

ルルがまだわたしの顔を見ている。

ルルがわたしの手を取り、唇を軽く押し当てる。

「リュシー、大丈夫だよぉ。何を聞いてもオレはリュシーを手放したりしないからぁ」

色んな意味でどきりとする。

長く一緒にいて、ルルからしたらわたしの考えていることなんてお見通しなのかもしれない。

励ますようなルルの言葉が嬉しかった。

「絶対手放さないで」

「うん、オレが死んでもオレに縛り付けてあげるぅ」

「もしルルが死んだらわたしもすぐに後を追うよ。ルルのいない世界なんて生きていけないから」

嬉しそうに、ルルが目を細めて笑った。

「じゃあ今度、眠るように穏やかに死ねる毒薬を用意してあげるねぇ」

リニアさんとメルティさんが一瞬反応した。

でも何も言わなかった。

……ごめんね、二人とも。

二人のことは好きだけど、ルルのいない世界で生きていけるほどわたしは強くない。

正直に言ってしまうとわたしにとって一番大事なのはルルだけだ。

お父様やお兄様、オリバーさん、リニアさんやメルティさんも大事だけど、もし引き合いに出されたら、わたしは迷わずルルを選ぶ。

冷たいと思われるだろうがそれが事実だ。

ルルがいない世界なんて生きる意味もない。

「そんな毒があるの？」

「あるよぉ。リュシーも習った『女神の涙』がそういう毒なんだよぉ」

「知らなかった」

王族や貴族に毒杯を与える際、三つの種類がある。

一つ目は『嘆きの懺悔』と呼ばれる毒。

これが最もよく与えられる毒らしい。

二つ目は『後悔の吐息』と呼ばれる毒。

これは情状酌量の余地というか、恩赦を与えても良いと判断された場合の毒。

三つ目が『女神の涙』と呼ばれる毒。

滅多に使われることはないという毒だ。

……毒杯に恩赦ってどういうことなのか疑問だったけど、要は『苦しまずに死ねる』ってことか。

道理で聞いてもミハイル先生が言葉を濁すわけだ。

ミハイル先生も王城に移り、今はお兄様の側仕えというか相談役みたいな立ち位置になっている。

もしかしたら子供のわたしに毒による死に方を説明するのを躊躇(ためら)ったのかもしれない。

そんなことを考えているとメイドがまた来客を告げた。

今度はお兄様だったので、同じく入室を許可した。

お兄様は並んで座るルルとわたしを見て小さく苦笑し、近付いて来た。

「やはりもう来ていたか。……リュシエンヌはいつにも増して綺麗になったな」

どうやら迎えに来てくれたらしい。

ここから王城まで馬車で向かうため、確かにそろそろ出たほうがいい時間である。

「ありがとうございます。お兄様も素敵ですね」

以前見た正装でお兄様は佇んでいる。

「ルフェーヴルには劣るが、だろ？」

「わたしの中ではいつでもルルが一番ですから」

「そうだろうな」

差し出されたお兄様の手を取って立ち上がる。

リニアさんが近付いて来て、ドレスを整えてくれる。

それにお礼を言っている間にルルも立ち上がった。

ここからはお兄様にエスコートしてもらうことになるため、ルルは後ろに控えてついてくる。

お兄様の腕にそっと手を添え直す。

お兄様が笑った。

「リュシエンヌ、十二歳の誕生日と婚約、おめでとう」

家族だけに見せてくれる屈託のない笑顔だった。

わたしも思わず破顔(はがん)した。

「ありがとうございます、お兄様！」

お兄様が笑みを深め、そしてルルを見やった。

「ルフェーヴルも婚約おめでとう。私の大事な妹だからな、泣かせたら許さないぞ」

「ありがとぉ。オレも今まで以上に色々気を付けるとするよぉ」

お互い笑顔なんだけど圧を感じる。

お兄様がわたしが触れていないほうの手を差し出し、ルルもそれを見て、その手を握った。

そうして二人とも頷き合った。

「まあ、お前をそう簡単にどうこう出来る人間なんていないだろうが」

お兄様はそう言って手を離した。

ルルは黙ってニッと口角を引き上げた。

……え、何そのニヒルな笑み。あくどい感じがちょっとカッコイイ。

ドキドキしつつ、お兄様に「さあ、行こう」と声をかけられ、エスコートされながら自室を出て正面玄関へ向かう。

玄関にはお兄様が乗って来たであろう、王家の紋章の入った馬車が停まっていた。

わたし、お兄様、ルルの順に乗り込む。

もう一つ馬車があり、そちらにお兄様の側仕えやわたしの侍女であるリニアさんが乗ることになる。舞踏会の最中は何かあった時のために別室で控えていてくれるのだ。

扉が閉まるとゆっくり馬車が走り出した。

「そろそろ顔隠そうねぇ」

ルルが後ろへ避けてあったレースに手を伸ばし、わたしの顔にそれをかける。

「ありがとう、ルル」

「どういたしましてぇ」

視界がレース越しになる。

少し見づらいけれど、そのうち慣れるだろう。

「リュシエンヌの瞳は綺麗なのに残念だな」

メルティさんと同じことを言うお兄様に、ふふっと笑ってしまう。

「ありがとうございます、お兄様」

「視界が遮られているから気を付けて歩くんだぞ?」

「はい、そうします」

相変わらず少し過保護である。

でも嫌じゃない。

素直に頷いたわたしにお兄様も微笑んだ。

「緊張してないか？」

問われて、頷き返す。

「はい、あんまり。ルルとお兄様がいてくださるので大丈夫です」

「そうか、リュシエンヌは強いな。私の時は酷く緊張して、食事もほとんど食べられなかった」

「お兄様の時は立太子の儀もありましたから」

昼間に貴族達の前で立太子して、国民の前でもスピーチして、夜には誕生パーティーだったはずだ。

初の公務が一日中だったし、緊張や疲れで大変だっただろう。

お兄様が「そうだな」と苦笑した。

お兄様は十四歳になり、身長は大分伸びた。

まだ幼さは残るけれど端正な顔立ちで、剣の鍛錬を積んで細身ながらも筋肉のついたしなやかな体型だ。身体づくりに関してはお兄様はルルを参考にしたらしい。

端正な顔なのでがっちり筋肉がつかなくて良かったと思ったのは秘密である。

このままいけば原作のお兄様と同じような外見になると思う。

ルルは最近また背が伸びた。

二十歳を過ぎているのによく伸びるなあと感心するくらいだった。

おそらく身長は百九十はあるだろう。

細身なのでスラリとして手足が長く、衣類を着ていると大変痩せて見える。

それなのに重い物でも平然と持ち上げたり、騎士達相手にいまだ全戦全勝だったり、外見に比例しない強さを持つ。中性的だった顔立ちは男性寄りに傾いたおかげか色っぽさがあり、毎日顔を合わせていても、やはりカッコイイと感じられる。

でもへらへらふらふらした感じは相変わらずだ。

その雰囲気に騙されて手を出そうとするととんでもない目に遭うけれど。

そうこうしているうちに馬車が王城に到着した。

ルル、お兄様、わたしの順に降りる。

王城の中へ入り、王族専用の控え室に通される。

会場に近い場所にあるため、まだ少し休憩する時間はありそうだ。

部屋に入ると既にお父様がそこにいた。

私を見て、お父様が眩しそうに目を細めた。

「驚いたな。妖精が舞い降りてきたかと思った」

お父様の言葉に少し照れてしまう。

「それは言い過ぎです、お父様」

「そんなことはない。リュシエンヌをエスコート出来るアリスティードが羨ましいくらいだ」

お兄様のエスコートで近付いたわたしに、お父様が小さく微笑んだ。

心なしかお兄様が自慢げに胸を張った。

ソファーにお兄様と並んで腰を下ろす。

お父様の側仕えらしき人が紅茶を淹れてくれたのでお礼を言えば、にこりと微笑み返して静かに下がっていった。

「今日は色々とあるが大丈夫か？」

お父様の問いに頷き返す。

誕生パーティーだけれど、同時に婚約発表の場でもあり、王位継承権を放棄する宣言を行う場でもある。

「はい、大丈夫です」

王位継承権の放棄宣言の文言も覚えたし、何故放棄をするかの理由を説明する言葉も考えて来た。

婚約についてはお父様が説明してくれる。

あとはもう、貴族達の挨拶を受けたりダンスを踊ったり、公務に差し支えない程度に社交を広げていけばいい。

おそらく、あまりわたしと繋がりを持とうとする人間はいないだろう。

王女と言っても成人後には男爵家に降嫁する上に、王位継承権も放棄し、子も生さない。

お父様やお兄様との繋がりくらいしか旨味はない。

しかもわたしは基本的にお父様やお兄様が許可しない限りは残念ながら引き合わせる気はないし、

仲介人になるつもりもない。

だからきっと社交はそこまで焦ることはない。

公務で必要な範囲で、浅く広く、あまり深くならない程度の付き合いをする予定だ。

わたし自身の興味がないこともそうだが、成人後に結婚したら繋がりは切れてしまうため、つくる必要性を感じないのだ。

「アリスティードかルフェーヴルが必ず傍にいるから何もないだろうが、無礼な者がいたら後ほど教えてくれ」

「分かりました」

その無礼者がどうなるかはわたしの関知するところではない。

「リュシエンヌ」

名前を呼ばれて顔を上げる。

「はい」

「誕生日おめでとう。今日から王族としての公務も増えて忙しくなるけれど、お前が健やかに育つことが大事だ。無理はしないように」

「はい、ありがとうございます」

お父様にしっかり頷き返す。

家族で和やかな雰囲気になっていると、お父様の側仕えがそっとお父様に耳打ちする。

「さて、そろそろ時間だ」

立ち上がったお父様にわたし達も倣う。

お兄様にエスコートされて部屋を出ると、お父様を先頭に会場へ向かう。

護衛の騎士達もついて来ている。

しばらく歩くと、騎士達が守護する扉の前に到着した。

わたし達を見て騎士達は礼を執る。

お兄様を見上げれば声を出さずに「頑張れ」と言ったので笑って頷いた。

騎士達にお兄様が頷き、目の前の扉が開かれる。

「アリスティード＝ロア・ファイエット王太子殿下、リュシエンヌ＝ラ・ファイエット王女殿下の御入場でございます！」

よく通る男性の声がわたし達の名前を呼ぶ。

一階分ほど高い位置に現れたわたし達に、大勢がザッと音を立てて礼を執った。

立ち止まりかけた足を動かし、何とか口元に笑みを浮かべて中へ入る。

すぐに下へ下りることはない。

「ベルナール＝ロア・ファイエット国王陛下の御入場でございます！」

お兄様と共に礼を執る。

貴族達はまだ頭を下げたままだ。

お父様が入場する。

「面を上げよ」

その言葉に礼を解いて頭を上げる。

貴族達の視線が突き刺さった。

「今宵は王女である我が娘のために集まってくれたこと、礼を言う。娘は十二を迎え、今後は王族として公務に、社交にと公の場に出る機会も増えるだろう。皆も温かく迎えてほしい」

貴族達は静かにお父様の話に耳を傾けている。

「そして今宵は王女リュシエンヌ＝ラ・ファイエットの誕生祝いであると同時に、二つの重大な話を公表する場でもある。一つは王女の王位継承権の放棄、もう一つは王女の婚約についてだ」

ざわ、と舞踏の間に騒(ざわ)めきが起きる。

大きな声ではないが「放棄？」「婚約？」と驚きと戸惑いが入り交じっている。

本来、婚約者は十二歳から成人となる十六歳の間に探し、決められることが多く、十二歳の誕生日当日に発表されることは少ない。

お父様は騒めきを押し退けるように続けた。

「まず王位継承権の放棄だが、これは王女本人の希望により決まったことだ。既に書面にて放棄の誓約は交わされている」

チラ、とお父様がわたしを見る。

わたしは促されてお父様の横に進み出た。

沢山の視線が見つめてくる中、小さく息を吸う。

「皆様、初めまして。リュシエンヌ＝ラ・ファイエットと申します。わたしが王位継承権を放棄したことについて疑問は多々あるでしょう。王位継承権を放棄した一番の理由は、わたしが旧王家の直系たる血筋だからです」

また空気が揺れた。ハッと息を呑む人、動揺する人、思わず隣人に何やら囁いてしまった人、色々いたが、殆どが驚いた様子だった。

「わたしは父である国王陛下や兄である王太子殿下をお手本としてきました。しかし、わたしはわたしの中に流れる旧王家の血筋を信用出来ません。そしてわたしの血筋を誰かに利用され、父や兄へ不義理な行いをしたくないのです」

「何より」と言葉を続ける。

「国王陛下も、王太子殿下も、とても素晴らしい方々です。お二人がいらっしゃる以上、この国は安泰でしょう。古き血はもう不要なのです。わたしはそう考え、王位継承権の放棄を決心いたしました」

舞踏の間はシンと静まり返った。

お父様が半歩前に出る。

「そして王位継承権を放棄する条件として、王女はとある人物との婚約・婚姻を申し出た」

お父様が振り向き、ルルへ視線を向けた。

ルルがわたしの横に寄り添うように並んだ。

そっと、下から見えない位置でルルの手がわたしの手を優しく包む。

少し横を見れば、レース越しにルルと目が合う。

「王女の婚約者はルフェーヴル＝ニコルソン男爵。七年前のあの日の功労者の一人であり、不遇な立場にあった王女を密かに手助けしており、今日まで長きに亘り王女を守り続けた。それらをもってこの者を男爵とし、双方の願いにより、婚約が相成った」

お父様の話を聞きながらふと七年前を思い出す。

色々あったし、つらいことも少なくなかったが、それでもこうしていられるのはルルが傍にいてくれたからだ。わたしの傍で見守り、助け、笑い合った。

思い出すと自然に笑みが浮かぶ。

「今日この日よりリュシエンヌ＝ラ・ファイエット王女とルフェーヴル＝ニコルソン男爵の両名の婚約を国王たる私の名において許可する。そしてこの婚約の破棄や解消は許されぬ。王女の成人を待ち、その後、王女はニコルソン男爵の下へ降嫁する」

今まで一番のどよめきが広がった。

破棄も解消も出来ない婚約は前代未聞だろう。

だが前例がないならつくればいい。

「王女の王位継承権の放棄並びに婚約に関しては決定事項だが、異議のある者は申し出よ」

再び静まり返った。

「王女と男爵の良き日に祝福を」

お父様の言葉に貴族達が拍手で祝福の意を示す。

大勢の拍手を受けながら、わたしとルルは思わず互いに笑い合う。

少々強引だがわたし達の婚約は成った。

もう誰も、わたし達を引き離せない。

それがただただ幸せで。

誕生日よりも、ずっと嬉しかった。

お父様が手を上げれば拍手が止む。

「王家からの発表は以上である。今宵は我が娘の誕生と婚約の祝いのために、華やかなものになっている。皆、心行くまで楽しんでいってくれ」

ルルが下がり、お兄様がわたしの横に立つ。

お兄様にエスコートされながら階段を下った。

お父様も階段を下りて、一段高い場所にある椅子に腰掛けると穏やかな笑みを浮かべた。

わたしとお兄様は舞踏の間の中央に進み出ると向かい合って互いに礼を執り、体を寄せる。

視界の端でお父様が楽団に小さく手を振るのが見えた。

そしてダンスの音楽が流れ出す。

曲に合わせてわたし達は踊り始めた。

お兄様はダンスを習い始めた時から相手を務めてくれていたから、お互い慣れたものである。

リードされながらステップを踏んでいく。緊張したのは最初だけ。

お兄様のリードを受けたら自然と体が動いた。

「異議が出なくて良かったな」

安堵したようなお兄様の声に笑い返す。

「陛下であるお父様が決められたことに不服を言える人なんて、少ないと思います」

わたしとルルの婚約は国王が許可したもの。

それに反対するのは、王家の意向に逆らうようなものである。

「そうだけど、もしもということもあるだろう」

「もしも反対する人がいたら？」

「父上もそうだが、ルフェーヴルが怖いな」

「今だって私を睨んでいるぞ」とお兄様が苦笑した。

チラリとルルがいるほうへ視線を向けてみるが、一瞬目が合ったルルがニコリと笑った。

「笑っていますよ？」

「それはリュシエンヌが見てるからだ」

「なるほど」

お兄様に嫉妬、しているのだろうか。そうだったら嬉しい。

わたしを独占出来るのも、独占してほしいのも、ルルだけだから。

やがてわたしとお兄様のダンスが終わる。

互いに礼を執ると、入れ替わるようにルルがやって来た。

今度は高位貴族達もダンスを踊るために、広いこの空間に入ってくる。

目の前で立ち止まったルルが手を差し出した。

「オレの可愛いリュシー。オレと踊ってくれる？」

周りに聞こえないような囁きだった。

わたしはその手に自分の手を重ねる。

「うん、もちろん」

ルルがふ、と笑った。

その綺麗な笑顔に女性達の視線が集まる。

でもルルはそんなことお構いなしだ。

お互いに手を繋いだまま礼を執り、体を寄せる。

「オレに身を任せて」

ルルの言葉に体の力が抜ける。

そして曲に合わせてルルのリードが始まった。

丁寧なリードで促された体が考えなくても動く。

この日のためにルルとずっと練習した。まだまだ身長差があるため、最初は失敗していたけれど、段々とお互いの癖や歩幅が分かるようになって、今はルルに身を任せるのが酷く安心する。

ルルはいつだって無茶なリードはしない。

わたしに寄り添った、わたしが一番綺麗に踊れるリードをしてくれる。

「ルルとこうして踊れるなんて夢みたい」

大勢の前で婚約者として踊る。

それがどれだけ幸せなことか今知った。

「オレもこんな風に誰かと人前でダンスするなんて夢にも思わなかったよ」

間延びしていない口調に、近い距離に、ドキドキと胸が高鳴った。

いつもわたし達はべったりしているけれど、こうして向かい合って、こんなに密着するのはあまりない。

キラキラとシャンデリアがルルの向こうで輝いて、ルルが嬉しそうに目を細めて笑っている。

「……嫌じゃない？」

「全然、リュシーはオレのだ～って宣言してるみたいでむしろ気持ちいい」

「わたしも同じ気持ち」

ダンスの間は二人の距離が近いから、本当にお互いしか目に入らない。

優しいリードでダンスが進み、あっという間に一曲目が終わってしまう。

わたし達は一度止まったけれど離れはしない。

わたしもルルもお互いを見つめている。

「もう一曲終わっちゃったね」

自分でも思いの外に残念そうな声だった。

ルルがクスッと笑う。

「まだもう一曲あるよ～？」

「でもこれで終わりでしょ？　もっとルルと踊りたい」

「……そっかぁ」

ルルの灰色の瞳が微かに揺れた。

「じゃあ次はもっと記憶に残るダンスにしよう？」

音楽が流れ始め、ルルが動き出す。

ぐいっと体が引かれる。

「わ」

先ほどのダンスとは動きが変わった。

お兄様のダンスが型通りに真面目で丁寧なものだとしたら、今度のルルはその反対だ。

型に沿ってはいるけれど、一つ一つの動きが大きく、まるで周りにパフォーマンスを披露してるみたいだ。

クルクルと回る時は右手から左手に、回転数が増えて、大きくターンする時は腰に両手を添えて持ち上げてルルごと回る。

パステルグリーンのドレスがふわりと空気をはらんで軽やかに膨らんだ。

それが次第に楽しくなってくる。

「ふふっ」

「あはっ」

どちらからともなく笑いが漏れる。

周りの視線なんてもう気にならない。

わたしとルルとで派手なダンスを踊る。

でも絶対にわたし達の手は離れない。

まるで、わたしとルルの気持ちを表したようだ。

ルルの手の上で転がされているみたいで、だけどそれが心地好い。

そしてダンスが終わった。

息の上がったわたしをルルがエスコートしてダンスの輪から離れ、お父様のいる場所へ向かう。

一段高いその場所には席が三つあった。

一つはお父様が座る場所。一つはお兄様が座る場所。最後にわたしが座る場所。

ルルにエスコートされて椅子に腰掛ける。

ホッと一息吐いていれば、ルルが飲み物を持ってきてくれたので、それに口を付ける。

……あ、これ果実水だ。

飲み慣れた味が口内に広がる。

わざわざ用意してくれたものだろう。

お兄様は他のご令嬢と踊っている。

恐らく高位貴族の婚約者候補達のうちの一人だろう。

そして次を待っているらしいご令嬢達が何人も見えるので、きっと、お兄様は全員と踊るのだと思う。誰かと踊り、誰かと踊らない、といったことはしないのが真面目なお兄様らしい。

「ダンスは楽しかったか？」

お父様の問いに頷き返す。

「はい、こうして公の場で婚約者としてルルと踊ることが出来てとても嬉しかったです」

「そうか。今後はルフェーヴルと踊ることが多いだろうが、アリスティードもリュシエンヌが公務に出るのを楽しみにしていたんだ。たまには踊ってやってくれ」

ふ、と微笑んだお父様が言う。

「お兄様が誘ってくださるなら」

今後はルルがパートナーを務めてくれるだろうけれど、お兄様と踊るのも嫌いじゃない。

お兄様が誘ってくれたら踊ろう。

そうしてお父様と顔を見合わせて小さく笑う。

すすす、とわたし達の前に貴族の一人が進み出て来た。

どうやらこれから貴族達の挨拶が始まるらしい。

まずは爵位の低い順に。

基本的に祝いの言葉は決まっているので、それを述べられて、わたしもそれに一言返事をする。

気に入ったプレゼントを贈ってきた相手であれば更に二言三言続けることもあるが、残念ながら届いたプレゼントのほとんどはわたしの好みではなかった。

男爵や子爵は何とか記憶に残りたいのか話す時間を延ばそうとしたり、チラチラと視線を投げかけられたりしたけれど、わたしは全て微笑みで黙殺した。

伯爵にもそういう家はあったが、儀礼的に挨拶をして済ませる家のほうが多かった。

伯爵位くらいだとそうそう降爵がなく、かと言って簡単に陞爵することもないためだろう。

辺境伯からは代理が立てられていたが、皆、やはり儀礼的に済ませる者ばかりである。

辺境伯、侯爵、公爵になると、わたしの一言の後にお父様が話しかけることもあった。

特にアルテミシア公爵家は長かった。

アルテミシア公爵と長男と、次男のロイドウェルが揃って挨拶に来た。

どの貴族も自分の妻や子供を連れて挨拶していたのでそれ自体は珍しいことではないが、次男まで来たのはアルテミシア公爵家だけであった。

……まあ、ロイドウェルはお兄様ともわたしとも面識があるからね。

定型の祝いの言葉が述べられ、わたしはそれに一言答えた後、付け足した。

「アルテミシア公爵家よりいただいた贈り物の布は、どれもとても素敵でした。あれで作ったリボンを使うのが楽しみです。ありがとうございます」

アルテミシア公爵家から贈られたのは様々な色の布地達だった。

恐らくロイドウェル経由でわたしが装飾品はリボンしか身に着けないと知って、それに使える物を選んでくれたのだろう。

どれも肌触りが良く、滑らかで、長さもそれなりにあるので一つの布地からリボンだけでなくお揃いのハンカチも作れるほどだ。

しかもあえて刺繍を施したり、柄物ではないものなので、どこで切っても使いやすく、リボンやハンカチ以外の小物などにも使えそうな布地だった。

お父様と歳の近そうな公爵が軽く頭を下げる。

「殿下にお気に召していただけて何よりでございます」

わたしに贈られた物の目録はお父様も目を通しているので、頷いた。

「ああ、リュシエンヌはあまり高価な物や華美な物は好まないのでな、アルテミシア公爵家の贈り物は娘の好みのものだっただろう」

「さすがだな」とお父様が満足そうに口角を引き上げた。

アルテミシア公爵は頭を下げたが、けれど、そちらも満足そうに微笑んだのが分かった。

身に着ける装飾品を贈るのではなく、あえて布地の段階で贈ることで使える幅が増える。

少なくとも、宝石や装飾品などは好みもあるし、わたしはそういう物をあまり着けないので、貰っても実は困る。

しかし布地ならリボンやハンカチ、ドレスの飾りや刺繍などにも使えるので手に取りやすい。

しかもどれも高品質の絹を丁寧にムラなく染めたものなので値が張るため、王女への贈り物として扱っても何ら問題がない。

「今後も良き働きを期待しているぞ」

お父様の言葉に公爵は「陛下のご期待に沿えるよう精進して参ります」と丁寧に礼を執り、長男と次男と共に静々と下がっていった。

ロイドウェルがチラリとこちらを見た。

この二年間、わたしとロイドウェルの関係は以前よりも大分良くなった。

十歳くらいまで、ロイドウェルはわたしを観察するような、探るような目で見てくることが多かった。

それが苦手だったのだが、その視線が少しずつ減り、気付くとなくなっていた。

今は友人の妹として接している感じがする。

だからわたしもロイドウェルには兄の友人として接している。

呼び方もお互い「リュシエンヌ様」「ロイドウェル様」に変わり、時々、お兄様と三人で勉強したりお茶会をしたりするようにもなった。

後から聞いたのだが、ロイドウェルはわたしがお兄様を脅かす存在になるのではないかと警戒していたようだ。

あの教会の事件からしばらくしてそう打ち明けられた。

でもお兄様からわたしの意思やルルとの婚約を望んでいることなどを聞いて、自分の考えが杞憂であると理解したらしい。

あとお兄様について話すと物凄く食いついてくる。

たまにお兄様が席を立った時にロイドウェルとお兄様談義をするようになってからは、更に仲は改善された。

ロイドウェルは実はお兄様大好き人間なのだ。

もちろん、恋愛ではなく、親友としての好意であり、仕えるべき主君としても誇りを感じている。

お兄様の誕生日にカフスボタンを贈り、ロイドウェルにも同じデザインの色違いをこっそり渡したら凄く喜んでいた。

後でお兄様も「親友と揃いの物というのも良いものだな。ありがとう」と喜んでくれた。

ルルとの婚約、婚姻に関する件もロイドウェルは応援してくれている感じもした。

そういうこともあり、今ではお互いそれなりに仲良くやっている。

ただロイドウェルはいまだにルルが少し苦手らしい。

ルルに「何かしたの？」と訊いても「オレは何もしてないよぉ」と言うだけだった。

オレは、と前置きをする辺りがちょっと気になるが、ルルが言う気がないのであればわたしもそれ以上深く突っ込むつもりはない。

ニコ、とロイドウェルに微笑み返す。

ロイドウェルは目礼しつつ下がっていった。

その後、いくつかの公爵家も挨拶を終えた。

今後公務で関わるだろう高位貴族達は顔と名前を一致させることが出来たものの、下位貴族はあまり顔を覚えられなかった。数多くの貴族達が挨拶に訪れたので前半の人達の記憶がどうしても霞んでしまう。そして後半の人達は比較的覚えている。

「さあ、リュシエンヌは好きにしておいで」

お父様の言葉に振り向く。

「お父様は皆様とお話をなさらないのですか？」

「私はここにいる。今日はお前の誕生パーティーだ。料理を食べたり、誰かと踊ったり、好きにするといい」

「またルルと踊ってもいいですか？」

わたしの問いにお父様が小さく笑った。

仕方ないなと言いたげに眦を下げる。

「それは構わないが、必ず、二度続けて踊ったら、間に誰かを挟むか一旦休憩しなさい。三度連続は夫婦だけの特権だ」

「分かりました」

頷いて、ルルのエスコートを受けて立ち上がる。

とりあえずはダンスを終えて一休みしているお兄様の元へ向かうことにした。

お兄様は立て続けに何人ものご令嬢と何曲も踊っていたけれど、よく体力が続くなと思う。

元々剣の鍛錬で体力はあるだろうが、これで更に体力というか持久力がついたのかもしれない。

毎回こうでは疲れるだろう。

「お疲れ様です、お兄様」

飲み物片手に休んでいるお兄様へ声をかける。

お兄様はわたしを見ると微笑んだ。

「リュシエンヌもな」

どうやら貴族達からの挨拶を見られていたようだ。

「そういえばお兄様への挨拶はどうなるのでしょうか？」

「私はこれからだ。本当はもっと話したいところだが、離れたほうがいい。……ここにいると挨拶をしに来た者に捕まるぞ」

最後だけ小声で言われて頷き返す。

エスコートしていたルルが囁くように「もう一度踊る～？」と訊いてきたので、深く頷いた。

「踊る」

お兄様が「行って来い」と笑った。

ルルに手を引かれてダンスの輪へ交じる。

そしてわたし達はまた二度続けて踊った。

今後もルルとお兄様以外、踊ることはないだろう。

最初と同じく一曲目は大人しく、二曲目は華やかに踊ったわたしとルルがダンスの輪を外れて戻ると、待ってましたと言わんばかりに貴族のご令嬢達に取り囲まれた。

ご令嬢達は年上から年下までいたが、全員高位貴族である。

「王女殿下にご挨拶申し上げます」

恐らく最も地位が高いのだろうご令嬢が一番に礼を執り、他のご令嬢達もそれに倣う。

……えっと、確か。

「クリューガー公爵家のエカチェリーナ様ですね」

「まあ、王女殿下に覚えていただけるなんて光栄でございます。あらためましてクリューガー公爵家の長女、エカチェリーナ＝クリューガーと申します」

わたしは曖昧に微笑んだ。

彼女を覚えていた理由がそのがっちり巻かれた縦ロールな髪型のおかげというのは黙っておこう。

何というか、彼女はもしわたしが原作通りのリュシエンヌに育っていたら双璧をなしていそうなくらいの悪役顔なのである。美しく、洗練されていて、でも棘というか、毒も感じさせる化粧をしっかり施した派手な顔立ちだ。

あとクリューガー公爵家は美しい小鳥の硝子細工を贈ってくれたので、名前を覚えていたのだ。

それに彼女はわたしと歳が近そうだったから。

「わたしはリュシエンヌ＝ラ・ファイエットです」

よろしく、という意味を込めてニコリと微笑む。

クリューガー公爵令嬢もニコ、と微笑んだ。

「この度はご婚約おめでとうございます。これほど早く婚約を結ばれるなんて珍しくて、わたくし驚いてしまいました」

……ん？　これは嫌みなの、かな？

でも別に敵意や害意は感じられない。言葉のまま受け取るべきか。

「ありがとうございます。わたしも早いかもしれないとは思いましたが、愛する方に誠実でありたかったので婚約しました」

ルルを見上げれば、ルルがニッコリ微笑む。

わたしの片手を取って指の付け根にキスをした。

周りのご令嬢達がルルにポーッと見惚れるが、ルルはわたしだけを見つめてくれる。

クリューガー公爵令嬢は変わらぬ笑みを浮かべていた。

「仲がよろしくて羨ましいですわ」

どうやら本心で言っているらしい。

わたしはそれに笑みを深める。

「わたしにとっては彼が全てですから」

「まあ、何と情熱的なのかしら。ですが王女殿下の婚約者たる方が男爵では、少々分不相応ではありませんか？」

扇子で顔の下半分を隠し、クリューガー公爵令嬢がルルをチラリと見やった。

「あら、エカチェリーナ様、それは逆ですわ」

「逆、ですか？」と聞き返される。

「ええ、彼はわたしと結婚するために男爵位を受け入れてくれたのです。功績はあったのですが、彼自身は爵位や地位に執着していなかったので」

「ではニコルソン男爵は王女殿下のためだけに、爵位を持ったと？」

クリューガー公爵令嬢の言葉にルルが頷いた。

「ええ、彼女を妻に迎えるには貴族になる必要がありましたので」

ルルが完璧な外面を装備した。

……うん、いつもみたいな喋り方や態度はしないだろうと思ってたけど。

これはこれで紳士的でカッコイイ。

普段とのギャップがあってドキッとする。

クリューガー公爵令嬢がパチリと扇子を閉じた。

「そうでしたのね。国王陛下がお認めになられた方でしたら、わたくし共が何かを申し上げる必要はございませんわ」

すると、それまで黙っていたご令嬢達が近寄って来て「恋愛結婚なんて羨ましい」「私もこのような素敵な殿方と婚約したい」と話しかけられた。

あまりに一度に話されるので驚いていると、クリューガー公爵令嬢が、こほん、と小さく咳払いをする。

「皆様、王女殿下がお困りですわよ」という一声でサッとご令嬢達が「申し訳ございません」「失礼いたしました」とわたしから半歩離れた。

その慣れた様子に普段からこうなのだろうと察せられた。

「貴族や王族での恋愛結婚というのはとても珍しいことですから、皆、王女殿下と男爵が気になっておりますの。殿下さえよろしければ、お二方のお話を是非聞かせていただきたいですわ」

ニコリと微笑みながら言われて考える。

顔立ちは悪役みたいだし、言葉遣いも何だか裏がありそうに感じられるけれど、不思議と嫌な感じはない。

……そう、外見と中身が合っていないような？

周りのご令嬢達も頷いている。

そちらからも負の感情は感じられない。

むしろ羨望や憧れに近いものが伝わってくる。

男爵に王女が嫁ぐなんてと言われるかと思っていたが、予想とは裏腹に、好意的に受け止められたらしい。

しかしルルとの馴れ初めなどは話せない。

そうしたらルルが後宮に忍び込んだところから話さなければならなくなる。

どうしよう、と思っているとルルに肩を抱き寄せられた。

「オレ（わたし）の可愛いリュシー（ひめさま）は恥ずかしがり屋なので、代わりに私がお話ししましょう」

「構いませんか？」とルルに問われて頷き返す。

もう一度、手にキスが落とされる。

周りのご令嬢が小さく黄色い声を上げた。

そこからはルルがわたし達の馴れ初めを上手く説明してくれた。

ルルはお父様である陛下の命で後宮の実態を探っており、その中でわたしの存在を知り、虐げられていたわたしをひっそりと手助けしたこと。

手助けに関しては、壁越しに食べ物や薬などを渡していたということになった。

いくら現国王の命令だったとは言っても男が後宮に立ち入ったということがバレたらまずい。

そうしてクーデターの日にルルがわたしを後宮から連れ出し、ファイエット邸に連れて行き、その後は侍従兼護衛として仕えた。

日々を共に過ごしていく中で互いに想い合う感情が芽生え、年の差や身分差は理解していても、想いは消えることがなかった。

互いに想い合う二人の気持ちを陛下は気付いており、わたしが王位継承権の放棄を行う代わりにルルの下に降嫁したいと願い、ルルが男爵位を受け入れることで、それが叶えられることとなる。

大まかに言うとそのような感じであった。

わたしは時折相槌を打ちながらも、客観的に聞いてみるとまるで物語みたいな展開だなと思った。

虐げられたお姫様を助け、救い出し、守り続けた男性が、やがてその功績によりお姫様と結婚する。ただの男爵位ならば身分が釣り合わないと言われるが、自ら功績を上げて得た男爵位は王女を娶(めと)るためだけに授かったと言えば、美談になる。

国王が王女を降嫁させても良いと思うほどの人物、つまり、それだけ信頼厚い人物とも取れる。

答えに窮する質問には「それは二人だけの秘密ですので」とルルがニッコリ微笑めば、大抵のご令嬢は頬を染めてそれ以上は訊いて来ない。

多分ルルは自分の顔が整っていることを理解してやっている。

……美形は武器って本当だよね。

ご令嬢達は話を聞いて満足した様子だった。

最後にまたクリューガー公爵令嬢が口を開く。

「王女殿下、男爵様、不躾なお願いにも拘わらずお答えいただきありがとうございました」

彼女が礼を執れば、やはりご令嬢達もそれに倣って礼を執る。

わたしは小さく首を振った。

「いいえ、わたしのほうこそ話しかけていただけてとても嬉しかったです。このような場は初めてなので、もしかしたら誰ともお話し出来ずに終わるのではと心配しておりました」

「まあ」

わたしが少しだけおどけたように言えば、クリューガー公爵令嬢がクスッと小さく笑った。

その笑みは思わずといった年相応のものだった。

わたしも笑い返せば、互いに互いを好ましく思っていることが伝わり、和やかな空気になる。

ふとクリューガー公爵令嬢は何かに気づいた風に僅かに顔を動かした。

「お話を終えるのは名残惜しいですが、このまま王女殿下をお引き留めしていては他の皆様に恨まれてしまうでしょう」

視線で促された先をそっと見れば、こちらの様子を窺う人々がいる。

ご令嬢とのお喋りはここまでのようだ。

「クリューガー公爵令嬢、わたしのことはどうぞリュシエンヌとお呼びください」

貴族の同性間での名前の呼び合いは親しい間柄、つまり友人同士での呼び方である。

友達になりましょうという意味だ。

クリューガー公爵令嬢、いや、エカチェリーナ様が嬉しそうに微笑んだ。

「ではわたくしのこともどうかエカチェリーナと」

「ええ、次に会うのを楽しみにしていますね、エカチェリーナ様」

「ええ、わたくしもですわ、リュシエンヌ様」

お互い、これでお友達ですねと微笑み合う。

そしてエカチェリーナ様はご令嬢を引き連れて颯爽と離れていった。

それを見送りながらルルがぼそっと「貴族の令嬢って結構押し強いんだねぇ」としみじみ言うものだから、噴き出しそうになった。

あんなにスラスラ淀みなく受け答えしていたのに、実は内心ではたじたじだったのかもしれない。

お疲れ様の意味を込めてルルに寄り添う。

このまま会場を後にして離宮に帰り、ルルと二人だけで過ごしたいところだが、まだそうはいかない。

それを残念に思いつつも笑みを浮かべる。

「王女殿下にご挨拶申し上げます」

近付いて来た貴族達への対応をする。

ルルの顔にも外面用の笑みが張り付けられている。

……さあ、もう一踏ん張りだ。

＊　＊　＊　＊　＊

「お父様」

派手な金髪を縦に巻いた少女が父を呼ぶ。

それまで談笑していたクリューガー公爵は自身の娘を見ると、話を切り上げて、娘の元に近付いた。

穏やかな笑みを浮かべながら問う。

「王女殿下とお話は出来たかい？」

父親の問いに少女、エカチェリーナは頷いた。

「ええ、リュシエンヌ様は控えめなお方でしたわ。あのお言葉通り、王位を狙うなどということはないでしょう。リュシエンヌ様も婚約者の男爵様も、お互いのことしか見ておりませんもの」

扇子で口元を隠しながら報告する。

父親がそうか、と頷き、そして苦笑する。

「それにしてももう親しくなったのだね」

エカチェリーナと王女は今日会ったばかりだ。

それなのに娘が王女を名前で呼んでいるということは、親しい間柄になりたいと互いが思い、それを互いが了承した証しである。

父の言葉にエカチェリーナはふふんと自慢げに僅かに顎を上げた。

「ええ、リュシエンヌ様がお許しくださったのよ。わたくしもエカチェリーナと呼んでいただけるようになりましたわ」

エカチェリーナの父親は「それは良かったね」と言いつつ、内心で娘が王女の友人になることに微妙な心境であった。

国の中枢部に位置する者達は国王から既に王女の今後について聞いている。

王女は十六歳で男爵と婚姻し、表舞台から去る。

それは社交界から姿を消すことと同意義である。

王女がその後、どこへ移り住むかは誰も知らず、王も口を噤んでいる。

嬉しそうに話す娘がそれを知ったらどう感じるか。

せっかく親しくなれたのに、たった数年しかその関係を維持出来ないというのは少々娘にとっては可哀想なことだった。

「今後とも殿下に仲良くしていただきなさい」

「はい」

それについて娘に話すのはもう少し大人になってからにしよう。

大人びた子で、大人のように振る舞うことにも慣れている子だが、まだ十三歳だ。

もし王女のほうから明かされるならそれでもいい。

そうでなければ、どこかで説明しなければならない。

「しかし、リーナ、自分の役目を怠ってはいけないよ」

そう声をかければエカチェリーナがキリッとした顔で父を見上げて笑った。

「ええ、心得ておりますわ」

王家に逆心を抱く者が王女に近付かぬように、王女がそのような者達に惑わされぬように、側で見守る。

それが父であるクリューガー公爵が娘のエカチェリーナに与えた役目であった。

王女の周囲は国王の信頼厚い者達で固められているであろうが、社交界に出て、交友が広がると、全てを把握するのは難しくなる。

同性であり、王家の次に爵位の高い公爵家の令嬢たるエカチェリーナならば王女の近くにいても不思議はない。

そして慣れない社交の場に出る王女を補佐し、手助けするというのも娘は心得ている。

エカチェリーナは幼少期より様々な茶会に早くから参加しているため、顔も広い。

そのような社交に慣れた人物が王女には必要だろう。

「でもわたくし、お父様に言われなくてもきっとリュシエンヌ様と親しくなったと思いますわ」

エカチェリーナの言葉にクリューガー公爵は珍しそうに目を瞬かせた。

「おや、そうなのかい？」

華やかな外見のエカチェリーナは、その外見に見合った苛烈さも持つ。

普段は淑女らしくしているが人に対する好き嫌いははっきりとしており、嫌いな者は視界にも入れない徹底ぶりなのだ。

そんなエカチェリーナが自らそう言うのである。

「リュシエンヌ様はわたくしを外見で判断なさいませんでした。そういう方がわたくし、大好きですもの」

エカチェリーナが扇子の向こうで嬉しそうに、ふふふと笑った。

その年相応の笑みにクリューガー公爵も微笑む。

これなら娘は問題なく役目を果たせるだろう。

「ですがニコルソン男爵はどこか怖い方ですわ。あの方と親しくなるのは難しいでしょう」

女の勘というのは時として非常に鋭いものである。

男爵が何者なのかを知っているクリューガー公爵は、何も言わずに苦笑したのだった。

リュシエンヌの秘密

「ああ、疲れた……」

ベッドへ転がりながら思わず声が漏れる。

初めての公務は何とか乗り切れた。

エカチェリーナ様の後には大勢の貴族達に話しかけられたけれど、自分達の主催するお茶会への遠回しなお誘いだったり、お兄様やお父様と縁を繋ごうとする人だったりがほとんどだった。

中には品定めでもしているかのようにわたしの顔を凝視する人もいた。

……まあ、そういう人とは言葉を交わさなかったけれどね。

貴族の人達と話をしているうちに終わってしまった。

でも大きなミスはしていなかったと思う。

パーティーが終わり、お父様が挨拶をして、王族であるわたし達は退場した。

その後、軽食を摂りながらお父様とお兄様と少し情報交換のために話をして、お兄様が馬車で離宮まで送ってくれた。

帰ってきたら入浴して、寝る支度を済ませて、ようやくホッと一息吐けたのだ。

ルルが椅子に腰掛けて小さく笑った。

「お疲れ〜」

「うん、ルルもお疲れ様」

体を起こせば、ルルが視界に映る。

わたしが入浴している間にルルも着替えて、ラフな格好になっていた。

今は寝室にルルとわたしだけだ。

一応、リニアさん達のいる控えの間に続く扉は少し開けてあるけれど、小さく喋れば話し声までは届かない。

起き上がったわたしの横にルルが移動してくる。

その手にはブラシが握られていた。

ついでとばかりに果実水の入ったグラスを渡されて口を付ければ、やはり慣れた味である。

わたしが寝る前に髪をブラッシングするのがルルの日課だ。

いつも果実水を飲みながら、わたしはそれが終わるのを待つのだ。

背中を向ければルルがわたしの髪を一房とって、丁寧にブラシで梳いていく。

お互いに会話はないけれど心地好い沈黙だ。

……話すなら、今だよね。

ドキドキと心臓が早鐘を打つ。

少しだけ体の内側が緊張でヒンヤリした。

手元のグラスの中身を一口飲んで舌を湿らせる。

「あのね、ルル……」

わたしが呼ぶと後ろから「うん」と返事があった。

「ルルに秘密にしていたことがあって」

髪を梳くルルの手は止まらない。

また「うん」と相槌が打たれる。

小さく息を吸い込んだ。

「わたし、前世の記憶があるの」

ルルの手は止まらない。

「ゼンセってなぁにぃ？」

不思議そうな問いにちょっと考える。

「えっと、わたしがわたしとして生まれる前に、こことは別の世界で、別の人間だった人生っていうのかな」

……そっか、輪廻転生の概念がないんだっけ。

ルルは黙って聞いている。

「前の世界には、死んだら別の人間や生き物に生まれ変わるって考えがあって、わたしはリュシエンヌになる前の別の人生も覚えているの」

怖くて振り返れない。

震えそうになる声を何とか絞り出す。

「そこでは勉強も凄く進んでいて、それを学んだ記憶があるから、わたしは人より勉強が得意なの。……でも、生まれる前の記憶があるなんて気持ち悪いでしょ？」

この世界にはない概念だから。

頭がおかしいと思われるかもしれない。

他の人はともかく、ルルにそう思われて嫌われるのだけは何よりつらい。

震える手をギュッと握り締める。

ふわ、と温かなものに包まれた。

「気持ち悪くない」

真後ろでルルの声がして、ようやく、背後から抱きしめられたのだと気が付いた。

「つまり、リュシーはリュシーになる前に、別の人間として生きてた記憶があるってことだよね？」

確認してくるルルに頷き返す。

「うん、こことは別の世界で生きてたよ」

「何で違う世界って分かったの？」

「生活が全然違うから。……それに」

「それに？」

促されて一瞬躊躇(ためら)う。

大丈夫だと言う風に抱き締める腕に力がこもった。

「この世界はわたしが遊んでいたゲームに近い世界だったから」

「ゲーム？」

そこからは原作の乙女ゲーム『光差す世界で君と』についての説明をすることになった。

ゲームは主人公の女の子が攻略対象と呼ばれる複数の男の子達と出会い、互いを知り、そしてその中で主人公と誰かが恋愛を育んでいくという物語であること。

それは分岐があり、主人公がいくつもある選択肢を選ぶことで未来や恋愛を育む攻略対象が選択されること。

この世界はそのゲームに非常に似通っており、お兄様やロイドウェルも攻略対象であることも伝えた。

「ルルもね、攻略対象なの」

ピタリとルルが止まった。

「つまりオレのことは最初から知ってたってこと？」

ルルの問いかけに、首を振る。

「……うん、わたしが知ってたのはルルの見た目と名前と職業だけ。ゲームとは別に売られる予定の、追加のほうでルルが出るらしいんだけど、わたしは買う前に死んじゃったから。……騙してごめんなさい」

ルルの手が離れる。

ハッとして振り向けば初めて見る無表情と目が合った。

「リュシーはオレがその、攻略対象？　だから好きになったの？」

わたしは思わず叫んだ。

「違うよ！　ルルがルルだから好きになったの!!　ゲームなんて関係ない!!　そんなんじゃなくてわたしは、ルルが、ルルだけが!!」

何て言えば信じてもらえるのか。

ぐるぐると頭の中で思考が絡まり、うまく言葉が出てこなくて、涙が流れる。

ルルにきらわれたらいきていけない。

「お願い、嫌いにならないで……!!」

それでも怖くて手を伸ばせない。振りほどかれたらと思うと伸ばせない。

頭の奥が痛くなって、呼吸が速くなる。

ルルに嫌われたら、わたしは、わたしは……。

むにっと両頬が挟まれて顔を上げさせられる。

「嫌いになんてならないよ」

ぼろ、と大粒の涙がこぼれた。

「……ほんと、に？」

「本当に」

ルルがハンカチを取り出してわたしの頬を拭う。

それでも涙が止まらない。

これは多分安堵の涙だ。

ルルがまた困ったような顔をした。

「というか、リュシーこそオレのこと嫌じゃないの？　オレ暗殺者だよ？　ヒトゴロシだよ？」

ルルの手に自分の手を重ねる。

「嫌じゃないよ。それも全部合わせてルルだから。わたしは今のルルだから好きになったの」

ふっとルルが笑った。

困ったような、泣きそうな、嬉しそうな、何とも言えない顔で、でも柔らかく微笑んだ。

「ありがと、リュシー」

こつんと額が重なった。

「それはわたしのセリフだよ。受け入れてくれてありがとう、ルル」

「まあ、リュシーが普通じゃないのは何となく理解してたからね。ゼンセの記憶ってやつがあるって分かって、むしろ納得した」

「納得？」

「昔から大人びてたところとか、物分かりが良かったこととか、何を教えても呑み込みが早いとこ

ろとか、あの後宮で生き残れたこととかね」

学習能力の高さに関しては恐らくリュシエンヌの持ち前の記憶力の高さのおかげだと思うが。

「それでね、わたしはそのゲームの悪役王女なの」

ルルが眉を寄せた。

「悪役～？　何それ？」

「主人公の女の子、ヒロインちゃんを虐めてお兄様やロイドウェル様との仲を裂こうとする意地悪な役」

原作でのリュシエンヌの行いも説明する。

お兄様ルートもロイドウェルルートも大体は同じ感じなので、説明は一度で済んだ。

ルルが小首を傾げた。

「リュシーはオレと婚約してるし、そこまでアリスティード達に執着してないよね？　そのヒロインちゃん？　が、あの二人に近付いても放っておけばいいんじゃない？」

「うん、そのつもり」

わたしが頷くとルルが眉を寄せた。

どうやら原作のお兄様達の、リュシエンヌへの行いが不満らしい。

それはリュシエンヌであってわたしではない。

あくまでゲームという物語の中の登場人物であり、今のわたしとは違うのである。

そう説明しながら何故か宥めることになった。

「原作は三年後、わたしが学院に入学してから始まるの。ヒロインちゃんも同じ歳だから」

ルルがぽんと手を叩いた。

「いっそ、そのヒロインちゃん殺しちゃえば？」

「えっ？」

ルルのとんでもない提案に慌てた。

「そのヒロインちゃんがいなくなれば、リュシーが酷い目に遭う未来は絶対に避けられるよ？」

「それはそうかもしれないけど……。名前も分からないし、その、ヒロインちゃんにルルが関わるのは嫌……」

「名前分からないの？」

「うん、ゲームを遊ぶ人が好きなように名前を変えられるから。元の名前の通りかどうか分からないの」

それにもしもルルとヒロインちゃんが出会って、そこで何か、ヒロインちゃんとルルとの間にやり取りがあったり、それでルルがヒロインちゃんを気に入っちゃったりしたら嫌だ。

ギュッとルルに抱き着く。

「ルルはわたしの傍にいて」

「そっか、分かった」

後ろに「でも残念」と続きそうな声音だった。

自分が暗殺者だと知られていると分かった途端に、過激な提案をしてくるとは。

でも何となくルルらしい。

思わずクスッと笑えばルルが小首を傾げた。

それに何でもないと首を振る。

「そのゲームの原作ってリュシーが学院に入ってからなんだっけぇ？」

ルルの口調が戻ったことで空気が緩む。

「うん、そうだよ」

「じゃあ学院に通うのをやめたらぁ？」

「それはお父様にダメって言われた。わたしが学院に通わないと、お父様がわたしに十分な教育を受けさせていないって思われるかもしれないし、お父様もお兄様も学院に行ってほしいって」

わたしの我が儘でこれ以上お父様に迷惑をかけるわけにはいかない。

病弱なら通わないという選択肢もあったけれど、わたしは女神様の加護もあってか健康優良児である。この七年風邪一つひいたことがない。

ルルが「ん～」と首を捻る。

「一年だけ通うのはぁ？」

「その一年の間に、さっき話したことが起きちゃうから……」

「そうじゃなくてぇ、確か学院って飛び級制度があったよねぇ？」

ルルの言葉に頷き返す。

学院にはルルの言う通り飛び級制度がある。

入学時に前以て飛び級制度に申し込み、入学試験の他に、各学年の学期末試験と同程度のレベルの試験を受け、合格すれば飛び級で上の学年に入れるのだ。

でもほとんど使われたことのない制度とも聞いた。

「学年を上げれば、教室も替わるでしょ～？　例えばアリスティードに勉強を教わって、飛び級でアリスティードと同じ学年に入ればヒロインちゃんから離れられないかなぁ？」

ルルの言葉にハッとする。

学院に入学しないんじゃなく、飛び級で学年を上げてヒロインちゃんから離れる！

それならわたしとヒロインちゃんとの接点はない。

しかもお兄様やロイドウェルと行動を共にすることになるので、わたしの行動は二人に見られる。

わたしさえヒロインちゃんに近付かず、虐めを行わなければ、一年通って卒業出来る。

「ルルすごい！　そうだよ、飛び級すればいいんだよね！　お兄様に教えてもらえば多分いけるよ！」

「同じ教室で授業を受けたいって言えば、アリスティードなら喜んで勉強を教えてくれると思うよぉ」

……確かに！

パッとルルから離れてベッドを飛び降りる。

急いでテーブルへ向かおうとしたわたしをルルが抱えて止めて「明日のティータイムに直にお願いしなよぉ」と言う。

手紙よりもそちらのほうがいいかもしれない。

「ルル、ありがとう！」

ベッドの上に戻されたのでもう一度抱き着いた。

飛び級制度なんてすっかり忘れていたが、これなら十六歳で学院を卒業出来るし、ヒロインちゃんとの接点が減るし、良い提案だと思う。

ルルが私の頭を撫でる。

「どういたしましてぇ」

公務に、王族の授業に、勉強にと忙しくなるけれど希望が湧いた。

それにルルのお嫁さんとして、学院を卒業したっていう事実はほしい。

別に誰に自慢するわけでもないが、ルルの隣にいて、恥ずかしくない経歴を持ちたい。

まずは明日、お兄様に聞いてみて、勉強を教えてもらえそうならお父様に許可をいただこう。

飛び級制度は古い制度だけど存在している。

それならきっと大丈夫だ。

兄と婚約者の気持ち

妹は昨日、初めての公務に臨んだ。

自分も十二歳の時はそうだったが、初めての公務の後は、翌日までその疲れが尾を引いた。

きっと今日はぐたっとしているだろう。

疲れた時にたまに見せるリュシエンヌの溶けた姿を思い出して、アリスティードは小さく笑みを浮かべた。

公務や授業などのない日は出来る限りティータイムを共にすることにしている。

リュシエンヌは「お兄様もお忙しい身ですので無理なさらずとも……」と言われたが、家族の時間というのは大事にすべきだとアリスティードは考えている。

実際、予定が合えば父と妹と三人で夕食を摂ることもある。

リュシエンヌの離宮に到着すれば、騎士達が慣れた様子でアリスティードを中へ通した。

いつもならばメイドがティータイムを行う場所まで案内する。

だが、その日に限ってはそうではなかった。

「お兄様、ようこそお越しくださいました」

離宮の主人であるリュシエンヌ本人が出迎えたのである。

アリスティードは当然驚いた。

「私が来るのを待っていたのか？」

いつもティータイムの時間に合わせて来るが、こうして出迎えられたのは最初の時以来だ。

妹には当たり前のように、侍従兼護衛兼婚約者となったルフェーヴルが付き添っている。

「ええ、お兄様をお待ちしておりました」

「さあ、早く」と手を取って急かされる。

そのようなことは幼少期の頃に数度されたきりだったので、アリスティードはまた目を丸くした。

強くない力で引かれながら自然と笑みが浮かぶ。

「何だ、今日は随分と急かすじゃないか」

アリスティードは笑い交じりについていく。

リュシエンヌが振り返った。

「ええ、実はお兄様にお願いがあって。でもそれは後でお話ししますね」

それはまた珍しい、と思う。

リュシエンヌがアリスティードにお願いをしてきたことなど、片手で余るくらいしかない。

大抵はルフェーヴルが叶えてしまうからだ。

だがアリスティードに、ということは自分にしか叶えられない願いなのだろう。

しかもこうして自分を待つほど重要なことだ。

「それは非常に気になるな」

ご機嫌な様子で前を行く妹を見やる。

こうしてリュシエンヌと手を繋いでいても、ルフェーヴルが割って入らないのも珍しい。

チラリとルフェーヴルを見れば微笑ましそうにリュシエンヌを見ながらついて来ているだけだ。

しかしふとリュシエンヌが視線に気付いて振り向くと、照れたような、嬉しそうな笑みをルフェーヴルへ返す。

いつもと少し違う様子に、アリスティードは昨夜か今朝、何かあったのかと思わず妹とその婚約者を交互に見た。

リュシエンヌの先導で着いたのは、リュシエンヌの自室に近い、日当たりの良いサロンだった。

既に様々な種類の菓子や軽食などが用意されている。

促されてソファーへ腰掛ければ、リュシエンヌが少しだけ距離を置いて横に座った。

妹付きの侍女が二人分の紅茶を用意する。

それを飲み、一口大の小さなケーキを一つ食べる。

アリスティードはそこまで甘味が好きではない。

けれどもリュシエンヌとのティータイムは出来る限り一緒にするように心がけている。

それが無理な時は、リュシエンヌの離宮からティータイムの菓子や軽食がいくつか届けられる。

「それで、私の可愛い妹は何を頼みたいんだ？」

最近では親友のロイドウェルにすら「君は少し妹好き過ぎないか？」と呆れ気味に言われるが、可愛い妹は可愛いのだ。

アリスティードの問いにリュシエンヌが顔を上げる。

「その、お兄様は来年、学院に通われますよね？」

もじもじとする妹にアリスティードは頷く。

「ああ、そうだな」

学院には寮もあり、地方出身の者はそこに住み、王都に屋敷のある者は通いで学院へ向かう。

アリスティードも来年、十五歳を迎えたら学院へ通うことになる。

王城からなので移動手段は馬車である。

「わたしも三年後に通うことになりますが、実は、飛び級制度を利用したいと考えているのです」

「飛び級制度を？　しかしあれは……」

そこまで言いかけて、リュシエンヌのお願いが何なのか理解した。

試験は各学年の期末試験と同程度のものが出題される。

たとえば一年の試験を合格すれば二年に飛び級を、二年の試験を合格すれば三年に飛び級をといった形で入学出来る。

ちなみに三年の試験を合格しても、最低一年は通学が義務付けられているため、意味はない。

リュシエンヌが飛び級をしたいのであれば、各学年の勉強を学ぶ必要がある。

そしてアリスティードにお願いするということは、答えは一つ。

「はい、入学時に飛び級制度専用の試験を受ける必要があります。……お兄様が入学されたら、授業の内容を教えていただきたいのです」

飛び級は半ば形骸化された制度である。

だがいまだに存在している制度でもあった。

「何故飛び級制度を使おうと思ったんだ？」

確かにリュシエンヌは優秀だ。

アリスティードよりも学習のペースは昔から早かったし、呑み込みも早く、記憶力も良い。

きちんと学べば飛び級も可能かもしれない。

「わたしは十六歳になればルルと結婚するのでそれに合わせて卒業したいのと、お兄様と一緒に同じ教室で学びたいと思うのです」

「……そうか、私が一年と二年の授業を教え、リュシエンヌが試験に受かれば三年で同じ教室で学べるのか」

「はい」

リュシエンヌが入学するのはアリスティードが三年に上がる時だ。

だから本来ならば共に同じ教室で学ぶことはない。

「わたしはどうしてもお兄様やロイドウェル様と並んで授業を受けたいんです。たった一年だけの学院生活ですから」

リュシエンヌは十六歳でルフェーヴルと結婚する。

学院に通うことになるので、誕生日当日に降嫁とはいかないが、二年に上がる際に学院を途中で退学する格好になってしまう。

その後は離宮を出て、ルフェーヴルの用意した家で暮らすらしいが、どこで暮らすか二人は誰にも話していない。

父には話しているかもしれないが。

リュシエンヌに訊いても「ルルに秘密にするよう言われているので」と教えてくれない。

ルフェーヴルを問い詰めても「王都の外だよぉ」「リュシーとオレが暮らせる場所かなぁ」というものへらへらした様子で答えにならない答えを口にするばかりである。

この二人、聞くところによると、町に出ている時に自分達が暮らす家で使用する家具を一緒に選んだりしていたらしい。

騎士達が何とか探ろうとしたが、下手に探りを入れるとルフェーヴルに殺気を向けられてとてもじゃないが調べられないという。

何度も町に出ては結婚後の家について話していたそうだ。

もしかしたら、もう住む場所を決めて屋敷を建て始めているか、既に購入予定にして金を支払っているかもしれない。

まだ気が早いと思うがこの男（ルフェーヴル）ならばやりかねない。

「分かった、私が習ったことは教えよう」

学院生活はリュシエンヌと共に過ごせる最後の一年間でもある。

それならば、少しでも一緒にいられる時間を、思い出を増やしておきたい。

リュシエンヌの表情がパッと明るくなる。

「ありがとうございます、お兄様！」

笑顔の妹にアリスティードも微笑み返した。

＊　＊　＊　＊

リュシエンヌには前世の記憶というものがあるらしい。

リュシエンヌがリュシエンヌとして生まれる前に、別の人間として生きた人生。

しかも別の世界で。

裏社会には変人や頭のおかしい人間もいたが、そんなのは聞いたことがない。

でも不思議なくらいストンとルフェーヴルの中にそれは収まった。

リュシエンヌは最初から子供らしくない子供だった。

そして不思議な雰囲気を持つ子供だった。

聞いた時には冗談かと思ったけれど、震える体やきつく握り締められた拳を見たら、その考えもすぐに消えた。

何より、その前世の記憶とやらがあったおかげもあって後宮を生き延びられたのかもしれないと思えば、むしろそれがあって良かった。

もしもリュシエンヌが飢えや寒さで死んでいたら。

もしもリュシエンヌと出会わなかったら。

きっととても退屈で無価値な日々をルフェーヴルは過ごすことになっただろう。

誰かを殺して、間諜（かんちょう）をして、たまに用心棒紛いな仕事が舞い込んできて、それらを淡々とこなす。

当てもなくふらふらする日々。

昨日話した奴が今日は死んでいる。今日話した奴が数時間後には敵になる。

ルフェーヴルは毎日、体の内側にあいた穴の寒さを少しのチョコレートで慰める。

想像するだけで死にたくなるほどつまらない。

以前の生活に戻りたいとも思わない。

大事なものを得る楽しさを知った。己が決めた唯一を守る充実感を知った。

他人の笑顔の眩しさを知った。誰かと触れ合う喜びを知った。

リュシエンヌの体温を、リュシエンヌの存在を、その笑顔をいつでも欲しいと思う。

しかし肉体関係が欲しいわけではない。

この腕の中に閉じ込めて誰の目からも隠し、綺麗なものだけを見せて、美味しいものだけを与えて、ルフェーヴルがいなければ何も出来ない。そんな存在にしたい。

リュシエンヌはルフェーヴルがいなければ生きている意味がないと言う。

ルフェーヴルが死んだら後を追うと言う。

それをルフェーヴルはかわいいと思った。

もしルフェーヴルが死にそうになったら、真っ直ぐにリュシエンヌの元へ行くだろう。

そうして自分が死ぬ前にリュシエンヌを苦しまないように殺してから、自分も死ぬ。

毒は用意してあげたが、加護を持つリュシエンヌには恐らくあの毒では効果が薄い。

それでも渡したのはリュシエンヌの覚悟が本気だと分かって嬉しかったから。

リュシエンヌが死ぬ時にはルフェーヴルに抱かれて、ルフェーヴルが死ぬ時には腕の中にリュシエンヌを抱いているだろう。

いっそのこと、そのまま溶けない氷の中に二人で閉じこもり、永遠に共に寄り添い続けるのも良いかもしれない。

死んでも離さない。死んでも離れない。

他人に引かれるほどの執着だと理解している。

もはや互いの存在に依存している。

だがそれでいい。複雑な感情は要らない。ただ互いが必要だと分かればいい。

リュシエンヌが秘密を明かしてくれた時、ルフェーヴルがどれほど嬉しかったかリュシエンヌは知らないだろう。

長年抱え込んでいた秘密を、悩みを、ルフェーヴルだけに打ち明けてくれた。

自分を信じ、頼り、話してくれた。

しかもリュシエンヌはルフェーヴルの職業を最初から知っていた。

知った上で最初から、あの態度だったのだ。

ルフェーヴルはそれが嬉しかった。

依頼をしてくる人間は多いが、ルフェーヴルが人殺しだと知ると、大抵の者は距離を置くか離れていった。中には罵倒してくる者もいた。好意的に接してくる人間は少ない。

だから余計にリュシエンヌに固執しているのだろうと自分で分かっている。

リュシエンヌの秘密を聞いた今、前世の記憶とやらが気になった。

どんな世界で、どんな人間として生まれ、どんな人々に囲まれて、どんな暮らしをしていたのか。

リュシエンヌが話してくれるなら聞きたい。

リュシエンヌの全てを知りたい。

けれども今はまだこの感情を抑えられる。

リュシエンヌと結婚するまでは大丈夫だ。

結婚したら我慢はしない。

そしてルフェーヴルを知ってほしい。

誰かに自分を知ってほしいと思ったのは初めてだった。

——……それを愛と言うならば。

「オレはリュシーを愛してるんだろうなぁ」

愛し愛されるのもそう悪くはない。

二度目の公務

初めての公務から約一週間後。

二度目の公務の日になった。

今日は王家主催の園遊会であり、お兄様の婚約者候補の方々との顔合わせと交流も兼ねている。

王城の美しいバラの庭園で開かれる立食パーティーは、舞踏会や晩餐会(ばんさんかい)よりかは堅苦しくない場だ。子供は十歳以下は登城出来ない決まりなので、それ以上の年頃の子供達がやって来る。

お兄様の婚約者候補は公爵家か侯爵家、あるいは辺境伯家といった辺りから選ぶことを考えているそうだけれど、それでも伯爵家や子爵家、男爵家も自分の子供達を連れて来る。

他の子供との社交場でもあるが、もしかしたらお兄様の目に留まって側妃や愛妾になれるかもしれない、未来の国王の側近になれるかもしれないと主に親のほうが僅かでも希望を持って子供を参加させる。

子供のほうも王の妻や側近になれるのは誇らしいので、積極的に縁を結ぼうとしてくるそうだ。

ちなみに伯爵家までは側妃になれるが、それ以下の爵位の家柄では愛妾となる。

下位貴族と高位貴族とで施される教育の違いと身分差の問題上、子爵家や男爵家が側妃、ましてや正妃の座に据えられることはない。

今日のわたしの装いは淡いパステルカラーの水色のドレスで、肌が出ているのは顔だけだ。

夜会や晩餐会など夜用のドレスは首回りや背中などが開いているものが多いが、昼間のドレスは逆に肌を一切見せないものが主流である。

貴族の女性は日焼けを嫌うのでそれも理由かもしれない。

水色の布地に淡い青の光沢のある糸で全体的に植物の刺繍がされていて、胸元から腰まではリボンがあり、スカート部分は刺繍と同色の薄いレースが重ねられている。

見た目は相変わらず軽やかそうだが実はそこそこ重いのである。

目元には初めての公務の時と同じく、レースの目隠しをつけている。

エスコートは婚約者となったルルの役目だ。

それでも時間が近くなるとお兄様が離宮まで馬車で迎えに来てくれた。

お兄様もルルも正装姿だ。

……何度見てもうっとりしちゃう。

馬車の中で熱心にルルを見ていると、お兄様が呆れと、ほんのちょっとの寂しさの滲む声で言う。

「リュシエンヌはルフェーヴルしか目に入っていないみたいだな」

それにわたしはお兄様へ顔を向ける。

「ルルが一番カッコイイんです。でもお兄様もとっても素敵です。きっとご令嬢達もお兄様に見惚れてしまうでしょう」

「だがリュシエンヌは私とルフェーヴルが並んでいたら、ルフェーヴルを選ぶんだろう？」

「はい、だって婚約者ですから」

横に座るルルと手を繋ぐ。

ルルがニコニコと機嫌良さそうに笑っている。

秘密を明かしてからルルは機嫌が良い。

わたしが何かを隠していたのは気付いていたそうで、ずっと、それを話してくれるのを待っていたという。

それを聞いて一層ルルのことが好きになった。

無理やり問い質さずにわたしの心の準備が出来るまで待っていてくれるなんて、なんと紳士的だろう。しかも秘密を受け入れてくれた。

拒絶も否定もなく、ルルはあっさり納得した。

ちょっと拍子抜けするくらいだったが、その日はすごく安心して眠ることが出来た。

「リュシエンヌ達は年々仲の良さに磨きがかかってるな」

貴族の中でも恋愛結婚する人や政略結婚後に愛を育む人もいるけれど、人前でべったりすることはない。

人目のあるところでの触れ合いは少々はしたないらしい。

そういうことで、公務などの人目のある場所では普段のようにルルとくっついたりお菓子や軽食を食べさせあったりということは無理である。

その間、頑張れるように、今は充電中なのだ。

ぴったりと寄り添うわたし達にお兄様が苦笑する。

「そのうち国一番のオシドリ夫婦と呼ばれるかもしれないぞ。いや、オシドリ婚約者か？」

この世界にもオシドリがいて、夫婦仲の良い人々の例えとなっている。

「今はまだ婚約だけど、気持ちはもうルルに嫁いでいるつもりです」

むしろ今すぐに結婚してもいいくらいだ。

ルルがあは、と笑った。

「そうなのぉ？　それは嬉しいねぇ」

繋いだ手がキュッと握られる。

それに頷きながら握り返した。

馬車は王城に着き、わたし達もそれから降りる。

お兄様の後ろをルルにエスコートされながら城に一度入り、廊下を抜けて、バラ園に向かう。

到着すると貴族達はもう全員集まっているようだった。

今回お父様は出席しないけれど、あちらこちらで談笑する声がして場の雰囲気が華やかになる。

わたしはルルにエスコートされたまま、お兄様について行く。

そこには複数人の男の子達が集まっていた。

……ん？　ちょっと待って。

どこか見たことのある顔ぶれに足が止まりそうになると、ルルが気付いてそっと顔を寄せて来る。

「リュシー、どうかしたぁ？」

その問いに思わず素で答えてしまう。

「こ、攻略対象がほぼ揃ってる……」

「……ああ、そういうことかぁ」

あれから原作ゲーム『光差す世界で君と』についてルルに出来る限りの情報を伝えておいたため、ルルもそれだけで分かってくれた。

「どうする～？　逃げちゃう～？」

「それはそれで不自然だよ。……仕方ない、頑張ってみる」

「どうしても無理なら俺の腕を二回握ってぇ」

「うん、ありがとう」

こそこそと話していればお兄様が振り返る。

それに何でもないと首を振り、後を追えば、思った通り数名の男の子達の集まりに近付いていった。

お兄様が近付くと子供達は礼を執った。

「今日の園遊会は気楽にしてくれ」

お兄様の言葉に全員が顔を上げる。

それぞれ方向性は違うけれど見目が良い。

……さすが攻略対象。

揃いも揃って美形である。

お兄様が振り向いた。

「今日はお前達に私の家族を紹介しようと思ってな。妹のリュシエンヌとその婚約者のニコルソン男爵だ」

お兄様の言葉にわたしとルルが礼を執る。

「初めまして、皆様。リュシエンヌ＝ラ・ファイエットです。どうぞよろしくお願いいたします」

「ルフェーヴル＝ニコルソンと申します」

お兄様が今度は男の子達を見る。

「リュシエンヌ、ルフェーヴル、彼らはいずれ私の側近になる者達だ。右手からアンリ、レアンドル、リシャール、そして知っているだろうがロイドウェルだ」

それぞれがわたしへ礼を執る。

……まあ、主にわたし達へ向けてだが。

「は、初めまして王女殿下。ロチエ公爵家の長男、アンリ＝ロチエと申します」

少しおどおどとした挨拶をしたのは銀に近い灰色の髪に神秘的な紫色の瞳を持つ同年代くらいの男の子だ。

彼も攻略対象の一人で、同年代だけど年下っぽくて母性本能をくすぐると言われた可愛い男の子系キャラである。

ヒロインちゃんと彼とのハッピーエンドルートは公爵夫人となる。

「初めまして、王女殿下！　ムーラン伯爵家の次男、レアンドル＝ムーランと申します！」

元気なこの男の子は明るい茶髪に金に近い茶の瞳を持っている。端正というよりかは精悍(せいかん)な顔立ちで、原作では素直なワンコ騎士見習いという立ち位置であった。

彼も攻略対象の一人である。

彼とヒロインちゃんとのハッピーエンドでは、後に騎士爵位を授かった彼の妻にヒロインちゃんがなり、王城の文官の一人となって夫や主君であるお兄様を支えていくことになる。

「初めまして、フェザンディエ侯爵家の次男、リシャール＝フェザンディエと申します。麗しき王女殿下にお会い出来て光栄に存じます」

恭しい仕草で礼を執ったのも攻略対象の一人。

他の攻略対象よりも十歳近く歳が離れているため、攻略対象の中では最も年上だ。赤みがかった金髪に綺麗な緑の瞳をしている。

右目の下にある泣き黒子(ぼくろ)が色っぽい。原作では教師になっていたが、年上の色気あるキャラという立ち位置だ。

この世界、というか国では学院の教師と生徒が結婚することは法に触れない。

そもそも貴族は親子ほど年齢の離れた者同士での政略結婚などもあるため、年齢差は結婚の障害になることはあまりない。

「こんにちは、リュシエンヌ様。今日のドレスは晴れた空のように爽やかで、淡い色合いがリュシエンヌ様によく似合っていらっしゃいますね」

そして最後に社交辞令をスラスラと述べるロイドウェル。

ニコリと微笑む彼にわたしも微笑み返す。

「ありがとうございます」

これが他のご令嬢だったらドキリとしてしまうかもしれないが、残念ながら、わたしはそれが彼の世渡りのための社交辞令だと知ってる。

そもそも屋敷に遊びに来る度に言われている。

女性を褒めるのは貴族男性のマナーみたいなものだ。

互いに自己紹介を終えるとお兄様が間に立つ。

「今後は彼らと会う機会も増えるだろう。リュシエンヌもルフェーヴルも彼らのことを覚えておいてくれ」

「はい、分かりました」

でも出来る限り近付かないつもりだが。

それを隠してニコリと微笑んでおく。

どうせ今関わらなくとも、学院に入学すれば、嫌でも顔を合わせることが増えるのだ。

……まあ、わたしはあんまり関わらないけど。

第一関わる理由がない。

お兄様の側近と親しくなる理由なんてない。

ふと視線を感じて顔を動かせば、見知った顔と目が合った。

「ごめんなさい、友人を待たせてしまっておりますのでわたしはこれで失礼いたします」

「ん？　ああ、そうか、行っておいで。男の中にいても落ち着かないだろう」

お兄様はわたしの視線の先にいる人物に気付くと訳知り顔で頷いた。

「ありがとうございます。時間がありましたら、また後ほど」

それぞれが頷いてくれたので、微笑み返してルルと共にその場を離れる。

ルルは何も言わなくてもエスコートしてくれる。

そして目が合った人物の元へ向かう。

「御機嫌よう、エカチェリーナ様」

今日はご令嬢達が少ない。

「王女殿下にご挨拶申し上げます。ニコルソン男爵も御機嫌よう」

互いに丁寧に礼を執る。

ご令嬢達も同じように挨拶をした。

そしてどちらからともなく微笑んだ。

「今日も会えて嬉しいです」

「わたくしもお会い出来て嬉しいですわ。今日はお招きくださり、ありがとうございます。王城のバラ園は美しいと有名なので見るのを楽しみにしておりましたの」

エカチェリーナ様の言葉にご令嬢達が「私も」「わたくしも」と頷いている。

その中で二人ほど、視線がバラではなく、お兄様のいるほうへ向いていた。

ご令嬢達は全員名乗ってくれたが、その二人のうち片方は侯爵家でもう片方は辺境伯であった。

不意にピンと来る。

「皆様はお兄様への挨拶はお済みですか？」

わたしが問えばエカチェリーナ様が首を振る。

「いいえ、後ほどご挨拶に伺おうかと——……」

「いえ、まだご挨拶出来ておりません」

「わたくしどもは婚約者候補ですのに……」

エカチェリーナ様の言葉を遮るようにその二人が口を開く。

他のご令嬢も、エカチェリーナ様も、不快そうに眉を寄せて扇子で顔を隠したのだが、その二人は気付いていないのかわたしへ詰め寄るように近付いて来る。

「ご挨拶が出来ないなんておかしいと思いませんか？」

「どうか、王太子殿下へご挨拶をさせてください」

……なるほど。

つまりわたしからお兄様に紹介させることで、わたしとの繋がりを見せ、他のご令嬢達より一歩先んじたいということか。

爵位的にも正妃につける可能性はある。

王太子妃になり、行く行くは王妃になりたいと思っているのだろう。

その向上心は素晴らしいと思うけれど、やり方は全くもってダメダメだ。

王女(わたし)を利用しようとする魂胆がわたしにバレてしまっている段階でお粗末だ。

「あら、お兄様にご挨拶したければお好きにどうぞ。わたしはエカチェリーナ様と談笑しておりますので、ごめんなさい。お二人だけで行かれてはいかがですか？」

しかも自分より格上の公爵家のご令嬢の言葉を無視して遮ったのだ。

その時点でマナー違反である。

二人が驚いた顔をする。

「まあ、そんな、私達だけでなんて恐れ多い……」

「そうですわ、リュシエンヌ様もどうかいらしてくださいな」

今度はわたしが驚いた顔をしてみせる。

「あら？　わたし、あなたに名前を呼ぶ許可を出したかしら？」

不思議そうに小首を傾げてみせれば、エカチェリーナ様がパチリと扇子を畳む。

そのつり気味の瞳が二人のご令嬢を射貫いた。

「あなた方、先ほどから無礼ではありませんこと？　わたくしの言葉を遮っただけではなく、リュシエンヌ様に殿下へ取り次げなどと。しかも王族の方のお名前を許可なく呼ぶなど、不敬で罰せられても言い訳は立ちませんことよ？」

エカチェリーナ様がスッとわたしへ視線を向ける。

レースで隠された目元はともかく、わたしの口が笑っていないことに気付いたのだろう。

二人のご令嬢の顔色がサッと青くなる。

「も、申し訳ございません！」

「決して王女殿下を侮辱するつもりはなく、その、わたくしどもは王太子殿下を心よりお慕い申し上げておりまして……」

「ええ、思わず暴走してしまいました」

そんな子供じみた言い訳をわたしは黙って聞いた。

そしてニコリと微笑んだ。

「そうですね、誰かに恋い焦がれてしまうと周りが見えなくなることもあると言いますものね」

私の言葉に二人がホッとしたような顔をする。

「ですが王太子妃、ひいては王妃として据えるには少々資質を疑われるでしょう」

王太子妃、王妃がそのような人間では困る。

そもそもお兄様はきっとこの二人を選ばないだろう。

だって二人の言葉を使うなら、愛しているなら何をしても許されるということになってしまう。

それを許してしまえば王太子妃が、王妃が、私的なことで公務の最中に他の貴族や他国の使者に無礼を働く可能性すら許容してしまう。

王族に必要なのは私的な感情に流されないこと。

……わたしもまだ全然出来ていないけれど。

少なくとも目の前の二人はどちらもお兄様の横に立てる人物ではないと感じられた。

「あなた方、体調が優れないようね？　今日はもう帰られたほうがよろしいのでは？」

顔の青い二人にエカチェリーナ様が追撃をする。

遠回しに帰れと言われて二人が何とか言い募ろうとしたが、他のご令嬢達からの冷たい視線もあり、泣く泣くご両親の元へ去っていった。

エカチェリーナ様が縦ロールをばさりと肩へ払う。

「あのような方がまだ残っているとは……」

そしてわたしへ頭を下げる。

「不愉快な思いをさせてしまい申し訳ございません、リュシエンヌ様」

「お顔を上げてください。エカチェリーナ様は何も悪くありません」

「いいえ、リュシエンヌ様が健やかにお過ごしになられるよう皆を纏め上げたつもりでしたが、わたくしはまだまだのようでございます」

エカチェリーナ様の言葉に目を丸くした。

「そのようなことを考えていらしたのですか？」

わたしとエカチェリーナ様は出会ったばかりだ。

それなのに何故、と思うとエカチェリーナ様が微笑んだ。

「自国の王女殿下の安寧を願うのは当然のことでございましょう。それにわたくし、見た目でわたくしのことを判断なさらなかったリュシエンヌ様のことを好きになってしまいましたの」

横のルルがピクリと動く。

……ルル、友達として、友達の好きだから！

キュッとエスコートで触れている腕に力を込めれば、ルルから流れていた冷たい空気が四散する。

エカチェリーナ様が他のご令嬢達に視線を向ければ、ご令嬢達は一礼してサッと離れていった。

「リュシエンヌ様、よろしければバラを一緒にご覧になりませんか？」

唐突な誘いだが、何かあるのだろう。

わたしはそれに頷いた。

「実はわたしは王城に住むようになったのは最近のことなので、バラ園をゆっくり眺めたいと思っておりましたの」

「ではあちらでゆっくり見ませんか」と東屋に誘われて「ええ、喜んで」と頷き返す。

エカチェリーナ様が近くにいた、顔立ちのよく似た若い男性に声をかける。

どうやらエカチェリーナ様のお兄様らしい。

会場から少し離れた場所にある東屋へ行く。

わたしとエカチェリーナ様が並んで歩き、今だけはルルが後ろからついて来る。

東屋は掃除がされてとても綺麗だった。

互いに向かい合って座り、わたしの横にルルが寄り添うように腰を下ろした。

わたし達の動きを見たのだろう給仕が飲み物を運んできたので、わたしはいつもの果実水を、エカチェリーナ様はブドウのジュースを手に取った。

ルルは何もいらないそうだ。

「ルル、目元のレースを外してもらえる？」

「いいのぉ？」

わたしの言葉にルルが小首を傾げる。

「うん、いいの。エカチェリーナ様はお友達だし、信用したいと思うから」

ルルが頷き、わたしの顔から目隠しのレースをそっと外した。

エカチェリーナ様と目が合うと、嬉しそうに微笑まれる。

「リュシエンヌ様の瞳はとてもお美しいです」

「ありがとうございます」

エカチェリーナ様はわたしの琥珀の瞳を嫌がるどころか、綺麗だと褒めてくれて、それだけで気持ちが軽くなった。受け入れてくれる人もいる。その事実にホッとする。

わたしの瞳を気にした風もなく、エカチェリーナ様が視線を動かした。

「……本当に綺麗なバラですわね」

うっとりとエカチェリーナ様が庭を見やる。

釣られて見た先には大輪のバラが咲き誇っている。

わたしはそれを見て、ふと昔のことを思い出した。

まだわたしがファイエット邸に来たばかりの頃に、ルルがわたしのためにバラを切り、丁寧に棘を取ってから二本くれたこと。

そして一本ずつお互いに分けたこと。

バラを二本贈ると「この世界に二人だけ」。

バラを一本贈ると「あなたしかいない」。

あとでその意味を知って、嬉しかったし、照れくさいというか、気恥ずかしい気持ちになったのをよく覚えている。思い出したせいか少し顔が熱い。

「あら、リュシエンヌ様お顔が赤いですわね。もしかしてバラに纏わる何か素敵なことでもございましたか？」

エカチェリーナ様がチラリとルルを見た。

そうして扇子で口元を隠す。

「実はリュシエンヌ様とニコルソン男爵について、王太子殿下よりお伺いしましたの」

囁くような声にわたしは思わず「え？」と声を上げてしまった。

「王太子殿下はリュシエンヌ様が気持ち良く社交の場にいられるように手を貸してほしいとおっしゃられました。その代わり、その役目を果たせればわたくしを王太子妃の座に据えても良いとも」

そんな重要な話をこんなところでして良いものかと焦ったが、会場から少し離れたこの東屋の周囲には誰もおらず、わたしは会場に背を向け、エカチェリーナ様は口元をかくして話している。

「ご安心ください。話が聞かれないように、遮音魔法を付与した魔道具をつけております」

「そうですか……」

少しだけ振り向いてお兄様のいるほうへ目を向ければ、お兄様がこちらの視線に気付いて小さく手を振った。

それにわたしも振り返して顔を戻す。

「ではいずれエカチェリーナ様がわたしのお義姉様になるのですね」

「ええ、はい、そうなるでしょう」

そこで何故恥ずかしがるのか。

ルルが、こほん、と咳払いをした。

「つまり、あなたが社交の場での姫様の盾になると？」

エカチェリーナ様がニコリと笑う。

「そうですわ。ああ、ニコルソン男爵が何者なのかもわたくしは存じておりますので、どうぞ普段通りに接してくださって構いませんわ」

「ふぅん？　……じゃあそうさせてもらうねぇ」

そしてエカチェリーナ様は色々と話してくれた。

最初はエカチェリーナ様のお父様のご命令でわたしの盾になるつもりだったこと。

それは父親の独断ではあったが、同時にお父様やお兄様の意向を酌んでのことで、エカチェリーナ様はそれに不満はなかったそうだ。

自国の王族に敬意を払い、守護するのは、仕える貴族として当然のことだったから。

何よりせっかく情勢が落ち着いて国を立て直せたのに、内部での争いなど極力起こしたくない。

エカチェリーナ様のお父様は国の安定のためにわたしを守ることを決めたという。

でも、わたしがエカチェリーナ様はそのためにわたしに近付こうとした。


でも、わたしがエカチェリーナ様を見た目で判断しなかったことが、エカチェリーナ様はとても嬉しかったらしい。

自分がきつい顔立ちで、あまり良い印象を与えないことも理解しているようだ。

確かにエカチェリーナ様は悪役顔だ。

しかし話してみれば敵意や害意のない人だと、聡い人ならばすぐに分かるだろう。

今は自分の意思でわたしを守りたいそうだ。

そして、この一週間の間になんとエカチェリーナ様はお兄様に繋ぎを取り、取り引きを交わした。

それが『王女を社交界で守る代わりにエカチェリーナを王太子妃に据える』というものだった。

不思議なことにお兄様は早く婚約者を決めたがっていたらしく、エカチェリーナ様の提案にあっさり乗ったという。

お兄様はわたしの社交界での安全を、エカチェリーナ様は将来の王太子妃の座を得ることになる。

……お兄様のほうが利が少ない。

だってわたしのことばかりで、それでは、お兄様はまるで自分を犠牲にしているようではないか。

そう言えばエカチェリーナ様が首を振った。

「いいえ、王太子殿下はそれほどまでにリュシエンヌ様を大事に思っておられるのです。それにあの方はああ見えて強かな方ですわ」

「そうなのですか？」

「ええ、もしわたくしがリュシエンヌ様をお守り出来なければ取り引きは失敗、王太子妃の座につかせてはくださらないでしょう。リュシエンヌ様を守ると同時にわたくしの力量もお試しになっておられるのです」

……そう、なのかな？

それにしてもお兄様にはあまりうまみがない話だ。

悩んでいるとルルにそっと肩を抱き締められた。

「リュシーが悩むことないよぉ。アリスティードが勝手にやってることなんだから、好きにさせておけばいいんだよぉ」

ルルの言葉に「そうですわ」とエカチェリーナ様まで頷いた。

「王太子殿下も、わたくしも、お父様も、全員が勝手に行っているだけですもの。リュシエンヌ様もご自分のお好きなようになさればよろしいのですわ」

……わたしの好きなように、か。

とりあえず微笑んでおく。

「お父様とお兄様に迷惑をかけないように過ごしたいと思っています」

エカチェリーナ様が微笑んだ。

「ええ、ではそのように取り計らわせていただきます」

その自信に満ちた笑みはとても安心感があった。

お兄様がエカチェリーナ様を王太子妃の座に据えても良いと考えた理由が、なんとなく分かる。

最も身近に置く人ならば、信頼出来る人がいい。

そしてエカチェリーナ様はお兄様のお眼鏡にかなったということだ。

＊　＊　＊　＊　＊

アリスティードはいずれ自分の側近となるだろう友人達と談笑しながらも、リュシエンヌのことが気にかかっていた。

恐らく今頃エカチェリーナ嬢が妹に色々と話しているだろう。

我ながら王太子妃の座をやるから妹王女を守れなどと、とんでもない条件をつけたものだと思う。

だがそれは何もリュシエンヌのためだけではない。

令嬢達の束ね役だというエカチェリーナ嬢から手紙を渡された時には「なんだこの女」と思ったものだが、その内容がリュシエンヌに関わるものだったため、応じることにした。

しかしこれは同時に彼女の資質を見る試験でもある。

もしも力量が足りなければ取り引き自体がなくなるだけ。

リュシエンヌはアリスティードやルフェーヴルが守れば良い。

社交界でリュシエンヌを守りきることが出来れば、その時には、エカチェリーナ嬢は今よりももっと力をつけていることだろう。

王太子妃の座に据えるには良い人材である。

アリスティードは恋愛で妻を娶る気はない。

父の戴冠式の日に見た夢は今も鮮烈にアリスティードの中に残っている。

自分が恋愛に現を抜かせば、大事な妹が夢と同じ末路を辿ることになるかもしれない。

それに夢の中のアリスティードが好いた人物は男爵令嬢で、身分的に王太子妃にはなれない。

……いや、そんなものは後付けだ。

アリスティードの心は何年も前に一人の少女に捧げてしまった。

今は大事な妹となったリュシエンヌにアリスティードの心は奪われたままだ。

燃えるような恋ではない。ただ、慈しむような愛情だけがある。

恋愛と呼ぶには劣情の欠片もないものだが、決して誰にも、リュシエンヌ本人にすら悟られてはならぬ感情だ。

だがエカチェリーナ嬢には見破られてしまった。

手紙には「愛されなくても構わないので王太子妃に据えてほしい」と書かれていた。

エカチェリーナ嬢はどうやらリュシエンヌとの繋がりが欲しいらしい。

……リュシエンヌは不思議だな。

色々な人間を虜にする魅力を持っている。

爵位も、立場も、容姿も、物分かりの良さも、エカチェリーナ嬢はアリスティードにとっても都合が良かった。だからこの取り引きを受け入れた。

ふと視線を感じて顔を向ければ妹がこちらを見ている。

それに小さく手を振れば、同じように振り返される。

「アリスティード、君、顔が緩んでるよ」

ロイドが呆れたように指摘してくる。

「いいじゃないか、別に」

「全く、本当に妹大好きだよね」

「ああ、たった一人の可愛い妹だ」

あの夢を回避するためなら妻の座をエカチェリーナ嬢に委せるくらい、どうということはない。

アリスティードの唯一のためなのだから。

……ああ、でもルフェーヴルとロイドにも見破られたか。

悟られないようにするというのは存外難しいものだ。

＊　＊　＊　＊　＊

エカチェリーナ様と話を終えた後。

目元のレースを戻し、ルルのエスコートで東屋から会場に戻ったわたしは、貴族達の挨拶を受けることになった。

あまり格式張った場でないからか、皆、前回の公務の時よりも気安い雰囲気があった。

もちろん、気安いと言っても礼儀作法を欠くようなことはせず、穏やかで話しやすい感じである。

特に公爵家や侯爵家は友好的だった。

わたしが王位継承権を放棄したことで、最も懸念していた王族同士の争いが起きずに済んでホッとした部分も大きいだろう。

もしわたしが逆の立場だったらそう思う。せっかく国の内情が安定しているのに旧王家の血筋の王女が「自分こそが王に相応しい！」などと騒ぎ立てれば面倒な状況になるのは目に見えている。

そもそもわたしは政（まつりごと）に関わるつもりがない。

だから挨拶の最中にそれとなく、政に興味がない旨を何度か口に出して、無害ですよとアピールしておいた。

お父様もお兄様もわたしを政に関わらせる気はないらしく、公務も、恐らく必要最低限のものだ。

あまり目立った功績を上げると変に勘ぐられるかもしれないし、また教会派の貴族のような人達が出て来ても困るし、何よりわたし自身も目立たずにいたい。

その中で先ほどエカチェリーナ様が追い払った二人のご令嬢の親達にも会った。

ご令嬢達は体調不良で家へ帰したらしい。

「王女殿下には大変な失礼をしてしまい、申し訳ございません」

「娘達には今一度、教育を受け直させる所存でございます」

どちらの親も頭を下げてとても申し訳なさそうな顔をしていて、わたしは彼らの顔を立てることにした。

何らかの処罰をとも言われたが、わたし自身はそれほど不愉快ではなかったので否定しておいた。

突然名前を呼ばれたのは驚いたけれど、それだけで、むしろお兄様に近付きたいという気持ちがありありと伝わってきて非常に分かりやすい子達である。

それにあの子達もまだ成人していない。

これが成人しているご令嬢であればまた違ったかもしれない。

でもまだ子供なので一度の過ちなら、許してもいいのではないかと伝えた。

ご令嬢達の親は酷く恐縮されたが、娘達が処罰されないことに安堵した様子だった。

ただエカチェリーナ様のほうについてはわたしではどうしようもないので、そちらは大丈夫かと問うと、これから謝罪に行くと肩を落としていた。

それでも、王女であるわたしが処罰を望まなかったことで、エカチェリーナ様のほうもそこまで事を大きくはさせないだろう。

……エカチェリーナ様は不愉快そうだったな。

園遊会が終わったら手紙を書いて送ろう。

王女であるわたしが処罰を望まなかったことでエカチェリーナ様の不満が残る形になったとしたら申し訳ない。

ご令嬢達の親達はクリューガー公爵達の元へ謝罪に行くとわたしの前から去る時も、何度も謝罪の言葉を口にしていた。

侯爵と辺境伯という高位貴族でありながら、謙虚なその様子に、どうしてあの子達はあんな風なのだろうと疑問に思った。

……まあでも今回のことで反省するでしょうね。

「大丈夫、リュシー？　疲れてなぁい？」

貴族達の挨拶が来なくなったタイミングでルルに問われて、頷き返す。

今回は公爵家と侯爵家、辺境伯家がほとんどだったし、それ以下の爵位の人達はあまり挨拶に来なかった。

わたしの誕生日の時は出席していた貴族が全て挨拶をしたが、普段は誰かの紹介がない限り、わたしに挨拶をすることは出来ない。

爵位の低い者から高い者に話しかけるのは無礼な行いで、挨拶に来たのもお兄様の側近となる彼らの家の者で、そこから紹介された他の公爵家や侯爵家、辺境伯家であった。

「うん、大丈夫。ありがとう。ルルは平気？」

「オレも大丈夫だよぉ」

ずっとルルが寄り添っていたので、挨拶に来た貴族達はわたし達を微笑ましげに見ていた。

舞踏会の時はルルの腕にわたしが手を添えるだけだったけど、今日のエスコートはルルがわたしの肩に手を回している。

体に触れることは基本的に相手の許可がなければいけないため、肩に触れているというのは、親密な証しである。

会場を見回してみるが、エカチェリーナ様はまだ挨拶に来た貴族にクリューガー公爵や彼女の兄だろう人と対応していて、声はかけられなさそうだ。

お兄様は、と考えていると、お兄様のほうから近付いて来た。

「リュシエンヌ」

ぞろぞろとその後ろには側近候補の人達がついてくる。

「お兄様」

「エカチェリーナ嬢とは仲良く出来そうか？」

「はい、お友達になりたいと思っています」

遠回しな問いかけに頷き返す。

お兄様が満足そうに微笑んだ。

「ルフェーヴルから見て、どうだ？」

「よろしいのではないかと。クリューガー公爵令嬢は姫様に敵意や害意を持っておりません。むしろ好意を感じました」

「……そうか」

お兄様の後ろに彼らがいるからか、ルルが猫を被ったまま対応するとお兄様の口元が微かに引きつった。

普段を知っていると今のルルには違和感を覚えるだろう。

こほんと咳払いをしてお兄様が引きつりかけた口元を誤魔化した。

「でもお兄様、本当によろしいのですか？」

わたしとしてはエカチェリーナ様が社交の場で傍にいてくれたり、フォローしたりしてくれたらとても助かる。

だけどそのためにお兄様の結婚相手を決めてしまっていいのだろうか。

お兄様がふっと笑うと、わたしの頭に手を伸ばし、髪を乱さないように撫でた。

「良い。私がそう望んだ。エカチェリーナ嬢はなかなかに優秀らしいからな。……それに侯爵家出身の私の後見役には公爵家が必要だ。今回のことがなくとも選ばれただろう」

後半を囁くように言い、チラリとエカチェリーナ様がいるほうへ視線を向けた。

エカチェリーナ様はわたしとそう歳が変わらないはずなのに、大人の貴族とも平然と話しているし、ご令嬢達の統率力もある。

確かに王太子妃に選ばれる可能性は高い。

他にも公爵家のご令嬢は一人いるけれど、挨拶をした感じ、あまり我の強い人物ではなかった。年上だけど淑女然とした控えめな雰囲気だった。

それにそのご令嬢には婚約者がいるとのことだったので、消去法で見ても、もう一人の公爵令嬢であるエカチェリーナ様が選ばれる。

「それに言い出したのはあちらだ。彼女の資質を見るのにも丁度良い。だから受け入れた」

「その、ずっと一緒にいる相手ですよ？」

「ああ、私はそういう相手は恋愛ではなく実力で選ぶことに決めている」

「そうなのですね」

それはちょっと意外だった。

原作では毛嫌いしているとはいえ義妹を思わず切り殺してしまうくらいヒロインちゃんを深く愛していたお兄様だから、てっきり恋愛結婚すると思っていた。

でもホッとした。

真面目なお兄様のことだから、きっと婚約者がいればヒロインちゃんと一緒になることはない。

ヒロインちゃんは男爵家の養女だから爵位的に考えても側妃や正妃は無理だ。

女神様の加護でも授からない限りは。

ロイドウェルと婚約していない今、リュシエンヌ(わたし)が悲惨な末路を遂げる可能性はお兄様ルートだけ。

たとえヒロインちゃんがロイドウェルルートに入ってもわたしとは無関係である。

わたしがヒロインちゃんを虐めなければいい。

「そうでした、お兄様の側近となる皆様にも一度顔を見せておかないといけませんよね」

ルルを見上げれば、察して顔のレースを外してくれる。

ロイド様達にもう一度改めて挨拶を済ませたが、誰も瞳のことは口に出さなかった。

少なくとも拒絶されなかったことに内心で安堵する。

そろそろレースをつけてもらおうかと考えていると、ふとお兄様の視線がわたしを通り過ぎた。

何となくその視線を追って顔を向ければ、会場から少し離れた場所に一人の女の子がいた。

……あまり見ないドレスね。

豪奢な格好が忌避される風潮に合わせて見ると、その女の子のドレスはかなり派手だった。

可愛らしいベビーピンクのドレスにはフリルやリボンが贅沢にあしらわれ、遠目に見ても何か縫い付けられているようでスカートがキラキラしている。

その女の子はこちらに背を向けているので顔は見えないけれど、どうやらバラにその綺麗な金髪が引っかかってしまったらしく、ドレスが汚れるのも構わずに座り込んでいた。

困ったように辺りを見回した女の子の横顔が見える。夏の新緑みたいに鮮やかな瞳があった。

……え、もしかしてヒロインちゃん!?

まじまじと見れば、原作のヒロインちゃんの面影が色濃くあり、庇護欲を誘う大変可愛らしい顔立ちだ。

……でも原作でこんなストーリーあったっけ？

一応、全キャラのハッピーエンド、トゥルーエンド、バッドエンドは一通りこなしたはずだが、幼少期に王城で攻略対象達に会ったという話はなかったと思う。

原作でも学院で初めて言葉を交わした、とヒロインちゃん視点で最初の頃に呟いていた。

雲の上の存在だと思っていた攻略対象達が、話してみたら自分と同じように悩んだり苦しんだりしている人間だと知って、彼らと関わるうちにそのうちの一人に惹かれていくのだ。

ちなみに逆ハーレムルートはない。

……いや、お兄様のトゥルーエンドは全員と友人関係になれるのである意味ではそうとも言える。

そこまで考えてハッとしてルルを見上げる。

ルルもファンディスクの隠しキャラ、つまり攻略対象なのでヒロインちゃんと会わせるのはまずい。見上げた先ではルルが「ん？」と小首を傾げてわたしを見ている。

それどころかわたしの目元にかかった髪をそっと除けてくれた。

……全然興味なさそう。

目を瞬かせているとお兄様が動いた。

「君、あそこのご令嬢が困っているようだ。ドレスも汚れているようだからメイドに控え室に案内するよう手配してやってくれ」

控えていた近侍に声をかけた。

でもそれだけだった。

「エカチェリーナ嬢とのことは私の問題だ。リュシエンヌが気に病むことではない」

お兄様はそう言ってわたしを見る。

ヒロインちゃんのことを気にする素振りもない。

……あれ？　お兄様も？

お兄様の後ろにいる彼らはヒロインちゃんへ少し意識を向けているようだったけれど、動くことはなかった。

「あ、はい……」

やや上の空で返事をしたわたしにお兄様が首を傾げた。

「リュシエンヌ？　どうかしたのか？」

「いえ、その、てっきりお兄様はあのご令嬢のところへ助けに行くものと思っていたので……」

私の言葉にお兄様が目を瞬かせた。

「私が何故行く必要がある？　知り合いならばともかく、あの令嬢とは面識もない。何より王太子である私が婚約者でもない女性に近付くのはまずい」

お兄様の言葉がストンと入ってくる。

……ああ、そうだ、ゲームによく似た世界だけど、それ通りに進むわけじゃない。

お兄様はエカチェリーナ様を王太子妃に据えるつもりで、だからこそ、今は下手にどこかのご令嬢と親しくするわけにはいかないのだ。

相手に勘違いさせないためにも、勘違いされないためにも。

そっと振り返ればヒロインちゃんのところに近侍が行かせた給仕のメイドが近付き、バラに絡んだ髪を解いてやっている。

ドレスの裾が土で汚れているので、お兄様が言った通り、控え室に連れて行かれるだろう。

着替えのドレスがあれば会場に戻ってくるかもしれない。

それにしてもヒロインちゃんの存在に全く気が付かなかった。

この国の貴族は金髪が多いので実はヒロインちゃんの髪色はこの場では目立ち難いようだ。

「ほら、あれで良いだろう。それに髪やドレスが乱れてしまっている姿を異性に見られたいとは思わないはずだ」

お兄様は一瞬ヒロインちゃんへ視線を向けたものの、興味なさげに外した。

「それよりも」とわたしへ視線が戻る。

「二度目の公務だが、あまり緊張していないようで安心した」

心配性なお兄様の言葉に苦笑する。

「今日は主役ではありませんから」

「そうだな、主役は私のほうか。……どうやらまだ挨拶をしたい者がいるらしい。疲れたら無理せず休むんだぞ？」

「はい、分かりました」

わたし達からやや離れた場所でこちらをチラチラと見る貴族達がいる。

それに気付いたお兄様がふっと微笑んだ後、側近候補の彼らを伴ってそちらへ向かって行った。

残されたわたしはそれを見送る。

ルルがひょいとわたしの顔を覗き込んだ。

「リュシー、少し顔色が悪いねぇ」

そう言うと優しい手付きでわたしの目元にレースをつけたルルに、抱き上げられた。

周りの貴族達が騒ついたけれど、日陰にある椅子へわたしを運び、甲斐甲斐しく水を渡したり果物を持ってきたりするルルを見るとそれは止んだ。

代わりに微笑ましい視線が向けられる。

政略結婚の多い貴族だが、政略でも愛を育む夫婦もいるし、友情結婚の夫婦もいる。仲の悪い夫婦も。

家に影響を及ぼしたり、家名に傷を付けたりしなければ、貴族の恋愛自体は否定していない。

わたしが拒絶しなかったので許可を得て触れているのだということは分かるだろう。

ルルは許可なんて得る必要はないが。

他の誰でもないルルならむしろ大歓迎である。

「ありがとう。日に当たりすぎたのかも」

そう言うとルルがジッとわたしを見た。

「違うでしょ」

驚いて見上げれば、灰色の瞳が真っ直ぐにわたしを見つめ、それから一瞬だけヒロインちゃんがいた方向へ視線を向けた。

「さっき向こうにいた子、もしかして『ヒロインちゃん』？　前にリュシーが話してた外見的特徴と一致してた」

頷くとルルは「そっか」と呟く。

……そうだ、ルルには話してるんだった。

「ごめん、隠すつもりはなかったの。ここで会うとは思ってなかったからビックリしちゃって……」

「うん、大丈夫、分かってるよ」

グラスを持つ両手を、ルルの両手が優しく包む。

「突然のことで驚いて、あの『ヒロインちゃん』のほうに意識が向いちゃっただけ。それにアリスティード達がいてオレに言える状況じゃなかったしね」

繋いだ手は、手袋越しにしっかりと握られる。

「でもリュシーはすぐにオレを見たよね。オレが攻略対象だから、もしかしてあの子のことを好きになるかもって不安になった？」

ルルの問いに素直に頷いた。

「うん。……ルルのことは信じてる。ルルの目に、他の女の子が映るのが嫌なの。ヒロインちゃんはルルが気に入るかもって思ったら、怖くて。ルルはわたしのルルだから……」

ファンディスクの隠しキャラ。

攻略対象なら、ヒロインちゃんに惹かれてしまう可能性もありえる。

それが不安だった。

ルルが嬉しそうに破顔した。

「そっか、オレのこと取られたくないって思ってくれたんだ？」

笑うルルをそっと見上げる。

「……怒ってない？」

「怒ってないよ。それより、リュシーを不安にさせるあの『ヒロインちゃん』をどうやって表舞台から消そうかなって考えてる」

「それは、その、最終手段で」

わたしのためにしてくれるのは嬉しいけど。

「ルルがヒロインちゃんのこと考えてるってだけでモヤモヤするから、出来るだけヒロインちゃんは放っておいてほしい……かも」

嫉妬とは違うが、変な気分である。

ルルが思わずといった様子で手を離した。

その両手がわきわき動く。

「今、すごくリュシーのこと抱き締めたい」

「わたしもルルにギュッてしてほしい」

グラスを脇のテーブルに置き、両手を広げる。

するとルルが立ち上がってわたしを横から緩く抱き締めた。

上から満足そうな溜め息が落ちてくる。

「リュシーかわいい」

ルルに言ってもらえるその言葉が嬉しい。

貴族達からの視線を感じるけれど気にしない。

「今はリュシーの言うこと聞くけど、あんまり目に余るようならあの『ヒロインちゃん』は消すからね」

「……分かった」

それはかなり譲歩してくれてると思う。

基本的にルルは我慢をしないから、本当なら今すぐにでもヒロインちゃんをわたしの目につかないようにしたいはずなのに。

でもそれもわたしのため。我慢するのもわたしのため。

それが分かるから笑みがこぼれる。

「ルル大好き」

お兄様もお父様もわたしを守ってくれる。

だけど、そこにはどうしても王族としての立場や責任が交ざってしまうし、甘やかすばかりでは許されない。

わたしを甘やかしてくれるのはルルだけだ。

ルルだけはいつだって両手を広げて、わたしに「甘えていいよ」と示してくれる。

だからルルには甘えてしまう。

わたし達はしばらくそうして過ごした。

そしてわたしの心が落ち着いてからは、貴族達への対応に戻ることにした。

そうは言っても、ほとんどはお兄様のほうに集まっていた。

わたしは何れ男爵家に降嫁するため、縁を繋いでもあまり意味がないと思われているだろうし、実際その通りなのでそれで構わなかった。

ヒロインちゃんは会場に戻って来なかった。

ホッとしたのは秘密である。

＊　＊　＊　＊　＊

貴族達に囲まれながら、ルフェーヴルとリュシエンヌの様子をアリスティードは横目で確認する。

婚約者同士とは言え、人目も憚らない様子に思わず僅かに苦笑が漏れた。

だが、あの二人はそれで良い。

苦笑を隠すために口元にグラスを寄せ、中身を一口含む。

先ほどは想定外のことが起こってアリスティードは内心でかなり動揺した。

何せ、あの夢に出ていた少女そっくりの子供がこの園遊会に来ていたのだ。

女神の見せてくれた夢は学院でのこと、それもリュシエンヌや少女が入学して以降のことだけだったので、まさかその少女をこんなに早く目にするとは思ってもみなかった。

しかしアリスティードは少女を見ても心動かされることもなく、冷静に対応出来た。

傍にリュシエンヌがいたのも理由の一つだろう。

それにエカチェリーナ嬢を王太子妃に据える予定なので、現状、別の令嬢と親しくするのは悪手である。

確かに少女は愛らしい外見をしていた。

明るく柔らかな金髪に夏の緑のような鮮やかな瞳、庇護欲を誘う可愛らしい顔立ちが困ったように眉を下げている様は、男であれば助けてやりたいと思うものだろう。

実際、アリスティードの後ろにいた未来の側近達は動きそうになっていた。

だが主君であるアリスティードは動かなかった。

主君が動かないのに、自分達が駆け寄るわけにはいかない。

……そうだ、それで良い。

夢の中の彼らは全員少女に夢中になっていた。

やがて国の担い手となる者達が、王となるべき存在が、たった一人の少女に入れ揚げるなどあってはならないことだ。

第三者の視点で夢を体感したからこそ分かる。

あの未来は異様で、酷く歪だ。

権力も地位も婚約者もある者達が、一人の少女を巡って水面下で競い合うなんて馬鹿馬鹿しい。

あんな風に恋愛に現を抜かし、立場を忘れて、もしも少女が他国の間者であったなら国の未来はない。

自分とも側近達とも関わらせないために、アリスティードは通りかかった給仕に後を任せた。

女性の給仕が近付き、バラに絡まった髪を解いて控え室へ少女を連れて行くのを見て安堵した。

側近達の中には少女を気にする素振りを見せた者もいるが、行動に移さなければ構わない。

だが、もしも学院で夢と同様の行動を取ったならば、その時は側近から外す。

国の担い手達が一人の少女に跪き、その愛を得るのにどのようなことでもしてしまうなんて悪夢でしかない。

しかも婚約者がいるのに、だ。

貴族の婚約とは家同士の契約である。互いに利益があり、それを目的として結ばれる。

そこに恋愛感情が伴うかどうかは婚約した本人達次第であるものの、契約を違えることは許されないし、家同士の契約は絶対に守らねばならない。

婚約者がいながら堂々と他の女性に愛を囁くというのは、契約を無視すると同時に、自家の名に泥を塗る上に婚約相手やその家にも不義理な行いだ。

夢の中のアリスティードに婚約者はいなかったが、親友のロイドウェルを含む側近達と少女の愛を競い合う姿は気味が悪かった。

何故その不気味さに気付かないのか。

何故周囲の冷たい視線に気付かないのか。

疑問に思う点も多い。

……そういえばリュシエンヌは大丈夫だろうか？

先ほど、少女を見た際に驚いて思わず一瞬固まってしまったアリスティードをリュシエンヌは不安そうな顔で見ていた。

もしかしたら自分の顔が強張っていたかもしれない。

リュシエンヌの前では険しい顔や怖がられそうな顔は極力しないように気を付けていたのに。

……もっと腹芸を身につけたほうが良さそうだ。

リュシエンヌに変な気を遣わせてしまうのは嫌だし、不安にさせるのも好ましくない。

ただ夢の中のアリスティードを羨ましく思う点はある。

それはリュシエンヌのことだ。

夢の中のリュシエンヌはアリスティードをとても慕っており、べったりとくっついて回っていた。

現実のリュシエンヌがべったりするのはルフェーヴルだけで、リュシエンヌにべったり出来るのもルフェーヴルだけだ。

現実のリュシエンヌももう少しアリスティードに甘えてくれても良いのだが。

リュシエンヌが心から甘えられるのはルフェーヴルのみだと知っているし、分かっているが、時々そう思ってしまうことがある。

兄として慕ってくれているが心からではない。

やはり後宮での暮らしのせいかリュシエンヌは他者に壁をつくる。

それが高いか低いかの差はあれど、未だにアリスティードや父に対して遠慮することが多い。

しかし無理やりリュシエンヌの心に踏み込むことは出来ない。

そうすれば更に心を閉じてしまうだろう。

だから父と共に「リュシエンヌが甘えてくるのを待とう」と決めている。

もちろん、そうは言っても甘やかせる時には甘やかしている。

物分かりが良くて賢い妹は大きな我が儘は言わない。

まるでこちらの心を探るようだ。

きっと、どこまで許されるのか分かり兼ねて、少しずつ確かめているのだろう。

段々と我が儘の回数は増えていても、どれもこれも些細なものばかりだ。

やっと大きな我が儘を言ったかと思えば「同じ教室に通いたいから勉強を教えてほしい」である。

ルフェーヴルとの結婚が十六歳なので、飛び級をして一年だけ通って卒業し、養女としての役目を果たそうと考えているのかもしれない。

王女が退学というのは体裁が悪い。

だが飛び級して卒業であれば誰も文句は言うまい。

……まあ、本音はルフェーヴルの下に嫁ぐためなのだろうがな。

それでもほんの僅かでもアリスティードと共に学びたいと思ってくれていれば嬉しい。

そのような我が儘であれば喜んで聞こう。

アリスティードにとっても良い提案だった。

最後の一年を可愛い妹と共に肩を並べて学べるし、リュシエンヌに教えることで、自身の勉強にもなる。

忙しい合間を縫って教えるのは大変だ。

それでもリュシエンヌとの時間は大切にしたい。

「レアンドル、先ほどから落ち着かないようだがどうした？」

あの少女に最も反応した側近の名前を口にする。

力のある伯爵家の次男で、本人は騎士を目指し、いずれはアリスティードの近衛隊長になることを目指している。アリスティードの一つ年下だ。

「いえ、何でもありません、殿下」

レアンドルが慌てた様子で否定する。

そう言いながらも目線は少女が消えていったほうへ向けられている。

「あの少女が気になるか？」

アリスティードの問いにレアンドルが目を丸くした。

僅かに躊躇い、そして口を開く。

「……その、彼女はとても困っていたようでしたが、何故助けに行かないのかと気になっておりました」

「それは説明したはずだが？」

リュシエンヌへのあの説明は側近達にも向けていたつもりだが。

レアンドルは「はい」と頷いた。

「ですが、殿下らしくないと感じました。普段の殿下であれば困っている者を見つけたら自ら助けに行かれますので」

その言葉になるほどとアリスティードは思った。

確かにアリスティードは困っている者がいて、自分が手を差し伸べることで助けられるのであれば、迷わずにそうしてきた。

だが、それは民や仲間、友人に対してだ。

貴族の令嬢にそういった態度を見せたことはない。

「そうだな。だが、私は自分の王太子という影響力をきちんと理解しているつもりだ。婚約者のいない私が不用意に女性に近付けばどうなると思う？」

「……その者に好意があるのかと勘繰る者が出てくる可能性があります」

「ああ、そうだ。そしてそうなっては困るのだ。お前達には手紙で説明した通り、私は今、王太子妃に相応しい者を見定め中なんだ」

そこまで説明すればレアンドルは頭を下げた。

「申し訳ございません」

アリスティードはそれを手で制する。

レアンドルは少々真っ直ぐすぎるところがあるけれど、同時に自身の間違いを素直に認められる潔さも持っている。

忠誠心だけでなく、その誠実さもアリスティードは気に入っているのだ。

「良い。お前達もやがて婚約者が出来るだろうが気を付けてくれ。他の女性にあまり近付きすぎて、婚約者を蔑(ないがし)ろにしてしまうことだけは避けるように」

親友を含めた側近達は全員が頷いた。

これは当たり前のことだ。

だが夢の中の自分達はそれすら出来なかった。

あの夢と違う者を側近にしようと考えた時もあったが、結局は年齢や立場、優秀さを考慮して平等な目で見ると彼らを選ばざるを得なかった。

幸い、彼らはリュシエンヌに対して負の感情は抱かなかったようだ。

夢の中のリュシエンヌではそうはいかなかったはずだ。

チラリともう一度確認すれば、ルフェーヴルがリュシエンヌから体を離すのが見えた。

妹の柔らかな笑みを見て安心する。

……あちらはルフェーヴルとエカチェリーナ嬢に任せておけばいい。

今後、社交の場ではアリスティードはあまり傍にいないほうが良い。

王太子である自分がリュシエンヌに表立って構っていれば、縁を繋ごうと妹に集る者が増えてしまう。

……リュシエンヌを利用するなど許さん。

そのような者と親しくなる気はない。

アリスティードがリュシエンヌを大事に思っている。

それに気付けないような鈍感な者も必要ない。

既に選定が始まっていると理解出来る者だけが、アリスティードの側につくことが許される。

そしてそこにあの少女の居場所はない。

……それでも夢のように学院で近付いて来たら。

その時は全力で拒絶するだろう。

まだ起きていない出来事とは言えども、可愛い妹を悲惨な末路に向かわせる原因と親しくする理由もない。

アリスティードはもう一口、飲み物を口に含む。

……私はリュシエンヌを選ぶ。

アリスティードの心は乱されない。

あの少女に心を捧げることはない。

妹の未来のためにも、自身の想いのためにも。

あの少女は要らないのだ。

オリヴィエ＝セリエール

「ああ、もう！　何で会えないのよっ⁉」

こぢんまりとした馬車に揺られながら、少女が不満げに地団駄を踏む。

その音や揺れが伝わっているだろうに御者は我関せずといった様子で馬車を走らせる。

少女はイライラとした様子で美しく整えられた自身の爪を噛んだ。

明るく柔らかな金色の髪に、夏の深緑のように色鮮やかな瞳を持つ少女、オリヴィエ＝セリエールはその庇護欲を誘う可愛らしい眉を顰（ひそ）めている。

オリヴィエには前世の記憶があった。

いや、オリヴィエは前世の記憶を引き継いでいた。

前世は地球という星の、日本という国で華の女子高生生活を謳歌していた少女だった。

好きなゲームの攻略サイトを見ている時に突き飛ばされ、電車に轢かれて死ぬまでは。

……ヒカキミの世界のヒロインに生まれ変わったのは最高だけど、死んだ瞬間を何度も夢に見て最悪だし。

前世のオリヴィエを突き飛ばしたのは隣のクラスの地味な男子だった。

名前も覚えていないが、以前、友達と遊んだ時に罰ゲームで告白した男子だ。

……あの地味さで私と付き合えると思ってたとかマジキモかったし？

罰ゲームの告白なのに喜んでいて友達にはウケたけど、前世のオリヴィエからしたらキモくてダサくて付き合う気など微塵も起きなかった。

……ちょっとからかっただけなのに、まさかアイツに殺されるとは思わなかったわ。

腹は立つが、こうして大好きなゲーム『光差す世界で君と』通称ヒカキミの世界に生まれ変わる機会をくれたことだけは感謝している。

今日の園遊会は本編ではなく後に売り出されたファンディスクに出てくるから知っていた。

男爵家に養子に入ってすぐにあるイベントだ。

ファンディスクはヒロインがアリスティードルートのトゥルーエンドという流れから始まるのだ。

そしてそこから、本編後の友達同士になっていた攻略対象達と恋愛が出来る。

その中で全員の幼少期の姿を見ることも出来る。

そんなファンディスクでは全員を攻略すると隠しキャラが開放される。

前世のオリヴィエはその隠しキャラに恋をしてしまった。

……ああ、ルフェーヴル様……。

その姿を思い出すだけでうっとりしてしまう。

全攻略対象のルートを全てクリアした後でないと会えない特別な彼。

暗殺者という暗い職業でありながら、あえて明るい道化のように振る舞う孤独な存在。

オリヴィエは隠しキャラのルフェーヴルルートを遊んですぐに推しが代わってしまったほどだ。

ルフェーヴルルートはハッピーエンドとバッドエンドしかなく、選択肢を一つでも間違えることは許されないが、前世のオリヴィエは散々やり込んだ。

それこそセリフを一言一句、違わず言えるくらい。


「それなのに……！」


今日は幼少期の攻略対象達と一気に出会えるイベントのはずだった。

バラに髪が絡まってしまったオリヴィエに気付いたアリスティードが助けてくれて、一緒に来た攻略対象達とも会える特別イベントだ。

選択肢を誤ると、男爵家に養子に入れるタイミングがズレて、このイベントを逃してしまう。

そしてこれを逃すと今度は別々に出会いイベントを消化しないといけないので大変なのだ。

ファンディスクでは、攻略対象と恋愛関係を築いていく中で、実は幼少期に既に出会っていたことが判明する。

過去編も何度も繰り返した。

だからオリヴィエは正しい選択肢で来た。

そのはずなのに、何故か今日、攻略対象達に会えなかった。

いや、遠目には見たが近付くことは出来なかった。

近付けば原作から外れてしまう。

でも原作通りらしく、アリスティードの傍には悪役王女のリュシエンヌがいた。

エスコートしていた男は背を向けていたため顔が分からなかったがロイドウェルではなく、原作のリュシエンヌは何人もの男に囲まれていたのできっとそのうちの一人だろう。

悪役がいるなら本編の学院も原作通りのはずだ。

「ちっ、面倒だけど一人ずつイベントをやってくしかないわね」

アリスティード、ロイドウェル、アンリ、レアンドル、リシャール。

それぞれと今のうちに出会っておかなければ。

「まずはレアンドルかしら？」

出会いは攻略しやすい順になっている。

レアンドル、アンリ、リシャール、ロイドウェル、そしてアリスティード。

今回の園遊会で会えなかったのは少々痛いが、まだ巻き返しは十分に可能だ。

十五歳の入学まで後三年もある。

この三年間で五人と出会っておけばいい。

「待っててね、ルフェーヴル、ルフェーヴル様」

あのルフェーヴルの執着を受けるのも、依存されるのも、蕩[とろ]けるほどの笑みを向けられるのも。

全てヒロインのオリヴィエだけなのだから。

＊　＊　＊　＊　＊

園遊会の後、ルフェーヴルは闇ギルドに一つ依頼をした。

それは金髪に緑眼の少女『ヒロインちゃん』についてである。

闇ギルドの情報部に調べるよう頼んだのだ。

自分で調べようかとも思ったが、リュシエンヌに出来るだけ関わってほしくないと言われたため、ルフェーヴルは闇ギルドに任せたのだ。

ギルド長は怪訝そうな顔をしていたが、ルフェーヴルが高額を支払うと申し出ればあっさりと依頼を受けた。

そして三日後には情報が差し出された。

リュシエンヌが存在を危惧している『ヒロインちゃん』ことオリヴィエ＝セリエールの全ての情報が書かれていた。

名前、性別、年齢、誕生日、外見的特徴からこれまでの生い立ちまで調べ尽くされている。

体重や体の部位の大きさ、黒子の数まで書かれているのはどうでも良いが、よくそこまで調べたものである。

「まあ、大金払ったしぃ？」

払った額に見合うだけの調査が行われたらしい。

オリヴィエ＝セリエール、女、現在十二歳。

金髪に緑眼、庇護欲を誘う愛らしい外見。

ご丁寧に着色された似顔絵が添えられている。

二年前にセリエール男爵家に養子に入ったが、元の姓はミルトン、セリエール男爵の妾の子だ。

セリエール男爵の妻が病で亡くなり、現在は妾であったこの娘の母親と再婚し、この娘は男爵令嬢となった。

それまでは平民として過ごしていたが、前王の時代は貧しく暮らしていたらしい。

それでもベルナールが王となって以降はそれなりに援助をして、平民にしてはわりと良い暮らしをしていたようだ。

性格は明るく優しく、人見知りがない。

その愛らしい外見もあってセリエール男爵と母親から溺愛され、甘やかされて育っている。

だがそれは表向きだ。

実際の性格はかなり我が儘で人の話を聞かない。

セリエール男爵家の使用人達は手を焼いているものの、主人である男爵にいくら進言しても、両親の前では良い子のふりをしているため父親も母親も使用人の言葉に耳を貸さない。

それどころか娘について進言した使用人達は全員クビにされている。

理由は全て「主人の娘を虐げた」というものだ。

どうやら娘が両親に「あの使用人に暴力を振るわれた」「大声で怒鳴りつけられた」と告げ口して使用人達のありもしない罪を泣いて訴えたそうだ。

娘を溺愛している両親はその言葉を信じて使用人達をクビにする、という愚かな行為を繰り返している。

そのせいで現在は娘の横暴に口を挟む使用人はおらず、男爵家で好き勝手に我が儘放題に育っているようだ。

「ん〜、リュシーから聞いてた『ヒロインちゃん』とは似ても似つかないねぇ」

確かに表向きはそのように振る舞っている。

だが男爵家のような下位貴族の家なぞ、調べようと思えばいくらでも調べられる。

特にこの家はそういった方面に疎いのか家の内情を守る手段はほとんど取っていないらしい。

恐らく使用人達が金欲しさに漏らしてしまっているのだろうが、主人からの扱いが酷いと使用人達の忠誠心も低く、情報が漏れやすい。

手元の書類には使用人達から見たであろう娘について書かれている。

これまで娘が口にしてきた我が儘、身勝手な行動、使用人達への乱暴で高圧的な言動、その他諸々。

セリエール男爵や夫人がそもそも使用人を消耗品のようにこき使い、高圧的な態度を取っているため、娘もそれを真似たのかもしれない。

しかもセリエール男爵と夫人は贅沢好きだ。

娘も同じく贅沢が好きで、華美さや派手さよりも控えめで品のある装いや生活が好まれる風潮の中で、男爵家にしてはなかなかに豪遊している。

豪商から男爵位を得ただけあって、商売での収入が非常に多く、そのおかげで贅沢な暮らしを送れているようだ。

園遊会でもゴテゴテしたドレスだった。

……いくら外見が良くたって中身がこれじゃあ近寄りたくもないなぁ。

ルフェーヴルは書類に目を通しながらも、自分の唯一を思い出していた。

リュシエンヌは贅沢も好まないし、ドレス自体あまり好きではなく、それよりも町娘が着ているようなシンプルで動きやすい服を好む。

王族としての品格を維持するために高価なドレスやそれなりに豪華な食事を与えられて、それに感謝するが、本人は平民が食べるような気張らない食事がいいらしい。

時々、昔与えた保存食を欲しがることがある。あの硬くて甘くて少し塩気を含んだ、お世辞にも美味しいとは言い難いあれを、嬉しそうに食べる。

一緒に食べるととても喜ぶのだ。

リュシエンヌにとっては思い出深いもののようだ。

装飾品は相変わらずリボンを愛用していて、金銀細工はあまり好まないのか王室御用達の職人達が生活に困らないようにある程度は作らせているけれど、数は少ない。

その代わりリボンに取り付けられる宝石を加工したものが多く、質の良い絹のリボンと金銀細工のされた宝石という組み合わせは、派手過ぎず華美過ぎず、しかし高価で品の良い装飾品として貴族の令嬢達の間で流行り始めているらしい。

それに顔を隠すレースもそうだ。

令嬢達は顔を隠すほどではないが、髪飾りにレースを多めにあしらう作りが好まれ出した。

そしてリュシエンヌは使用人に対して穏やかな対応をする。

言葉遣いは変わったが、それでも貴族が使用人にするには丁寧で、失敗があっても怒らない。

ただ「誰にでもあることだから」と微笑む。

それでいてルフェーヴルに言い寄ったり好意を抱いて近付いたりする者には容赦しないし、婚約者になってからは一層その感じが強くなった。

……良い感じにオレに執着してるんだよねぇ。

執着して、依存して、重たいくらい信頼して。

それがルフェーヴルには心地好い。

「…………ん～？」

何枚目かの調査書に目を通していたが、途中で止まる。

この娘には独り言を呟く癖があるらしい。

そこには娘の独り言が書かれていた。

ヒロイン、攻略対象、選択肢、イベント、悪役の王女、好感度などなど調査したギルド側は意味不明な言葉として取り上げていたが、ルフェーヴルにはピンときた。

「リュシーと『同じ』だったりしてぇ？」

リュシエンヌがゲームについて説明する時に使う言葉の数々が並んでいた。

……コイツも前世の記憶があるっぽいなぁ。

しかも単語の中にはアリスティードやロイドウェル、ルフェーヴルの名前まで交じっている。

……これは絶対にそうだろうねぇ。

更に読み進めていくと、何度もルフェーヴルの名前を口にしていることが分かった。

思わずルフェーヴルは眉を顰めた。

リュシエンヌを悩ませる存在に名前を知られているだけでも不愉快なのに、勝手に名前を呼ばれるなんて不快さが増す。

ルフェーヴルの名を呼ぶ時、うっとりとした表情だという知りたくもない情報にげっそりする。

「ってことはぁ、コイツもオレが暗殺者だって知ってるんだぁ？　うっわ、面倒くさぁい」

表向き、ルフェーヴルは男爵であり、リュシエンヌの侍従と護衛を兼任した婚約者だ。

ルフェーヴルの正体を知る者は報復を恐れて口を噤む。

ルフェーヴルの情報を得られない者は、得られないという事実を知り、触れるべきではないと理解する。

だがこの娘はあまり賢くはなさそうだ。

おおっぴらにルフェーヴルの職業を口に出されたら、少々面倒臭いことになる。

リュシエンヌとの婚約は解消も破棄もない。

けれども王女と男爵の結婚と、王女と暗殺者の結婚では当たり前だが後者のほうが外聞が悪い。

自分のことは別にどうでもいい。

でもリュシエンヌの名に傷が付くのはよろしくない。

どうせ結婚すれば表舞台から姿を消すが、最後まで王女として綺麗な名を残してあげたいというりュシエンヌの言葉だけがルフェーヴルを止められるのだから。

そうでなければ既に娘はこの世にいない。

「リュシーの優しさに感謝してよねぇ」

邪魔な存在は要らない。

この娘はルフェーヴル達にとっては邪魔な存在だ。

それは確信を持って言える。

リュシエンヌは気にするだろうが、それでルフェーヴルを嫌うことはない。

いざとなったらやってしまおう。

自分の手を下さずに、殺さずに、表舞台から引きずり下ろす方法はいくらでもある。

ればルフェーヴルも容赦しない。

リュシエンヌは最終手段と言っていたが、今後、この娘がリュシエンヌに危害を加えるようであ

ルフェーヴルが手を下さない方法もある。

そうしたらリュシエンヌは気にするだろう。

「ほんとは今すぐにでも殺したいくらいなんだけどなぁ」

気持ちがルフェーヴルにはあった。

クリューガー公爵家のお茶会

エカチェリーナ様との手紙のやり取りを始めた。

その何度目かの手紙で「クリューガー公爵家でお茶会を開くのでもし良ければいらっしゃいませんか」とお誘いを受けた。

お父様とお兄様にお伺いを立てて、許可を得て、出席出来そうだと手紙を送るとすぐに招待状が届いた。あの速さは最初から招待状を準備していたに違いない。

初めてのご令嬢達とのお茶会がエカチェリーナ様のところでというのは安心だ。

侍従を連れて来ても構わないとのことだったので、ルルも一緒に行くことが出来る。

今回のお茶会は小さなもので、エカチェリーナ様と他二人のご令嬢とわたしの四人だけだ。

慣れたらもっと大勢のお茶会に参加したり、王女として王城でお茶会を開いたりすることになるが、今すぐにではない。

その二人のご令嬢はエカチェリーナ様いわく腹心だそうで、彼女が信頼するくらいなのだから、変な人物ではないだろう。

名前を聞いてお兄様に確認もしてみたが「ああ、あのご令嬢達は私に興味がないらしい」と言っていた。お兄様がそのように覚えているくらいなので、本当にそうなのだろう。

柔らかな淡い菫色のドレスを着て、ルルのエスコートを受けながら馬車に揺られる。

リニアさんもついて来ており、王宮御用達の紅茶を手土産に持ってきた。

「リュシー、楽しそうだねぇ」

座席に座るわたしを見てルルが緩く笑う。

わたしはそれに頷いた。

「うん、初めて他の人のお茶会に行くから。どんな感じなのかなって」

「不安はなぁい?」

「ないよ。エカチェリーナ様のところだし」

エカチェリーナ様はお兄様とも手紙のやり取りをしているそうで、手紙で聞いた感じ、二人の関係は良好らしい。

……やっぱり政の話とかしてるのかな?

甘い雰囲気はないかもしれないが、それはそれで、お互いの意見や考えを知ることが出来るので今後の関係のためにも良さそうだ。

「リュシーはクリューガー公爵令嬢のこと気に入ったぁ?」

「そうだね、わたしと仲良くしたいって思ってくれてるのがすごく伝わってきて、エカチェリーナ様は好きかも」

「そっかぁ……」

ルルが何やら考えるような仕草をする。

「ルル？」と問いかければ灰色の瞳が向けられる。

「結婚後も会いたい〜？」

ちょっと考える。

「時々でも会えたらいいな。初めてのお友達だから」

結婚後、ずっとルルが傍にいてくれるのが一番嬉しいけれど、きっとルルは本業を続けるだろう。

一人で待つのは平気だ。

でも、ルルがいないなら、時々お友達に会いたい。

エカチェリーナ様がお兄様と婚約して、何れ王太子妃になるなら、義理の姉妹にもなる。

ルルが傾げた首を戻す。

「分かったぁ。じゃあ、時々会えるようにするねぇ」

わたしは思わずルルを見上げた。

「いいの？」

「でもオレがいいって言った時だけだよぉ」

「うん、わたしも一緒にいたいのはルルだけだから、ルルに黙って誰かと会うつもりはないよ」

「それなら良いよぉ」

髪を崩さないようにそっと頭を撫でられる。

結婚後はルルと二人だけの世界になると思ってた。

わたしもそれを望んでいるし、そうなれば幸せで、それでいい。

だけどルルがこうして譲歩してくれたのも嬉しい。

本当はわたしを外に出さずに、誰の目にも触れない場所で過ごさせたいはずなのに。

わたしのために折れてくれたのだろう。

揺れていた馬車がゆっくりと停まる。

開いた扉からリニアさんとルルが降りる。

先に降りたルルが手を差し出してくる。

「お手をどうぞ、オレのリュシー(おひめさま)」

クリューガー公爵家の使用人もいるためか、ルルが猫を被る。

ぱちりとウィンクされて、かっこよい外見でお茶目な仕草が可愛くてキュンとしてしまう。

内心でギャップにやられながらもルルの手を借りて馬車を降りる。

クリューガー公爵邸の正面玄関には数名の使用人と執事らしき男性が立ち、揃って礼を執った。

「王女殿下と男爵様にご挨拶申し上げます」

執事の声に続いて使用人達も挨拶を行う。

「出迎え、ありがとうございます」

ルルが招待状を渡すと、執事らしき男性が丁寧に受け取り、確認して朗(ほが)らかに微笑んだ。

「ようこそお越しくださいました。さあ、中へどうぞ。僭越ながら私(わたくし)がご案内させていただきます」

「ええ、お願いします」

執事の案内を受けて公爵邸へ入る。

失礼にならない程度に内装を眺める。

……ファイエット邸とは違うのね。

ファイエット邸はどちらかと言うと華美さや派手さよりも実用的な感じが強く、一見質素だがよく見るとどれも質が良く、手のかけられた家具が多い。

クリューガー公爵邸はファイエット邸よりも華やかだ。

飾られる絵画の数や調度品も多い。

でも派手というわけではない。

ほどよい華美さが品の良さを際立たせている。

廊下を歩き、やや奥まった部屋に通された。

執事が扉を叩き、誰何(すいか)に答える。

扉が開けられると明るい光が漏れる。

柔らかなモスグリーンで統一された部屋は窓が大きく、その窓には眩しくないようにレースや薄いカーテンがかけられており、カーテン越しに外の光が室内を照らしていた。

広い部屋の中央にテーブルがあり、そこは日が当たらず、けれども暗すぎることもなく、丁度良い位置にあった。

エカチェリーナ様と他二人のご令嬢が立ち、礼を執ってわたしを出迎える。

「王女殿下にご挨拶申し上げます」

三人が声を揃えて言った。

顔を上げた三人へ微笑み返す。

「本日はお招きくださり、また、わたしのために集まっていただきありがとうございます」

今回のお茶会はわたしとこの二人のご令嬢の顔合わせであり、交流の場でもある。

「こちらこそ来ていただけて光栄ですわ。さあ、リュシエンヌ様もどうぞおかけくださいませ」

エカチェリーナ様に椅子を勧められた。

ルルが近付いて椅子を引いてくれたので、それに腰掛ける。

わたしが座れば三人も腰を下ろした。

クリューガー公爵家の使用人、恐らくエカチェリーナ様の侍女だろう女性が紅茶を人数分淹れて、最初にわたしがカップを選べるように差し出した。

ルルがそのうちの一つを取ってわたしの手元に置く。

残りのティーカップもそれぞれに行き渡った。

テーブルの上には目にも楽しく、美しい菓子や軽食が並んでいる。

「ではさっそくですがこちらのお二方の紹介をさせていただきます」

わたしの右手側にエカチェリーナ様が座り、向かいと左手側に二人の令嬢が座っている。

「まずラエリア公爵家のハーシア様」

「初めまして、王女殿下。ラエリア公爵家が長女、ハーシア＝ラエリアと申します。どうぞよろしくお願いいたします」

ハーシア様は色素の薄い金髪に同じく淡い水色の瞳をした、十五、六歳ほどのおっとりとしたご令嬢だった。

このハーシア様がエカチェリーナ様とは別の、公爵家のご令嬢だ。

既に婚約者がいるので王太子妃候補から早々に外れた方だ。

その色素の薄さと細身もあって儚げ美人である。

「そしてボードウィン侯爵家のミランダ様」

「初めまして、王女殿下。ボードウィン侯爵家が長女、ミランダ＝ボードウィンと申します。よろしくお願いいたしますわ」

もう一人のミランダ様は鮮やかな赤毛に金の瞳を持つ、十三、四歳くらいの勝気そうなご令嬢だ。

まだ成人前だというのに悩ましいほどの肉感のある体型をしており、将来は絶対に美女になるだろう。

エカチェリーナ様は完全に悪役顔だけれど、ミランダ様は気の強そうな美人といった感じだ。

やや気位は高そうな雰囲気だが、目が合うとニッコリと微笑みを向けられて少し拍子抜けした。

二人とも、わたしに害意や敵意はないようだ。

「改めましてリュシエンヌ＝ラ・ファイエットです。リュシエンヌとお呼びください。社交の場に不慣れで失礼をしてしまったらごめんなさい。どうぞよろしくお願いいたします」

この二人はエカチェリーナ様の補佐として、エカチェリーナ様がわたしの傍にいられない時にはどちらかがついていてくださるらしい。

「あら、まあ、殿下のお名前をお呼びする栄誉をいただけるなんて光栄ですわ。どうか私(わたくし)のこともハーシアとお呼びくださいませ」

「私もどうぞミランダと。殿下のご期待に沿えるよう精一杯努めさせていただきますわ」

二人からは好意的な気配を感じる。

「はい、ハーシア様、ミランダ様」

三人で微笑み合う。

これでお友達になりましたね、といった感じだ。

そしてわたしは斜め後ろで控えていたルルを手で示す。

「こちらはニコルソン男爵です。わたしの婚約者であり、侍従であり、護衛であり、とても大切な人です」

ルルが綺麗な礼を執る。

「初めまして、ルフェーヴル＝ニコルソンと申します。……まあ、オレの情報は全員買ってるから知ってるよねぇ？」

前半は猫を被り、後半はそれを脱いでルルが笑う。

……情報を買う？

わたしは思わず小首を傾げたものの、他の三人は苦笑を浮かべて肯定した。

「ええ、存じ上げております」

「高額で購入いたしましたが、やはりそれも筒抜けでしたのね」

「リュシエンヌ様のお側にあなたのようにお強い方がおられると心強いですわ」

エカチェリーナ様、ハーシア様、ミランダ様がそれぞれに言う。

……えっと、つまり、この三人または三人の家はルルを調べたってこと？

そして高い額でルルの情報を買ったけど、買ったこと自体がルルに伝わっていた？

わたしの両肩に触れるルルの腕を辿って見上げる。

「ルルの情報って高いの？」

ルルがニコッと笑った。

「うん、家が余裕で買えるくらいはかかるかなぁ」

それは高いというか、もはやぼったくりでは？

わたしの表情を見たルルに頬をつつかれる。

「これでもオレってば闇ギルドでは三本の指に入るくらい強いんだよぉ？　だから情報もすごく高いしぃ、売る相手も選べるんだぁ。まあ、ギルドに結構ピンハネされるけどぉ」

「そうなの？」

「そうなんだよぉ」

ルルが強いのは知っていた。

ファイエットの騎士達にいつも勝っていて、これまでずっと負けなしだったから。

でも闇ギルドでも三本の指に入るくらい強いって、結構な、いや、とんでもなく強いのでは？

そもそも闇ギルドに入ってること自体、初めて聞いた。

……あ、そっか。

ルルはわたしに自分が暗殺者だってことを隠していたから、それに繋がりそうなことは言わなかったんだ。

「ルルのことが一つ分かって嬉しい」

別にルルが闇ギルドに入っていようが、暗殺者だろうが、わたしには全て些細なことだ。

それも合わせてルルだから。

これまでのルルの人生を否定する気はない。

「ルル、生きててくれてありがとうね」

灰色の瞳が丸くなり、くしゃりと破顔する。

「リュシーはほんと良い子だねぇ」

後ろからギュッと抱き締められたので、その腕に自分の手を添える。

暗殺者稼業なんて危険と隣り合わせだろう。

それでも今日までこうして生きていてくれて、わたしの横にいてくれて、感謝しかない。

互いに顔を見合わせて笑い合う。

しかし「まあまあ！」「……こほん！」という感嘆と咳払いに意識が戻される。

「婚約者同士、仲が良いのは素晴らしいことですわ」

エカチェリーナ様がいい笑顔で言う。

ハーシア様は興味津々という顔で、扇子で口元を隠しながらもしっかりとこちらを見ている。

ミランダ様はちょっと赤い顔で視線を逸らす。

「このようにお二方は大変仲睦まじいので、二人とも、慣れるようにね」

エカチェリーナ様の言葉に二人が「ええ」と頷く。

「私も婚約者がおりますけれど、どうすればお二方のように仲良くなれますのかしら？」

頬に手を当てて小首を傾げるハーシア様に、わたしはうーんと悩んでしまう。

何せわたしとルルの出会いもその後も特殊だったから、多分、参考にはならない。

「ん～、オレ達はお互いがいなきゃ生きてる意味ない感じぃ？　参考にならないでしょ～」

「まあ、そうですの？　残念ですわ」

ルルがわたしの考えを代弁するように言い、ハーシア様が悩ましげに小さく嘆息した。

ミランダ様がジッとルルを見る。

見るというか、見据えるというか。

睨んですらいるような目付きである。

「ニコルソン男爵は殿下に忠誠心を持っていらっしゃるの？　正直、そのようには見受けられませんけれど」

無遠慮に金色の瞳がルルをジロジロと眺める。

ルルはそれに肩をすくめてみせた。

「残念だけどぉ、オレは『王族だから仕えてる』わけじゃなくてぇ、リュシーだから傍にいるんだよぉ。忠誠心なんてこれっぽっちもないねぇ」

「それでリュシエンヌ様をお守りすると？」

「うん。忠誠心はないけどさぁ、オレぇ、リュシーにものすごぉく執着してるんだぁ。もしリュシーがオレのとこにお嫁さんに来なかったらぁ、邪魔する奴ら全員ぶち殺してリュシーを攫っちゃうくらいには大事に思ってるよぉ」

ルルが笑ったまま目を細める。

それだけでルルから冷たい空気が流れてくる。

ミランダ様はしばしルルと睨み合っていたが、唐突にふっと肩の力を抜いた。

そして困ったように苦笑した。

「私の負けですわ。あなたには、私が五人いたとしても勝つことは出来ないのでしょうね」

「ミランダ様が五人、ですか？」

わたしの疑問にミランダ様が微笑んだ。

「ええ、私はこう見えて女性騎士になることを目指しておりますの。剣の腕ならばその辺の騎士に劣りませんわ」

この国にも女性騎士がいる。前王家の時には後宮を女性騎士が守っていたし、現在は、わたしの護衛に女性騎士がつくことも多い。

鮮やかな赤毛に輝くような金の瞳を持つミランダ様が騎士の制服を着たら、きっととても似合うだろう。

「ミランダ様が騎士の制服を身に纏ったら素敵でしょう。騎士になれると良いですね。微力ながら応援いたしますわ」

「ありがとうございます。リュシエンヌ様にそのように言っていただけるだけで、これまでの努力が報われたようですわ」

ニコ、と笑うミランダ様のそれは嫌みではなく本心から言っているのが分かる。

ミランダ様もエカチェリーナ様と同じく外見で勘違いされてしまいそうな見た目をしているが、接してみると、ご令嬢ながらに忠誠心の厚い方のようだ。

このような方がエカチェリーナ様の側にいるのも、わたしの手助けをしてくれるのも心強い。

……なるほど、お兄様が覚えているわけね。

ハーシア様はおっとりしているけれど物怖じしない性格で、外見の儚さとは裏腹に強かそうな感じがする。

ミランダ様は気位の高そうな感じで、確かに勝気だけれど、実は王家に忠誠心が厚く、騎士を目指している。

少し話してみただけでも二人とも頼り甲斐のある方なのだと実感した。

ルルも二人がわたしと接することに異論はないらしく、嫌がる素振りは見せなかった。

何より二人ともお兄様にもルルにも興味がない様子なのが安心する。

お兄様が覚えていたのもそういう理由だろう。

「わたくしがリュシエンヌ様のお側にいられない時はこの二人か、どちらかが代わりに侍らせていただきます。社交の面ではハーシア様が、ないとは思いますが無礼な振る舞いをする者がおりましたら武力の面ではミランダ様がお守りいたします」

……………ん？

「あの、武力の面ではルルがいるのですが……」

エカチェリーナが首を振る。

「相手が男性であればニコルソン男爵のほうがよろしいですが、女性相手の場合ですと、男性であるニコルソン男爵が手を出すのは問題になってしまいますわ」

……ああ、それもそうか。

例えばわたしに暴力を振るおうとしたのが男性だった場合、ルルが対処しても問題ない。

でも相手が女性だった場合、男性のルルが相手に触れたり止めたりというのは少々よろしくない。もし相手がそれで叫んだり必要以上に痛がったりすれば、逆にルルの立場が悪くなってしまう可能性もある。

そんなことになったらわたしが王女の権力を使って絶対に止めるけど。

「女性の諍いに男性が割り込むと拗れると昔から言いますでしょう？」

確かに、と納得するわたしとは反対にルルは「ふぅん？」と分かってるんだか分かっていないんだか判断し難い返事を漏らしていた。

それにルルはわたしに暴力を振るおうとする人間には容赦しないし、許しはしないだろう。

王女であるわたしにそんなことをする人間はただの自殺願望者だ。

だからエカチェリーナ様は「いないと思う」と前置きをしたのだが、それでもその配慮が嬉しかった。お手洗いとか同性でないと入れない場所もある。そういう時、一人になるのはまずい。

わたしは教会での一件以降、一人になることはまずなかった。

必ずルルか、リニアさんやメルティさん、護衛の騎士達、そして王城では大勢のメイド達が側に控えていた。

一人になれないことでたまにストレスを感じることもあったが、わたし自身の身の安全のためにルルやお父様が気を配ってくれていると思えば嫌な気はしない。

「そっちのラエリア公爵令嬢はどうなの～？」

ルルに問われてハーシア様が胸を張る。

「こう見えて護身術は得意ですわ。それにいざとなればリュシエンヌ様をお守りするために命を捧げる覚悟は出来ております。王家に仕える者として当然の覚悟ですもの。ねえ、ミランダ様？」

「ええ、もちろんですわ」

ハーシア様もなかなかに忠誠心が厚いようだ。

ご令嬢でこうなのだから、きっとラエリア公爵家も、ボードウィン侯爵家も当主やその家族揃って忠誠心厚い人々なのだろう。

そのような家がお父様に仕えてくれている。

そのような家がお兄様の時代にも残る。

その頃にはもうわたしは表舞台から姿を消しているけれど、王家と貴族が信頼し合い、互いに支え合っていけるのなら、きっと、この国の未来は良くなるはずだ。

お父様もお兄様も国の平穏を乱す者には容赦しないだろうから、そのような者も減るだろう。

「ハーシア様とミランダ様のお気持ちはとても嬉しいです。ですがご自身の命も大事になさってください。皆様のような方々こそがこの国には必要なのですから」

「リュシエンヌ様……」

「そのお言葉だけで私達は十分でございます」

と、何やら感動されてしまった。

……本当に命は大事にしてほしいなあ。

二人はエカチェリーナ様の腹心なら、何れは王太子妃の、やがては王妃の手足となるのだろう。

そんな国にとっても大事な人達をわたしのせいで失うのは惜しい。

エカチェリーナ様に視線を向けてみても、ただ微笑を浮かべているだけで、二人を止めてはくれなかった。

……うーん、エカチェリーナ様も同じ考えなの？

そうだとしたらこの場に助けを求められる相手はいない。

ルルは「リュシーの代わりに死ぬならいい」くらいにしか考えてなさそうだし。

「さあ、難しい話はこれまでにいたしましょう」

エカチェリーナ様がそう話を切ってくれたので、何とかわたしはそれ以上困ることはなかった。

その後は貴族達の構図や相関図、社交界で今流れている噂から流行りまで、色々な話を聞かせてもらった。

流行りに関しては、わたしは王女らしく流行の先陣を切ることが出来たらしい。

初の公務の時のドレスがとても印象的だったそうで、最近は金銀細工で華美に装飾品を作るよりも、リボンに宝石や金銀細工をつけたものを身に纏うのが流行り始めているそうだ。

一部の女性からは肌荒れがなくなったと喜びの声も上がったようだ。

……それって金属アレルギーでは？

「人によっては肌や体質に合わず、貴金属のせいでお肌が荒れたり具合を悪くしてしまうこともあると以前本で読んだことがあります」

と、話してみたら、三人は真面目な顔で聞いていた。

どうやらそれぞれ何か思い当たる節があったらしく、リボンの装飾品が今後大いに流行るだろうと言っていた。

ドレスとお揃いのリボンって結構可愛いのだ。

女性からしたら可愛いし、お肌に優しいし、あえてドレスと違う色のリボンを選ぶことで差し色にすることも出来るので楽しい。

それとこのお茶会にもつけて来ている、顔を隠すためのレースもそうだ。

さすがに顔を隠す目的がないので垂れるほど大量につけることはないが、髪飾りなどにレースをあしらうのも流行になりつつあるらしい。

「派手なものや華美なものが忌避されると、どうしてもドレスが地味になってしまいますから、リボンやレースでそれとなく華やかさを演出するのは品があってよろしいのですわ」

そう言ったハーシア様もよく見ればリボンの装飾品にレースをあしらった髪飾りをつけていた。

「わたくしはリボンが擦れると肌が痛くなるので、あまりつけられないでしょう」

エカチェリーナ様が残念そうに呟く。

そういえばエカチェリーナ様は金銀細工の装飾品で、リボンは首元だけだ。

リボンは質の良い絹が良いけれど、それでも、やはり人によっては擦れてしまってダメなのだろう。

「でしたら装飾品にリボンを結ぶのはいかがですか？　それならば布があまり肌に触れないので擦れて痛いということも起き難いと思います」

「逆の発想ですわね。でもリボンが宝石を邪魔してしまわないかしら？」

「宝石を外して代わりに小さなリボンをいくつか結ぶとか、いっそ、リボンの形の金銀細工を作るのはどうでしょう？」

細身の金銀のブレスレットに小さなリボンが並んでいるのも可愛いだろうし、リボンの形のチャームがついたものも絶対に可愛い。

エカチェリーナ様が想像したのか目尻を下げた。

「リボンの形の装飾品はきっと可愛いですわ」

「リボンが流行りだからと言って布のリボンだけがそうとは限りませんでしょう？」

「ネックレスにリボンのトップをつけたら素敵ね」

「それならピアスもお揃いにしたいわ」

女性が四人も集まれば騒がしくなる。

あれこれと話しながら、楽しいお茶会の時間はあっという間に過ぎていった。

ルルは退屈だったかもしれないが。

お茶会の数日後、わたしの元に可愛らしいリボンに小さなダイヤモンドがあしらわれた細身のネックレスとお揃いのブレスレット、ピアス、それからネックレスのトップとお揃いのルル用のカフスボタンが贈られてきた。

……エカチェリーナ様仕事が早い。

そのためにルルにピアス用の穴を開けてもらったのだが、それはまた別の話である。

しばらくはリボンやそれをモチーフにした物が流行りそうだ。

そうしてリボンとレースのブームが貴族だけでなく平民の間にも広がり、長く親しまれることになるとは、その時のわたしは夢にも思わなかった。

＊＊＊＊

令嬢達のお茶会というのは退屈だ。

ただお茶をしながら流行や噂話を口にして、無駄な時間を過ごすだけ。

……まあ、リュシエンヌがいるならそういうのも悪くないけどねぇ。

リュシエンヌと出会うまで、そういった『緩い時間』が好きではなかった。

そもそも何かを好きだと感じる時間もほぼなかった。

ルフェーヴルは暗殺者だが殺しが特別好きというわけではない。

それが最も自分の得意なことで、刺激的だっただけだ。

斜め前に座るリュシエンヌの顔はあまり見えない。

それでも嬉しそうな、楽しそうな声は出会った時から心惹かれるもので、今ではそれを聞いていると穏やかな気持ちになれる。

昔の何をしても、何を見てもつまらなくて無関心だった頃からは想像も出来ない。

時折リュシエンヌが気遣うように振り返る。

ルフェーヴルが笑いかけると嬉しそうにリュシエンヌが微笑み、美しい琥珀の瞳が煌めいた。

それだけで穴のあいていたはずの心が満たされる。

リュシエンヌと出会ってからはお茶会などの『緩い時間』も悪くないと思えるようになった。

リュシエンヌと過ごす時間が好きだ。

……リュシーはいつでも真っ直ぐだからかなぁ。

好意も、感情も、隠さずにルフェーヴルへ向けられる。

今はもう何も隠すことがなくなったからか、最近のリュシエンヌは以前よりも更にルフェーヴルに傾倒している。

ルフェーヴルもまたそうだ。

最も得意な暗殺はルフェーヴルにとっては退屈な時間を潰し、金を稼ぐためだけの行為でしかなかった。自分の決まりごとを作って仕事を難しくすることで遊んでいたとも言える。

それが楽しいかと言われれば、そうでもない。

標的を暗殺する。追い詰めて殺す。

殺した瞬間に一斉に広がる敵意や殺意。

その高揚感が、ルフェーヴルの退屈な人生における数少ない刺激だった。

けれども今はその刺激に興味はない。

リュシエンヌとの日々のほうがルフェーヴルにはずっと刺激的で楽しい時間だからだ。

予測がつくようでつかないリュシエンヌ。

前世の記憶とやらがあるからだろうか、不思議な雰囲気を持っている。

そこにいるだけなのに視線が引き寄せられる。

あの美しい琥珀の瞳に魅入られてしまう。

あれが自分のものだと思うと満足感がある。

誰よりもかわいいリュシエンヌ。

もう昔の憐れで可哀想な子供ではない。

それでもルフェーヴルにとってはかわいい自分だけのチョコレートなのだ。

重たいほどの信頼感が、真っ直ぐすぎる好意がいい。

「ルル、喉渇いてない？　大丈夫？」

と、こっそり問われて頷き返す。

「大丈夫だよぉ」

間諜の仕事の時は、狭い空間に身を潜めて何時間も水分をとらないこと、空腹を我慢することもある。それに比べればどうということはない。

「喉が渇いたりお腹空いたりしたら言ってね？　無理しないでちょっと下がって、飲んだり食べたりしてね？」

「リニアさんも」と念押しするリュシエンヌにルフェーヴルは一緒について来た侍女と共に頷いた。

使用人もこういったことには慣れている。

三人の令嬢達が微笑ましげにリュシエンヌを見た。扇子で口元を隠して話しているが、さほど距離があるわけではないので、令嬢達にはしっかり聞こえているだろう。

リュシエンヌの声はよく通る。どうやらその自覚はないらしいが。

でもおかげでルフェーヴルは離れていても、騒がしい場所でも、リュシエンヌの声が聞き取れる。

その声だけがルフェーヴルの飢えを癒してくれる。

「帰ったら一緒にお茶しようね」

……ああ、早くオレだけのものにしたいなぁ。

今度、一緒に家を探しに行こうとルフェーヴルはリュシエンヌの後頭部を見ながら考えていた。

ルルとリュシーの家探し

十二歳になってから半年が経った。

エカチェリーナ様達とのお茶会も何度か重ね、つい先日はハーシア様のお茶会にも参加した。

初めて会うご令嬢ばかりだったけれど、皆、ハーシア様やエカチェリーナ様、ミランダ様と親しくするだけあってきちんとした人達だった。

逆を言えば、そのお茶会で会わなかったご令嬢には気を付けなければならないということだ。

……ううん、今はそういうことを考えるのはなしにしよう。

今日は地味な臙脂色のドレスにくすんだ焦げ茶色のローブを着込んで、更にレースで顔を隠している。

ルルと、結婚後に一緒に住む家を探すために王城から出ているのだ。

既に建っている家を購入するのか、これから新しく建てるのかも含めて決める予定だ。

それについては懐具合と相談である。

わざと目立たない具合なのは、町にいるという、ルルが家について相談出来る人物に会うためだ。

ただどこに行く予定なのかは聞いていない。

ルルが御者に目的地の住所を告げた時、御者も騎士達も顔を強張らせたのが少し気になる。

「あ、着いたみたいだねぇ」

馬車の揺れが収まり、停車する。

扉が外から開かれ、まずは私服の騎士達が降りて、それからルルが、ルルの手を借りてわたしが降りる。辺りを見回した。

……うん、どう見ても危ない場所だ。

昼間でも薄暗い大通りから外れた道。

多分、あまり大きな声で言えないだろう職業についていそうな男性達が脇の路地に箱を置いて、そこに腰掛けて屯っている。

今日のルルは久し振りに顔を布で隠している。

服は一般人らしいラフな格好だけどね。

「こんなところに家のことを相談出来る人がいるの？」

「いるよぉ。仕事が早くて情報を漏らさない、そこそこ信用出来る人間がねぇ」

とてもそんな人がいそうな雰囲気ではない。

……それってもしかして。

「闇ギルドの人だったりする？」

「うん、そうだよぉ。よく分かったねぇ」

「……おお……」

偉い偉いとフードの上から軽く頭を撫でられる。

わたしは感嘆とも驚愕ともつかない声が漏れた。

それ、お父様に話してあるのだろうか。

チラリと騎士達を見ると首を振られた。

……あ、これ許可取ってないやつだ。

多分「町に出て家探ししてくる～」みたいな軽いノリで話して、お父様も恐らくどこかの商家に行くと勘違いしたのだろう。

闇ギルドに行くと分かっていたら、絶対にもっと護衛をつけただろうし、そもそも行くこと自体を許してはくれなかったと思う。

「わたし、入っても大丈夫？」

明らかに子供の背丈のわたしだ。

入ったら即座に叩き出されるとか、誰かに絡まれるとか、そういうことになりそうである。

でもルルは軽い調子で頷いた。

「オレがいるから大丈夫だよぉ」

「そっか……」

ちょっと不安である。

「ルル、手を繋いでもいい？」

ルルが「いいよぉ」と手を差し出してくれる。

それをしっかり握る。

そうしてルルとわたしと二人の護衛騎士の四人で、闇ギルドの扉を開けたのである。

……酒場、かな？

入ると途端にアルコール独特の臭いがする。

薄暗い店内には人影がいくつもあったけれど、全員の視線がこちらに突き刺さる。

ギュッとルルの手を握ると握り返された。

歩き出すルルにつられてわたしも歩を進める。

四人で酒場のカウンターに向かう。

「マスター、久しぶりぃ」

カウンターの中にいた大柄な男性が振り返る。

ルルを見るとニッと口角を引き上げた。

「何だ、お前か。下から入ってくるなんて珍しいじゃないか」

「うん、今日は連れがいるからねぇ」

「連れ？」

男性が今気付いた様子でわたしと騎士達を見た。

「お前さんがそんな大所帯でいるなんて初めて見たぜ。明日は槍でも降るのかねぇ」

目を丸くして見つめられる。

俯くと、ルルがわたしを隠すように一歩前に出る。

「うるさいなぁ」と珍しくルルが少し鬱陶しそうな声を出した。

その声は普段のものよりも平淡で温度がない。

「それより上に行きたいんだけどぉ、いいよねぇ？」

男性がわたし達を見て「連れて行っていいのは横のおチビさんだけだ」と言った。

騎士達が何か言う前にルルが手で制する。

「アンタ達はここで酒でも飲んで待っててよぉ」と頭上から声がした。

騎士の「しかし……」という言葉は最後まで続かずに途切れた。

ルルから冷たい空気が漂ってくる。これが殺気というものだと気付いたのはつい最近のことだが、この殺気、なかなかに落ち着かない気分になるものなのだ。

自分に向けられていなくてもそうなのに、騎士達は真正面からそれを受けて、それでもなんとか言い募ろうとしていたが、ルルはそれに耳を傾けなかった。

「どっちみちアンタ達じゃあ入れないしねぇ」

ルルが空いた手でカウンターの上に銀貨を数枚置いた。

「ここで、待ってよ。……ね?」

にっこりと笑ったルルに騎士達が苦い顔をする。

だからわたしも大丈夫だと頷いた。

わたしが頷いたので、騎士達もそれ以上は言うことはなかったけれど、不満そうだった。

……ごめんなさい。

ルルに手を引かれて奥の階段を上っていく。

薄暗くてギリギリ足元が見えるかどうかなので、どうしてもわたしの歩みが遅くなる。

それに気付いたルルがわたしを見下ろした。

「足元見える～?」

「……何とか見える」

「ん～、転びそうだねぇ」

踊り場で立ち止まったルルが屈(かが)み込み、ひょいとわたしを抱え上げた。

もう十二歳なのでかなり成長しているし重いのに、それを感じさせない軽い動作だ。

わたしを横抱きに抱えると暗い階段を上っていく。

途中、二階に上がった際に明らかに強面の男性達に睨まれたけど、ルルが「やっほぉ」と挨拶すると慌てた様子で礼儀正しくなった。

……さすが闇ギルドで三本の指に入る立場である。

階段を上ってもルルはわたしを下ろさず進んだ。

すれ違う人の数は少ないが、皆一様にルルに礼儀正しく接し、そして抱えられたわたしの存在を気にしていた。暗殺者がいきなり子供だと分かる人間を抱えて現れたら誰だって驚くだろう。

でも誰も問いかけないのはルルから漂う威圧感みたいなもののせいかもしれない。

それなのにわたしと目が合うと、いつもの緩い笑みを目元に浮かべるのだ。

……本当にわたしは特別扱いなんだなあ。

嬉しいような、恥ずかしいような、やっぱりすごく嬉しい気持ちになる。

そうして階段を上り終えると人気のない廊下を進み、人影の立つ扉へ向かっていった。

扉の前に立つ人は今のわたしと同じようにローブで顔や体を隠している。

ルルが正面に立つとローブの人は首を振った。

するとルルが小さく舌打ちする。

……え、ルルの舌打ちなんて初めて聞いた。

「リュシー、こいつに顔を見せてやってぇ」

わたしはフードを下ろして、顔にかかっていたレースも上げて、素顔を晒す。

するとローブの人が今度は頷いた。

レースとフードを元に戻す。

ローブの人が扉を何度か叩き、中からベルの音がすると、ローブの人が扉を開けた。

わたしを抱えたままルルが中へ入った。

「ルフェーヴル、また何かご入用です、か……」

中にいた人物がわたしを抱えるルルを見て目を丸くする。

扉の閉まる音が妙に大きく響く。

扉が完全に閉まるとルルが動き、わたしを一人がけのソファーにゆっくりと下ろす。

長い髪に眼鏡をかけたその男性が「あなたまさか……」と信じられないと言いたげな顔でルルを見る。

「家が欲しいんだぁ」

ルルがわたしのフードを外して、レースをそっと持ち上げる。

男性はわたしと目が合うと立ち上がった。

「王女殿下」

礼を執ろうとするのを咄嗟（とっさ）に手で制する。

「わたしは人目を忍んでここに来ています」

「かしこまりました」

男性が顔を上げる。

「お嬢様、ようこそ当ギルドへ」

その表情に焦りはない。

「こいつはアサド。ここのギルド長だよぉ」

「アサド＝ヴァルグセインと申します」

ソファーの背もたれに寄りかかるように座ったルルが紹介し、闇ギルドのギルド長が名乗った。

わたしは頷き返す。

「リュシエンヌです」

家名まで名乗る必要はないだろう。

どうせもう身元は分かっているのだから。

手で座るように示せばギルド長は椅子に腰を戻した。

「それで、家が欲しいという話でしたか？」

驚いていてもきちんと話は聞いていたようだ。

「そうだよぉ、結婚後にオレ達が住む家が欲しいんだよねぇ。あと使用人も何人か要るかなぁ」

ギルド長が首を傾げた。

「結婚と言っても後四年は先でしょう？　まだ早いのではありませんか？」

「いやいや〜、オレ達が住むんだよぉ？　早めに準備して完璧な巣作りしておかなきゃ困るしぃ、使用人だけでも先に住まわせて土地の人間に馴染ませておくのは基本でしょ〜？」

「それは間諜の話だと思いますが……。どのような条件の場所や建物が良いんですか？」

「ん〜」とルルが考える仕草をする。

「まずはぁ、部屋数が多いほうがいいなぁ。外から建物の中が見えない程度には庭も欲しいしぃ、外と隔てるための高めの壁と門も必要だねぇ。使用人の住む場所も必要だよねぇ。それで王都から少し離れた場所がいいなぁ。オレ仕事続けるからぁ」

ギルド長がホッとした顔をする。

「あなたに辞められると困るので助かります」

「あはは、オレ稼ぎ頭の一人だもんねぇ」

「ええ」

……へえ、そうなんだ。

でもルルは今はわたしの侍従をしてるから、夜しか働いていないと聞いたけど。

それでも結構稼げているのだろうか。

そんなことを考えているとギルド長がこちらを見た。

「お嬢様は何かご希望などございますか？」

……希望かあ。

「町から少し離れていると嬉しいです」

ギルド長が目を瞬かせた。

「よろしいのですか？　外出時に少々不便かと存じますが」

「はい、喧騒から離れたいです。ルルと二人、お家でゆっくり、周りを気にせずに暮らしたいので」

「そうですか。……ふむ……」

ギルド長が立ち上がると本棚に歩み寄り、そこに置かれていた大きな箱を取るとこちらへやって来る。テーブルの上に箱を置いて蓋を開ける。中には沢山の紙の束が入っていた。

そこから束を取り出し、そのうちの一つの束を置くと他の束を箱の中へ戻す。

そうして残った束を纏めている紐を解き、何枚かの紙をテーブルへ広げていった。

「候補に良さそうな建物と土地が四つあります。既に建物がある物件三箇所と、土地のみが一箇所ですね」

わたしとルルとで紙を覗き込む。

「元からある建物と新しく建てるのどっちがいーぃ？」

「今ある建物でいいよ。古ければ修繕したり改築したりすればいいし、新しく建てるよりも安く済めば、その分を別のことに回せるから」

「そっかぁ」

土地だけの書類をギルド長が外す。

他のものは土地と建物が両方あるようだ。

商業ギルドが元々使っていたもの、豪商が住んでいたもの、貴族の別邸だったもの。この三つだ。

建物の見取り図も書かれている。部屋数で言うと商業ギルドの建物だが、応接室などが多く、一つ一つの部屋はそれほど大きくはない。

豪商の屋敷は部屋数があるけれど、庭が狭く、屋敷を売り払ってから年数が大分経っている。

最後のものは、やはり貴族の屋敷だけあってなかなかに良さそうである。部屋数もあり、一つ一つの部屋も広く、売り払われてまだ半年ほどだ。庭も広い。

「ここが気になるね」

貴族の屋敷の見取り図を手に取る。

ルルがわたしの手元を覗き込んだ。

「良さそうだねぇ」

「うん、町からもちょっと離れてる」

王都の西にある町の外れだ。

「そちらの建物は周囲を木々と塀に囲まれており、近くに家もないのでとても静かな場所です」

「何で売り払われたの～？」

「療養していた貴族の奥方が快方に向かったので本邸へ帰ったからです。ああ、病気ではなく、精神的な病での療養だったそうですよ。奥方がもうその屋敷に戻りたくないと言って売り払ったという経緯ですね」

「ふぅん」

ルルに視線を向けられて頷き返す。

ここなら良さそうだ。

ルルもそう思ったのか頷き返される。

「じゃあここにしようかなぁ」

ギルド長が「見に行かなくて良いのですか？」と訊いてきた。

「一応そこは信用してるよぉ。オレだけならともかく、二人だけで行くってなると難しいしねぇ。行くならオレだけで行くよぉ。それに気に入らなかったら改装を頼むから、その時はよろしくぅ」

「なるほど、分かりました」

「とりあえず契約金は渡しとくねぇ」

ルルが懐から取り出した袋をテーブルへ置く。

男性はそれを手に取り、袋の口を僅かに開けて中身を確認すると頷いた。

「確かにいただきました」

「気に入ったら残りの金は払うよぉ」

「ええ、気に入らなければ契約金も返金しましょう。本契約の際はお安くいたしますよ。ついでに使用人の仲介料も、いくらか勉強させていただきましょう」

ルルが小首を傾げる。

「いいのぉ？」

「まあ、婚約祝いと思ってください。あなたには随分と稼がせていただいておりますので」

「そういうことねぇ。それならありがたく受け取っておこうかなぁ」

それからルルとギルド長が使用人の条件について話し合う。

条件は細かく指定すると結構あったけれど、最低限の条件は三つ。

一つ、戦闘が行えること。

一つ、口が堅く必要以上に詮索してこないこと。

一つ、隠密能力に長けていること。

以上である。

まず一つ目は、屋敷の守護とわたしの護衛を兼ねており、もしも誰かが侵入した際に護衛だけでなく使用人達もある程度は戦えなければ困るからだ。

二つ目は、わたしやルルの情報を漏らさないことと、うるさくあれこれ訊いてこないことがいい。

三つ目は、わたしとルルが過ごす中であまり他者の気配を感じなくて済むようにするためと、わたしの目にあまり使用人が映らないようにしたいというルルの希望もある。

他の細かな条件はルルとわたしの我が儘が大きい。

闇ギルドが紹介する使用人はほぼ隠密能力や戦闘能力など何かしらの能力に長けた者らしいので、普通に商業ギルドなどに頼むよりずっと信頼性が高いそうだ。

「何なら現役を退いたのを引き抜いてもいいよぉ」

「おや、よろしいので？」

「うん、適当な若い奴よりはそっちのほうが安心出来るかなぁ。あんまり若い奴だとオレのお姫サマに惹かれちゃうかもしれないからさぁ」

「……そうですか」

一瞬、ギルド長が変なものを呑み込んだような顔をした。

でもルルとわたしを見て、納得した風に手元の紙にメモを取る。

先ほどからルルはギルド長と話しながら、わたしの頭を撫でたり、髪を手で梳いてみたり、とにかくわたしに触れ続けていた。

それを見るだけでルルがわたしに執着しているのがよく分かるだろう。

わたしがそれを好きにさせているから、わたしの意思も多分、伝わっていると思う。

ギルド長が苦笑する。

「あなたに執着出来るものが見つかって良かったですね。ガルムも喜ぶでしょう」

「どうかねぇ、あのクソジジイだからなぁ」

……ガルム、さん？

「誰？」

ルルに問うと珍しく眉を下げた。

困ったように笑う。

「オレの師匠でねぇ、ガルムって名前なんだけどさぁ、子供にも容赦ないとんでもないクソジジイなんだよぉ」

「ルルの師匠って、本業の？」

「そうだよぉ。暗殺とか隠密の技術はぜぇんぶ、そのジジイから教わったんだぁ」

それはそれで気になる人だ。

会ったらルルの幼少期とか訊いてみたい。

でもルルは嫌そうな顔をしている。

……あんまりお師匠様が好きじゃないのかな？

しかし見上げた灰色の瞳には僅かに懐かしむような光があり、きっと、嫌いではないのだろう。

「まあ、クソジジイのことはともかく、そういう現役辞めたばっかりの人間でもいいよぉ」

「ではそういった者達にも声をかけておきましょう」

「頼んだよぉ」

それで二人が頷き合った。

選んだ物件の見取り図は持って帰っていいそうで、ルルがそれを畳むと懐に仕舞う。

椅子の背もたれから立ち上がったルルが思い出したようにギルド長を見やる。

「そうだぁ、あと三つオネガイ」

ギルド長がテーブルに広げていた残りの書類を片付けながら、顔を上げる。

「はい、何でしょう？」

「ある程度はやってあると思うけどぉ、屋敷の修繕が一つ〜。それから本契約後に選んだ家具や調度品を屋敷に適当に持っていってほしいので二つ」

「ああ、そうですね、そちらも承りました」

「最後にぃ――……」

ルルがにっこりと目を細める。

「屋敷の場所や主人なんかのオレ達に関わる情報は売らないでもらいたいんだよねぇ」

ルルもわたしもひっそりと暮らしたいのだ。

誰かに押しかけられるのは嫌だ。

「そうですね、そのほうが良いでしょう」

ギルド長が深く頷いた。

ふわ、とルルに抱き上げられる。

「それじゃ、よろしくぅ」

ご機嫌なルルの声にわたしも続ける。

「よろしくお願いします」

「はい、それではお気を付けてお帰りください」

ギルド長がニコリと微笑む。

ルルがわたしを抱えて背を向け、扉を蹴った。

すぐにフードの人物が外より扉を開ける。

「…………蹴るな」

その声は低いけれど女性の声だった。

リュシエンヌ、知る

王都の町中をオリヴィエは歩いていた。

今日はドレスではなく、町娘がよく着ている流行りのワンピースに身を包んでいる。

その可愛らしい容姿は道行く人々の視線を集めており、オリヴィエの機嫌を良くしていた。

……やっぱりヒロインはどうしても目立っちゃうわよね！

前世のオリヴィエはそこまで目立つ容姿ではなかった。

メイクなどでそれなりに可愛くしていたが、それもいわゆる量産型の作った可愛さで、メイクを落とせば凡庸な顔であった。

けれども今のオリヴィエはメイクをしなくても可愛らしく、メイクをすれば誰もが振り返る整った顔立ちで、体型は痩せ型だが、その華奢な体は顔によく合っている。

あの園遊会の一件以降、オリヴィエは毎日のように町に出掛けていた。

理由はもちろん、攻略対象達との出会いイベントを起こすためである。

ゲームでは当たり前に出会っていたけれど、現実では、いつ出掛ければ会えるのかは分からない。

もう半年も続けているので、町に出るのは日課になりつつある。

「でもそろそろ会いたいわよね」

最初に狙っているレアンドルは一番攻略しやすいキャラクターなのだ。

会ってしまえばこちらのものである。

……何で会えないのかしら。

こういう時はヒロイン補正などで出会えるのが鉄板のはずなのに。

考え事をしながら歩いていたせいか、ドンと何かにぶつかった。

「きゃっ⁉」

「わっ？」

弾みで体が後ろへ倒れかける。

けれども、がしりと誰かに腕を掴まれた。

ハッとして目を開ければ、そこには今オリヴィエが望んでいた人物がこちらを見つめていた。

「ごめん、大丈夫か？」

……来た‼

明るい茶髪に金に近い茶色の瞳の、わんこ系キャラ。

レアンドル＝ムーランがいた。

レアンドルはオリヴィエの顔を見ると目を瞬かせた。

「あれ？　あんた、前に王城であった園遊会にいた……」

その言葉にオリヴィエも目を丸くする。

「え？」

確かに園遊会には出たが、攻略対象達には会っていない。

オリヴィエが首を傾げつつ体勢を立て直すと、レアンドルが腕から手を離した。

「えっと、ごめんなさい、覚えてなくて……」

オリヴィエが困ったような顔をすれば、レアンドルが手を振った。

「あ、いや、直接会ったわけじゃないんだ。あの日、バラに髪が引っかかって困ってただろ?」

「はい」

本来なら攻略対象達が来るはずだったのに、見知らぬメイドがやって来て、かなりガッカリしたのだ。

だからオリヴィエはよく覚えていた。

「あの時、あんたのところに行ったメイドは殿下が指示したんだ。髪や服が乱れているのを異性に見られたくないだろうって」

「そうだったんですね」

……つまり攻略対象達は私のことを見たってこと?

じゃあ出会いイベントは発生してたのね!

それなら無理して毎日町に出る必要はなかったのかとオリヴィエは思いながらも喜んだ。

「殿下のお気遣いに感謝します。確かに、あの時に声をかけられたらきっと困ったと思います」

そう言えばレアンドルの表情が明るくなる。

「そっか、そうだよな!」

レアンドルは騎士を目指している。

そして王太子であるアリスティードを主君と仰ぎ、仕えているため、そのアリスティードについて話題を出せば食いついてくる。

レアンドルの選択肢も基本的にアリスティードに対して好意的なものや、レアンドルの努力を認めるものを選べばいいのだ。

「本当はお礼を言えれば良いんですけど、急に話しかけたり手紙を送ったりしたらご迷惑ですよね」

その言葉にレアンドルが頭を掻いた。

「あー、うん、身分的にちょっとな」

オリヴィエが残念そうな顔をすると、レアンドルが少し考えるように首を傾げた。

「でも、手紙くらいは良いんじゃないか？　別に感謝の気持ちを伝えるだけだし、返事は要らないって書いておけば迷惑にはならないと思う」

「そうでしょうか？」

「まあ、手紙は検閲されるけど、変なこと書くわけじゃないだろ？」

「当たり前です！」

オリヴィエが「もう！」と頬を膨らませると、レアンドルが「ごめんごめん」と笑う。

そして真面目な顔になる。

「本当はあの時、俺、あんたを助けに行こうと思ったんだ。でも主君が動かないのに俺が勝手に動けないから……。困ってたのにごめんな」

「ううん、気にしないでください。その気持ちだけで嬉しいです」

オリヴィエが慌てて両手を振って答えると、レアンドルはホッとした表情を見せる。

「そうだ、名乗るが遅くなったけど、俺はレアンドル。……ムーラン伯爵家の次男だ」

後半を声を落として言うレアンドル。

それにオリヴィエも返す。

「私はオリヴィエです。……セリエール男爵家の長女です」

レアンドルの真似をして最後を小声で言う。

互いに顔を見合わせると、どちらからともなく噴き出して笑った。

「はは、あんた面白いな！　もし何か困ったことがあったら、まあ、なくても良いから手紙くれよ。いつかあの時の借りを返すからさ」

レアンドルの言葉にオリヴィエが笑う。

「ふふ、じゃあ期待していようかな」

……やっぱりレアンドルは簡単ね。

出会いイベントじゃないけど、アリスティードに手紙を送っておくのはありかもしれない。

それで、学院で出会った時に名乗って、覚えてくれていたりして仲良くなっていく。

……まあ、私の推しはルフェーヴル様だけど！

互いに別れた後、オリヴィエはほくそ笑んでいた。

＊　＊　＊　＊　＊

もうすぐ十三歳になる。

夜、いつものようにベッドに腰掛けたわたしの横に、ルルも座った。

ただいつもと違ってルルが紙の束を持っていた。

思わずそれを見ると、差し出される。

受け取って見上げれば「読んで」と言われる。

だから手元の書類に目を通した。

「……これって……」

まず飛び込んできたのは『オリヴィエ＝セリエール』という名前。

それは『光差す世界で君と』のヒロインちゃんのデフォルト名だ。

……そっか、ゲームと違って自分で名前を決められるわけじゃないからデフォルトなんだ。

最初はヒロインちゃんことオリヴィエ＝セリエールの身辺調査についての報告書だった。

読み進めていくうちに眉が寄る。

どうやらオリヴィエ＝セリエールは原作のヒロインちゃんとは違うようだ。

表向きはそのように振る舞っているけれど、本当はそうではない。

……何というか原作のリュシエンヌみたい。

我が儘で、贅沢が好きで、使用人達に当たり散らす。

それにその中身は恐らくわたしと同じ『前世持ち』だ。もしかしたら『転生者』という言い方が近いかもしれない。

わたしはリュシエンヌとしての記憶も持っている。

五年にも満たない記憶だけど、それでも、わたしとリュシエンヌという人格が混ざり合い、今はもうわたしという人格が形成されている。

でもオリヴィエ＝セリエールの言動を見る限り、前世の記憶のほうが色濃く残っているようだ。

書類の後半はオリヴィエ＝セリエールのここ数年の行動についてだった。

攻略対象達に近付こうとしている。

既にレアンドルとアンリに接触したようだ。

リシャールは学院の教師になっていて、基本的に学院内にいるため、会えていないらしい。

お兄様とロイドウェルとも出会っていないそうだ。

「アリスティードとロイドウェルなんだけど、なぁんか、このヒロインちゃんを避けてるっぽいんだよねぇ」

「そうなの？」

「うん、報告では二人ともヒロインちゃんを見かけると逃げるというか、会わないようにしてるみたぁい」

「何でだろう……？」

「さぁ？」とルルも首を傾げる。

避けるということは何か理由があるのだろう。

でもわたしが知る限り、お兄様がヒロインちゃんを知ったのは園遊会の時で、それ以前に出会ったという話は聞いたことがない。

あの時も知り合いじゃないと明言していた。

「でもさ、このヒロインちゃん、リュシーと『同じ』だよねぇ？」

ルルの言葉に頷き返す。

「多分……ううん、絶対そうだと思う」

攻略対象だの好感度だのという言葉はこちらの世界で使われることはない。

…………ん？

あれ、と思い書類を読み返す。

「もしかしてヒロインちゃん、ルルのこと狙ってる……？」

所々でルルの名前が出ている。

攻略対象達の名前も出ているのであまり気にならなかったが、それにしては独り言でルルの名前を呟く回数が多い。

ルルが溜め息交じりに頷いた。

「そうらしいよぉ？」

そしてギュッと横から抱き締められる。

「オレにはもうリュシーっていう唯一がいるから、正直『ほっといて』って感じだよねぇ」

もう一度溜め息を零すルルの腕を撫でる。

ルルがこんなに溜め息を吐くなんて。

「大丈夫？」

見上げれば、頬に頬を寄せられる。

「オレこういう顔だから女に言い寄られることは多いけどぉ、リュシー以外は要らないしぃ、こういう人間って山ほど見てるからつまらないんだよねぇ」

「……今も言い寄られてるの？」

「まぁねぇ。……あ、嫉妬したぁ？」

ルルの問いに素直に頷き返す。

……おかしい、ルルの周りって言うとこの離宮のメイドくらいしかいないはずなのに。

わたしの離宮の女性使用人達には目を光らせていたつもりだが、もしかして甘かったのだろうか。

ムッとしたわたしの頬を、ルルの頬がすりすりと擦る。

「かわいい」

それで誤魔化されたりはしない。

「誰がルルに言い寄ったの？」

「ああ、この離宮の人間じゃないよぉ。アリスティードの離宮とか王城とかのメイドかなぁ」

「……お父様とお兄様の所によく行くの？」

「ん〜、あの二人はリュシーのこと大好きだからねぇ。時々報告したり、リュシーが困ってないか確認されたり、まあ色々～？」

……そうなんだ。

別にお父様やお兄様にわたしの生活を報告されても何ら問題ないのでそれは構わない。

むしろ相変わらず過保護だな、と思う。

何だかくすぐったい気分になる。それが嫌じゃない。

二人に大事にしてもらえている証拠だから。

「でもあんまりメイドさん達に会わないようにしてほしい。……ルルはわたしのルルなのに」

重なっている頬を今度はわたしが押し付ける。

ルルがクスクスと笑って「りょ～かぁい」と言う。

「それでぇ、このヒロインちゃんどうするぅ？」

……あ、そうだった、ヒロインちゃん。

ルルから頬を離し、残りの書類にも目を通す。

この様子だと、きっとお兄様やロイドウェルにも会おうとするだろう。

二人が何でヒロインちゃんを避けているのかも気になるし、原作リュシエンヌが悲惨な末路を辿る二人のルートを考えれば、出来ればあまりヒロインちゃんと接してほしくない。

「まずお兄様に話を聞いてみよう。何でヒロインちゃんを避けてるのか気になる。もしお兄様達がヒロインちゃんと親しくなりたくないと思ってるなら、そのまま避けていてもらう方向でお願いしたいし」

「そうだねぇ」

ルルにはお兄様とロイドウェルルートを細かく説明してあるからか、すぐに頷いてくれた。

「アリスティードに前世について話す～？」

ちょっと考える。

「えっと、夢を見た、みたいな感じじゃダメかな？　前世についてはルル以外に話したくない」

前世の記憶はわたしにとってはかなり繊細な話なので、お父様やお兄様に話してあれこれ訊かれたくないし、これはルルだから話せたのだ。

ルル以外の人に話す勇気はない。

前世の記憶を思い出すと寂しくなるから。

前世の家族や友人、自分の顔や名前は思い出そうとしても思い出せないけれど、もう二度と会えない人達だと思うとたまに切なくなる。

ルルが嬉しそうに笑った。

「そっかぁ、オレだけかぁ」

ルルは「ルルだけ」という言葉が好きだ。

わたしも「リュシーだけ」が好きだ。

わたし達は「相手だけ」がとても多い。

「夢で見たっていうので良いと思うよぉ。リュシーは加護持ちだしぃ、女神様が見せてくれたのかも～って言えばおかしくないでしょ？」

「なるほど……」

「特別な日に見る夢は何か意味のあるものが多いって言われてるからぁ、洗礼の日の夜の夢ってことにしておこうよぉ」

そういえば、確かにそういう言い伝えがある。

人生の中で特別な日に見る夢には意味がある。

女神様が過去・現在・未来に関わる夢を見せてくれることが多いらしい。

「お兄様だけじゃなくて、お父様にも話しておいたほうがいいかな？」

「うん、そのほうが良いんじゃない？　今、手紙書くなら後でオレが二人のところに持ってってあげるよぉ」

「今書く」

ベッドから下りて机に向かう。

……ヒロインちゃん、原作のヒロインちゃんじゃなくて残念だ。

もしも原作のヒロインちゃんだったなら、同じ者同士、仲良く出来たかもしれないのに。

でもルルを狙うなら話は別だ。

わたしは破滅したくないし、絶対にルルを渡すなんてしない。ルルはわたしのルルなのだから。

「絶対にヒロインちゃんに負けない」

わたしの宣言にルルが笑う。

「オレがいるから負けるなんてありえないけどねぇ」

「それもそうかも」

国王や王太子さえ手を焼く暗殺者の言葉にわたしはふふと笑ってしまう。

わたしを破滅させるならルルを倒さないと無理だ。

そしてルルを奪うには王女を相手にしなければならない。

そう簡単に奪わせてなんてあげないけどね。

話し合い

それから三日後。

お父様とお兄様と話し合うことになった。

二人に送った手紙には『洗礼の日に見た夢のことで話がしたい』といった内容で書いた。

お父様は了承の返事があり、お兄様からは『私も話したいことがある』という返事が届いた。

王城へ馬車で向かい、到着すると、お父様の側近の一人が出迎えに来てくれていた。

その側近がお父様のところまでの案内役らしい。

わたしとルルとでその人の後ろをついて、王城の奥へ進んでいく。

迷路のような廊下や階段を右へ左へ結構な時間歩くと、ようやく目的地へ到着する。

側近が扉を叩き、中からの誰何の声に答えると許可が下りた。

側近がゆっくり扉を開ける。

「案内ありがとうございます」

そう言えば、側近はニコリと微笑んだ。

扉を抜けて部屋の中へ入れば、お父様だけでなく、既にお兄様も待っていた。

わたしとルルが入室すると背後で扉が閉まる。

「リュシエンヌ、こちらへ座りなさい。ルフェーヴルもリュシエンヌの横へ」

「はい」

お父様の斜め前にある三人がけのソファーにルルと並んで座る。お兄様は向かい側のソファーにいる。

わたしが座るとお兄様が紅茶を淹れてくれた。

ルルがそれを受け取り、一口飲み、頷いた。

差し出されたティーカップを受け取り、二人にお礼を述べてから飲む。

……美味しい。

そう言えばお兄様が嬉しそうに「練習したからな」と笑った。

テーブルの上にはお茶請けだろうお菓子が置かれている。

室内にはお父様とお兄様、わたしとルルの四人だけで、使用人も側近も人払いされていた。

「それで、洗礼の日の夢について話したいということだったか。どのような夢を見たか教えてくれるか?」

お父様の問いに頷き返す。

緊張するわたしの手をルルがそっと握ってくれる。

ルルに大丈夫だと笑いかけて、お父様とお兄様へ顔を向けた。

「はい、その夢はわたしがファイエットの家に引き取られてお兄様と出会うところから始まっていました――……」

前世やゲームといった内容は省き、わたしは原作のリュシエンヌが辿る物語を二人へ語ることにした。

夢の中のわたしは我が儘で贅沢三昧で、使用人や周囲の人々に当たり散らすような人間だったこと。

お兄様やお父様とは不仲だったこと。

ロイドウェルが婚約者になったこと。

学院に入学すると一人の少女が同じ時期に入り、お兄様やロイドウェルがその少女に惹かれていったこと。

夢の中のわたしはそれが気に入らなくて、お兄様や婚約者を取られたくなくて、その少女に酷い虐めを行うこと。

それ以降のお兄様ルートとロイドウェルルートのそれぞれハッピーエンド、トゥルーエンド、バッドエンドについても説明した。

全て説明するだけでも一時間以上かかってしまったが、それでも二人は真剣に耳を傾けてくれた。

「以前開いた園遊会でその少女を見かけました。夢の中よりも幼い姿でしたが、確かに彼女で間違いないと思います」

お兄様が「あの時の令嬢か」と呟く。

「アリスティードはその少女と既に面識があるのか？」

「いえ、直接会ったことはありません」

お父様の問いにお兄様が首を振る。

「その令嬢は園遊会でバラに髪を引っかけてしまっていたので、それをメイドに外させ、退席させるよう指示を出したのですが、そのことで感謝の手紙が送られてきています。返事はしませんでした」

それは知らなかった。

「この令嬢は最近、私の側近達に近付いているようです。それだけでなく私やロイドウェルの行く先々で姿を見かけることが度々あったため、警戒して避けています」

……ヒロインちゃん、行動力あるねえ。

攻略対象は五人。ルルを合わせて六人。

その全員に近付こうと思ったら、それこそ毎日攻略対象達がいそうな場所を回っていくしかないだろう。

お父様が眉を寄せた。

「行く先々に？　情報が漏れているのか？」

「いえ、それはありませんでした」

「ふむ……」

お父様とお兄様、似た顔の二人が同じ表情を浮かべている。

「こちらはルルが闇ギルドに調査を依頼した、その少女の報告書です。どうぞご確認ください」

ルルが持ってきていた書類の入った封筒をお父様に渡す。

お父様が書類を取り出して、少し読んだ後、お兄様を近くに呼び寄せて二人で読み始めた。

読んでいく中で段々と二人の顔が険しくなる。

時間をかけて最後まで読み終えた二人が顔を上げた。

「なんだ、この令嬢は？」

お父様が手元の書類を不気味なものでも見るかのような顔で見下ろした。

「性格も問題がありそうだが、言動が理解出来ない。意味の分からない言葉に、アリスティードやその側近達と会うことへの異様な執着……」

前世を知らない人間からしたらそう見えるだろう。

しかもこの一年近く、オリヴィエ＝セリエールは毎日町や王城の近くをうろついている。

お兄様が嫌そうに顔を顰(しか)めた。

「リュシエンヌ、ルフェーヴル、実は私もリュシエンヌと似たような夢を父上の戴冠式の日の夜に見た。父上には、その内容を話してあったんだ」

「えっ？　お兄様も？」

「ああ」

思わずまじまじとお兄様を見る。

……もしやお兄様も前世の記憶が……？

「私の場合はリュシエンヌとその少女が学院に入ってからを主に見たが、内容は同じものだと思う。私も私と少女の未来、ロイドと少女の未来、そしてその時のリュシエンヌがどうなるかというものだった」

……そういうわけではないみたい。

「その夢があったからお兄様はオリヴィエ＝セリエール男爵令嬢を避けていたのですか？」

「あの令嬢に関わると良くないことが起こりそうだったからな」

お兄様が頷き、そして溜め息を零す。

「ロイドを含めた側近達が夢のようにならないように注意はしておいたんだが、上手くいかなかった。この報告書の通り、アンリとレアンドルはその令嬢と知り合ってしまった」

肩を落とすお兄様の背を励ますように、お父様が触れる。

お兄様はお兄様なりにヒロインちゃんへの対策を講じていたみたいだけど、ヒロインちゃんの行動力のほうが一歩上をいっていたようだ。

「これから側近達には婚約者が出来る。もしその令嬢と親しい関係のままそうなれば、夢と同じ出来事が起こる可能性が高い」

「彼らの婚約者になった方々が、男爵令嬢を虐めるかもしれないということでしょうか？」

「ああ。そうなった時、悪いのは側近達なのに、虐めを行った婚約者達のほうが不利になってしまう。彼らの婚約者は皆それなりに地位の高い家になるだろうから、醜聞は避けたい」

……まあ、虐めはダメだけど、ヒロインちゃんが婚約者のいる男性に近寄ってるわけだしね。

いくら正しくても暴力を振るってはいけない。

でも口で注意しても話を聞かない相手だったなら、そういう風に分からせるしかないと思ってしまうのだろう。

原作のリュシエンヌは苛烈な性格だったようだけど、ゲームでも、まずはお兄様やロイドウェルに近付かないよう警告していた。それでもヒロインちゃんは攻略対象達から離れなかった。

それどころかますます親しくなっていく。

だからリュシエンヌも、攻略対象の婚約者達も、それが悪手と分かっていても虐めにまで発展してしまったのではないか。

もしヒロインちゃんが弁えていたら。

もし攻略対象達が筋を通していたら。

虐めは起きなかっただろう。

「しかし、この令嬢はルフェーヴルを好いているようだが……」

お父様の言葉にお兄様が困った顔をする。

「ええ、そのようです。それなのに私の側近達に近付くので正直困っています」

そこまで話していてふと疑問が湧く。

「そういえば、男爵令嬢はルルのことを狙っているみたいでしたけど、園遊会の時もわたしの誕生パーティーの時も、近付いて来ませんでしたね？」

もし前世の記憶があるならルルの顔も知ってるはずだが、接触して来なかった。

ルルは隠しキャラとして早い段階で公開されていたから顔を知らないということはないと思う。

「多分、リュシエンヌの誕生パーティーには出席していない。もし来ていたら私も顔を覚えているはずだ。だがあの令嬢は園遊会で初めて見た顔だった」

「そうなんですね」

それなら園遊会が初めての社交場だったのか。

ルルが「ん～」と首を傾げる。

「園遊会の時、その男爵令嬢はオレの顔は見てないよぉ」

「そうなの？」

「うん、オレは一瞬だけ向こうの顔を確認したけど、興味ないからずっと背を向けてたしねぇ」

「そっか」

……なるほど、顔を見ていないのか。

見上げた先でルルが「ん？」と小首を傾げ、長い髪がサラリと揺れる。

そういえば原作のルルは髪が短かった。茶髪はこの国では大勢いるし、髪型や服装が違うから、後ろ姿では分からなかったのかもしれない。園遊会の時は結構距離もあったから尚更だ。

「だが、それではどうやってこの令嬢はルフェーヴルを知った？　お前の情報を男爵家の令嬢が購入するには無理があるだろう？」

お父様の言葉にわたしとルルは顔を見合わせた。

二人には前世の話をしていないから、男爵令嬢がルルを知ってること自体がおかしいのだ。

「確かに……」とお兄様が訝しげな顔をする。

「あの、もしかしたら男爵令嬢もお兄様やわたしのように夢を見たのかもしれません。だからルルを知っていて、夢の通りに動こうとしている、とは考えられませんか？」

実際、お兄様も夢を見て、その通りにならないように行動に移している。

彼女の前世の記憶も夢と表現すれば、それなりに辻褄が合うのではないだろうか。

「なるほど」

「言われてみればこの令嬢の行き先は私達がよく出掛けたり通ったりする場所ばかりだ。私やリュシエンヌと同じく彼女も特別な夢を見ていたと仮定すれば、私達の前に現れるのも不思議はない」

お父様とお兄様が頷く。

特別な日の夢には意味があるという言い伝えがあって良かった。

お兄様が少し嫌そうな顔をしている。

……まあ、見知らぬ人間に自分の行動範囲を知られた上に、何度も先回りして待ち伏せされて嬉しい者はいないだろう。それはもうただのストーカーである。

「アリスティードもリュシエンヌも、この男爵令嬢とは距離を置きたいということで意見が一致しているようだな」

「はい、父上」

「はい」

お父様が考える仕草を見せた。

「リュシエンヌはともかく、アリスティード達のほうは早めに婚約者を定めて発表してしまったほうが良いかもしれない。その上で再度彼らに注意を促し、出来る限り男爵令嬢と距離を置かせるのはどうだろうか。それぞれの家にも伝達させておこう」

お父様の言葉にお兄様が頷いた。

「そうですね、今の段階では令嬢は何もしていませんし、今後も何事もなければそのまま放置しておけば良いでしょう」

ルルが膝に肘を置いて頬杖をつく。

「ええ〜、それだけぇ？　いっそのこと表舞台から引きずり下ろしちゃえばいいんじゃないのぉ？」

「止せ。その男爵令嬢もまたこの国の民の一人だ。罪を犯していない者を徒らに傷つけるのは許可出来ん」

「面倒だねぇ。まあ、リュシーもそういうのはあんまり乗り気じゃないからしないけどぉ」

わたしはクッキーを取り、つまらなさそうな顔をするルルの口元へ差し出した。

「殺すのは避けたいけど、もし男爵令嬢がルルに言い寄ってきたらわたしも容赦しないよ？」

ルルがぱくりとクッキーにかじりつく。

わたしはわたしだけど、リュシエンヌでもある。

だからわたしの中に原作のリュシエンヌのような苛烈な部分は確かに存在している。

普段はわたしの意識のほうが強いだけだ。

「その時は王女の権力を使ってでもその男爵令嬢をルルから引き離すし、何なら二度とわたし達の前に出てこないようにセリエール男爵を脅したって構わない」

「リュシエンヌ」

わたしの言葉にお父様が眉を寄せ、怒ったような、困ったような顔をする。

「ごめんなさい、お父様。でもわたしにとってはルルが全てなんです。ルルを他の誰かに取られるなんて想像するだけで頭がおかしくなりそうなくらい怖いんです」

もしヒロインちゃんにルルを奪われそうになったら、わたしは何をするか分からない。

そう言えばお父様もお兄様も小さく息を吐いた。

「リュシエンヌも出来る限りその男爵令嬢に近付かないように。ルフェーヴルも接触は避けるんだ。……リュシエンヌを守るためにも」

わたしが権力を私利私欲に使えば誰もが前王を思い出すだろう。

この琥珀の瞳がそれを彷彿とさせるから。

わたしは前王家とは違うという姿勢を見せ続けなければならないのだ。

「分かってるよぉ。オレだってあんなのに近付きたくないしぃ？」

わたし、ルル、お兄様はヒロインちゃんに近寄らないようにするということで決まった。

他の攻略対象達は早々に婚約者が決められ、各々の家が攻略対象達を監視してくれれば良いのだが、あまり期待は出来ない気はする。

何せヒロインちゃんは正しい選択肢を知っている。

それはつまり、攻略対象達との仲の深め方を熟知しているということでもある。

他の攻略対象なら別に構わない。

でもルルだけはダメだ。

お兄様やロイドウェルに近付いて悪役王女を破滅させようとするのも嫌だ。

「大丈夫だ、リュシエンヌ。私は絶対に男爵令嬢に惹かれたりはしない」

お兄様の言葉に頷き返す。

お兄様は原作のお兄様とは違う。

そしてヒロインちゃんも。

原作の流れは既に崩れ始めている。

強制力や主人公補正なんかは多分ない。

ここは現実の世界なのだから。

正しさと命令

可愛らしいリボンやフリル、レースなどがあちこちにあしらわれた部屋。

様々な物であふれたような印象を受ける。そのどれもが買い与えられた物だった。

一つ一つでもそれなりに値の張る品が飾り棚に目一杯に押し込まれており、入り切らずに棚の上にまで置かれている。

そしてそのどれもが既に主人の関心を失い、ただそこに置かれるだけの存在となってしまった。カーテンやベッドの天蓋、ソファーのクッションなどはまるでおとぎ話のお姫様のようにゴテゴテと飾り立てられていた。

それらも主人の気まぐれによって頻繁に取り替えられるため、長く同じものが使われ続けることはない。

使用人達はその部屋を綺麗に保たねばならない。

もし埃や汚れでもあろうものなら、部屋の主人が怒り、ありもしないことを両親に言いつけるのである。

そんな部屋の中にある机の前で部屋の主人である少女、オリヴィエ＝セリエールが届いたばかりの手紙を開封し、その中身を読むと机にそれを叩きつけた。

「何よこれ!?」

叩きつけられた手紙はよく磨かれたテーブルの上を少しばかり滑って止まった。

机の上にはムーラン伯爵家とロチエ公爵家の封蝋がされた手紙が広げられ、攻略対象のうちの二人、レアンドルとアンリからのものだった。

この一年、町へ出かけて攻略対象達に出会おうとしたが、実際に会えたのはこの二人だけだ。

残りのリシャールとロイドウェル、アリスティードにはどういうわけか会えていない。

原作で三人が行っていそうな場所にも出掛けたし、王城付近にも行ったし、アリスティードが公務で孤児院を見て回る中でたまたま孤児院に来ていたヒロインと出会うというイベントのためにわざわざ孤児院にも足を運んだ。

イベントのためでなければ孤児院なんか行きたくなかったが仕方がない。

……小さい子供って言うこと聞かないから嫌なのよね。

しかも孤児院の子供達は古びた服で、あまり身綺麗じゃなく、オリヴィエのドレスに汚い手でベタベタと触ってくる。

そのせいで着られなくなったドレスもあった。

遊んでほしいと我が儘を言うし、食べ物が欲しいと縋りついてくるし、睨んでくる子供もいて全く可愛くないのだ。

だがアリスティードは孤児院に来なかった。

どうやら視察する孤児院から、オリヴィエのいた孤児院は外れていたらしい。骨折り損である。

それ以降オリヴィエは孤児院に行くのをやめた。どうせ両親が孤児院に金を払っているのだから、せめて出会いイベントの場にくらいなってもらいたかったところだ。

母親は意外にも熱心に孤児院へ金だけでなく日用品や消耗品などを買い与えているようで、時折、孤児院へ誘われることがある。

でもオリヴィエは行きたくなかったので「前に孤児院に行ったら子供に叩かれたので怖い」と言って断り、母親もそれ以上は何も言わなかった。

孤児院の子供達はあまり躾が行き届いていないからオリヴィエの話を信じたのだろう。

しかし孤児院のことなど今はどうでもいい。

問題はレアンドルとアンリのほうだ。

会えないなら、二人のどちらかを経由して会おうと思っていたのに、その二人から今後は連絡を控えてほしいと手紙がきた。

その理由が婚約をしたからというものだった。

「私はヒロインなのよっ？　普通は私を優先するでしょ！　私のことが好きになってるはずなんだから!!」

少々気は早いが、レアンドルとアンリと何度か会って好感度を上げる行動を繰り返していた。

二人の反応からしても好感度はなかなかに高くなっているはずだ。

それだというのに突然のこの手紙である。

婚約したこと、父親である当主や周囲に勘違いされるような行動はしないよう注意されたこと、そのためオリヴィエとの付き合いは今後は控えるという内容だった。

……いや、でもこれはこれで友情エンドということになるのかしら？

隠しキャラであるルフェーヴルに辿り着くにはアリスティードの友情エンドで全員とお友達状態で学院を卒業しなければならない。

この二人を攻略してはいけないのだ。

「……そうよ、私の目的はルフェーヴル様なんだから」

ルフェーヴルは学院卒業後まで会えない。

彼との出会いイベントは卒業後、王城で働き始めてから発生するのである。

それまでまだ後数年は待たなければならない。

何としても残りの三人に会って、仲を深めて、友情エンドにまで持っていきたい。

そうしなければ愛する彼には会えないのだ。

「でも、やっぱりムカつくのよね」

どうせ婚約と言っても家同士の繋がりをつくるためのものだろう。

原作の攻略対象達は皆そうだった。

……ヒロインである私にまずは告白して、私にフラれてから婚約しなさいよね。

それならオリヴィエは快く婚約を認めただろう。

たとえ攻略対象達の結婚相手が自分でないとしても、その心は自分にあるのだという優越感が欲しかった。

「そうだわ、返事を書かなきゃ」

ヒロインのオリヴィエが書きそうな健気な手紙を送れば、きっと二人の好感度は更に上がるだろう。婚約者の女達は歯噛みするかもしれない。

想像するだけで愉快な気持ちになる。

……ここはヒロインである私の世界なんだから。

オリヴィエを優先するのが当然だ。

そして攻略対象達は全員オリヴィエに跪き、愛を乞うべきなのだ。

それこそが正しい世界なのだ。

そうして彼らの愛を振り切り、オリヴィエはルフェーヴルと結ばれるのである。

その場面を想像してオリヴィエはうっとりと目を細めた。

＊＊＊＊

わたしは十三歳になった。

あの後、お父様が言っていた通り攻略対象達はロイドウェルを含む全員が婚約を発表した。

お兄様はエカチェリーナ様と。

ロイドウェルはミランダ様と。

アンリは侯爵家のご令嬢と。

レアンドルは伯爵家のご令嬢と。

そして驚いたことに、実はハーシア様の婚約者はあのリシャールだった。

攻略対象は全員まだ婚約者がいないものとばかり思っていたので予想外だ。

それにリシャールと言えば原作では女好きでかなりチャラい教師だったので、ハーシア様との関係が想像もつかない。でもハーシア様曰く少々軟派なところはあるが優しい人物であるらしい。

……うーん……。

婚約者が出来たことで攻略対象達は全員、行動には十分注意するようにと言われているはずだ。

……だけどそれでオリヴィエ＝セリエールが諦めるとは思えない。

あの行動を見る限り、相当ゲームをやり込んだ人間が転生していると思う。

だからこそ攻略対象に会うために毎日町に出て、行きそうな場所に何度も足を運んでいるのだ。

しかしルルのルートを狙っているのなら、どうして他の攻略対象達に近付くのだろうか。

「もしかしてファンディスクかな……」

わたしも結構ゲームをやり込んだタイプなので、わたしが知らないということは、ファンディスク要素なのだろう。そればかりは先に死んだのが悔やまれる。

向こうがファンディスクを遊んでいたとすると少々厄介だ。

わたしの知らないイベントや攻略対象達とのやり取りがあり、それによっては今の状況が覆る可能性もあり得る。

……今はわたしのほうが有利だけど。

もしも攻略対象達が全員オリヴィエ＝セリエール側につけば、わたしに勝ち目はない。

眉を顰めていると眉間にルルの指が触れた。

「シワ寄ってるよぉ」

軽くむにむにと眉間を押された。

「ヒロインちゃんのこと考えてるでしょ？」

「……うん」

ルルにはお見通しのようだ。

「王サマも、アリスティードもこっち側だし、オレだってリュシーの味方なんだから大丈夫だよぉ」

もう一度、うんと頷く。

分かっているけど不安になる。

ルルがベッドに広がったわたしの髪を手で梳く。

その優しい手付きにホッとした。

「もしどうしようもなくなったら、オレがリュシーを連れて逃げちゃえばいいよ」

「……それもそうだね」

わたしにはルルさえいえればいい。

わたし側の負けとは、ルルが離れるか、わたしが破滅するかなのだ。

たとえ破滅ルートに進んだとしても途中でルルがわたしを攫っていってしまえばいい。

「まずいなって思ったら迷わず攫ってね」

「そのつもりだよ。でも、まぁ、もうちょっとアリスティード達のことを信じてあげたら?」

「お兄様達を?」

「うん。あんなにリュシーのこと大事にしてくれてるんだしぃ、きっとあいつらは大丈夫だよぉ」

……そうだね、もっと信じよう。

お父様やお兄様はいつもわたしを大事にしてくれている。

わたしもちゃんと二人を信じてみよう。

……家族だからね。

義理だけど、今までの時間はきっと嘘じゃない。

「お父様達を信じるよ」

「この国で一番権力持ってるしねぇ」

「ふふ、そこが重要なの？」

茶化すように笑ったルルにわたしも笑みが漏れる。

「それならわたしだって権力あるよ？」

何せ王女なのだから。

そう、いざとなれば王女の身分を使ったっていい。

オリヴィエ＝セリエールに対抗するには、なりふり構っていられない。

「それに一応オレの主人だしぃ？」

「もし男爵令嬢がルルにすり寄ってきたら、わたしの命令だからって言って突き放してね？」

「リュシーの命令っていい響きぃ。せっかくだから今オレに命令してよ」

期待の込められた灰色の瞳が見つめてくる。

「今？」

「そう、今、聞きたい」

ベッドから身体を起こしてルルに向き直る。

……命令かあ。

どういうものがいいだろうか。

……ヒロインちゃんと関わるな？

それはルルがどうこうというより、あちらが勝手に近付いてくるだろうから命令するのとは違う気がする。しかもわざわざ命令しなくてもルルは近付かないだろう。

ジッと見つめてくるルルを見る。

……ルルが望んでる命令ってなんだろう？

ルルはわたしに執着している。その実感もあるし、ルルも自分で言ってるし、その執着が嬉しいのでむしろ大歓迎だ。そしてわたしもルルに執着して、依存して、それをルルは喜んでくれてる。

そういう命令のほうがいいかもしれない。

身勝手で、自己中心的で、相手を縛る。

「ルフェーヴル＝ニコルソン」

フルネームで呼べばルルが目を丸くした。

「あなたはわたしだけを愛しなさい。わたしだけを見て、わたしだけを欲しがって、わたしだけを唯一としてその命を捧げなさい」

ルルの瞳がキラリと煌めいた。

仰々しい仕草でルルは胸に手を当て、礼を執る。

差し出したわたしの右手にルルが触れ、そっと、触れるか否かという具合で手の甲にキスをする。

「オレのリュシー。お姫サマ。あなたが望むなら、喜んでこの命を捧げ、あなただけを愛し、望み、欲すると誓うよ」

そのキスを受け入れる。

「代わりにわたしもこの身、この命、全てをあなたに捧げます」

今度はわたしがルルの手にキスをする。

手袋越しだけど。

……まるで結婚式の宣誓みたいね。

顔を上げれば蕩けるような笑みのルルがいた。

こつん、と額同士が重なる。

「ふふ、結婚式みたいだねぇ？」

同じことを考えていたらしい。

「二人だけの結婚式、いいね」

誰も来ない寂れた教会でいい。

ドレスも華やかな飾り付けもいらない。

小さなブーケを持って、レースを被って、誰もいない二人だけの結婚式を挙げるのだ。

わたし達の結婚を見届けるのは女神様だけ。

ルルが目を細める。

「結婚式、二回しよっか？」

一度目は王女としての結婚式。

王女の結婚だからどうしたってやらねばならない。

最低限でもそれなりの数の招待客になるし、飾りやドレスもきっと豪華なものになるだろう。

二度目はただのリュシーとしての結婚。

「そっちはオレとリュシーだけで」

「うん、しよう」

お互いに笑い合う。

「命令、忘れないでね」

わたしの言葉にルルが頷く。

「忘れないよ。オレに命令（そんなこと）出来るのはリュシーくらいだし」

……それもそうかもしれない。

無邪気に笑うルルにわたしは納得した。

何せ闇ギルドでも三本の指に入る実力派の暗殺者なのだから。

そう簡単に命令など出来ないだろう。

孤児院の慰問

十三歳になってからは公務が増えた。

本来は十二歳の段階であるはずだったのだけれど、旧王家のわたしが国民に受け入れられるかという点で問題があり、ようやく今になって公務として行えるようになった。

それは孤児院への慰問である。

慰問という名目だが、実際は王都内にある孤児院を無作為で選び、貴族達がきちんと受け持っている孤児院への支援などをしているかを確認する意味もある。

ここで問題があれば、その孤児院を受け持っている貴族に改善を命令することが出来るのだ。

それによって孤児達の生活も良くなる。

旧王家の圧政によって孤児となった子供達は多い。

十二歳になって、公務としての慰問はなかったけれど、孤児院にいる子供達がどういう経緯でそこへ来たのかについては資料で読んでいたし、お兄様が書類などを確認する時にも一緒に見させてもらっていた。

今、孤児になる子供は少ない。

現在孤児院にいる子供の半数以上は旧王家の時代、税が払えずに親が殺されたり、無理をした親が亡くなったり、どうしても子供を育てきれずに孤児院に置き去りにするなどでやって来た。

実は娼婦の子は孤児院に預けられることは少ない。

女の子なら娼婦として育てられるし、男の子なら娼館の護衛目的で育てられることもある。

特に男の子は孤児院ではなく、幼少期に商業ギルドや闇ギルド、冒険者ギルドなどに入ってそれぞれの道を歩んでいくそうだ。

……そう、冒険者ギルドがこの世界にはある。

魔法があるだけでも驚きだけど、この冒険者ギルド、聞いたところ、何でも屋に近い。

行商人達や貴人などの護衛、薬草採取、動物の狩り、他にも戦争が起こった場合は傭兵として国に雇われることもあるらしい。

町から町へ渡り歩く者が多いとか。

よくあるゲームのように魔獣の討伐なんていうのはないらしい。

何でも昔々は魔獣と呼ばれる生き物もいた記録が残っているそうだが、人間に駆逐され、現在はおとぎ話の存在に近い。

子供達はそれぞれのギルドで知識や経験を積み、やがて独り立ちするのである。

ルルもそうして育ったらしい。

元は娼館で生まれ育ち、その後は闇ギルドへ預けられて暗殺者の道に進んだ。

その間の詳しいことは言わなかったが。

……いつか教えてもらえたらいいな。

あと、ルルはとある侯爵家を父に、没落した男爵家の娼婦を母に持つそうだ。

意外にも血筋はれっきとした貴族であった。

本人はそれを全く気にしていないようだけど。

話は逸れたが、とにかく、旧王家のせいで孤児になった子供は多い。

孤児院では成人まではいられるので、下は赤ん坊から上は十六歳前までの子供達がいる。

旧王家の血筋のわたしが歓迎されることはまずないだろう。

それでもわたしは行くことを決めた。

王女でいる間はその責務を果たさねばならないし、そういうことから逃げてはいけないと思う。

馬車に揺られながらドレスを見下ろす。

今日は動きやすいシンプルなものを選んだ。

色も汚れが目立ち難い濃紺で、汚れてもいいと思って着てきた。

髪も邪魔にならないように結い上げてもらった。

化粧も殆どしていない。

ただ目元を隠すレースだけはしている。

小さい子達はいいかもしれないが、それなりに大きな子達はきっと旧国王が琥珀の瞳を持つと知っている。

ギィ、と馬車が揺れて停まった。

どうやら今日の慰問先に到着したようだ。

「リュシエンヌ、行けるか？」

初めてなのでお兄様と一緒の慰問である。

それに頷き返す。

「はい、大丈夫です」

ルルも傍にいる。

護衛の騎士達もいるが、わたし達を護衛する数は少なく、残りは孤児院全体の警備に充てられる。

馬車の扉が開き、まずはルルが降りた。

次にお兄様の従者が降りて、お兄様が、最後にルルの手を借りてわたしが降りる。

騎士達が警備する中、孤児院の責任者だろう老齢の女性が丁寧に礼を執った。

「王太子殿下と王女殿下にご挨拶申し上げます」

歳はとっているが、ピンと伸びた背筋と朗々とした声に挨拶をされた。

「頭を上げてくれ」

お兄様の言葉に女性がゆっくりと顔を上げた。

その枯葉色の瞳がお兄様からわたしへ向けられ、柔らかく細められる。

「本日は妹のリュシエンヌも一緒だ」

お兄様の言葉に礼を執る。

「リュシエンヌ＝ラ・ファイエットです。孤児院へ足を運ぶのは初めてで、至らぬ点もあるかと思いますが、本日はよろしくお願いいたします」

女性が「あら、まあ……」と目を丸くする。

「この孤児院の院長を務めておりますアイシャ＝フィースと申します。私のような下々の者にそのようにかしこまらないでくださいい、王女殿下」

「いいえ、フィース様は先生です。礼を尽くすのは当然です」

「先生とおっしゃいますと？」

院長の女性が目を瞬かせる。

「わたしは孤児院の子供達と接したことがありません。どのように接すれば良いのか、また、どのような孤児院が理想なのか、知らないことが沢山あるのです。そしてそれらを知っていらっしゃるのはフィース様です。孤児院で働く方は全員わたしの先生とも言えるでしょう」

知識で知っていても実際に見なければ分からない。

体験し、学び、そこから得たものを自身で考えることで理解出来る。

前世のわたしだって孤児院がどんな場所なのかは知っていても、普段、どのように暮らしているかは知らない。

だから今日は知るために、学ぶために来た。

「確かに、それは先生と呼べますね」

フィース様が嬉しそうに微笑んだ。

「もしわたしが良くないことをした時は、子供達へするように叱ってください」

そう言えば冗談だと思ったのかフィース様が穏やかに「そのようなことがあれば」と笑いを漏らした。

……わたしは本気なんだけどなあ。

「立ち話はよくありませんね。どうぞ中へお入りください」

フィース様に案内されて中へ入る。

この孤児院は教会付きではないようだ。

中へ入ると小さな応接室へ通された。

職員の一人がお茶を運んできてテーブルに並べると、すぐに退室していった。

どうやら王族を前に緊張したらしい。

お茶を出す手が少し震えていた。

ルルと従者が、わたしとお兄様のお茶を毒味する。

フィース様は嫌な顔一つしなかった。

「王女殿下は孤児院へいらっしゃるのが初めてだとおっしゃっておりましたが、孤児院についてご説明させていただいてもよろしいでしょうか？」

フィース様の言葉にわたしは頷いた。

「是非お聞かせいただきたいです」

「かしこまりました。では、まず孤児院がどのような場所かというところからお話しさせていただきます――……」

孤児院は名前の通り、孤児、つまり身寄りのない子供達を引き取り、成人まで養う施設である。

孤児と言っても様々だ。両親を亡くした子、育てられずに捨てられた子、訳ありで手元に置けない子、両親の虐待から逃れた子……。子供それぞれに理由があると言っても過言ではない。

孤児院は国や貴族、教会からの援助によって成り立っている。

それらの違いは簡単に見分けられる。

まずは教会付きの孤児院。こちらは教会の庇護を受ける孤児院で、国と教会の援助により運営され、子供達の世話は共に暮らすシスター達が行う。

もう一つは独立した孤児院。こちらは国と特定の貴族の援助により運営される。

そのため、どちらも一長一短だ。

教会付きの孤児院はどこもほぼ同じ水準の暮らしや最低限の計算や読み書きを教わることが出来て、どの孤児院も平等だ。だが逆を言えばそれ以上は期待出来ない。

独立した孤児院は受け持つ貴族によって異なるため、最低限の教育しか施さない無関心な貴族もいれば、教育や暮らしに力を入れる慈善活動に熱心な貴族に当たることもあり、それぞれの孤児院で差が出てしまう。

特に後者では受け持つ貴族によって貧富や教育に顕著に差が出るため、子供の未来がそれで決まってしまうこともある。

孤児達に最低限どの程度の教育を施すべきかといった定めはなく、各孤児院に任せられているのが現状だ。

「どうして定めないのでしょうか？」

わたしの疑問にお兄様が答えてくれた。

「難しい問題なんだ。例えば男爵家の受け持つ孤児院と公爵家が受け持つ孤児院があったとする。その両方に同じだけの水準の教育を行わせるために、どちらか一方の水準に合わせることは出来ない」

「……男爵家を基準にすると教育水準が低く、公爵家を基準とすると、男爵家の負担が大きくなってしまうからですか？」

「ああ、高位貴族と下位貴族の教育と同じ理由だな。間を取っても、結果的に爵位の低い家の負担は大きい。それに家によっては生活支援だけで手一杯で教育までは無理だというところもある」

「それなのに受け持つのですか？」

「貴族としての義務だからな。経済的にどうしても難しいという場合は外すことも可能だが、貴族という立場に誇りを持つ者達は多少無理をしてでも受け入れているようだ」

そういう家が受け持つ孤児院はどうしても他の孤児院に比べたら生活や教育の質は落ちてしまうだろう。

しかし法で定めるには難しい。

足りない分を国が補填するにも限度がある。

「孤児院への予算の分配はどのような決め方でされているのでしょうか？　それぞれの孤児院に均等割りですか？」

わたしの問いにお兄様が頷く。

「ああ、そうだ」

「人数割りにはしないのですか？　それぞれの孤児院の子供の数は違いますし、子供の数で計算して分配したほうが平等なのでは？」

「以前はそうしていたが人数の水増しがあったり、子供の数が変動したりするため、一律になった」

お兄様が無理だという風に首を振る。

「変動？」

「それについては僭越ながら私からお話させていただきます」

フィース様がそっと声をかけてくる。

フィース様の説明によるとこうであった。

孤児院の子供の数の水増しを行なったのは受け持つ貴族であったり、孤児院の院長であったり、職員の場合もあったが基本的に水増しされた分は横領されていたという。

下手をすると子供達のための金すら満足に使われない孤児院もあったそうだ。

それに加えて孤児院の子供の数は変わりやすい。

一年の間に増えることは勿論だが、逆に減ることも多い。

成人したり、早いうちから職人などに弟子入りしたりして住み込みの場所を見つけて出て行く子もいれば、孤児院の集団生活に馴染めず逃げ出してしまう子もいた。

逃げ出した子供は大抵貧民街へ行ってしまう。

貧民街の子供達は盗みやスリをして日々暮らしているが、そこから孤児院へ来た子供はほとんど元の貧民街へ戻ってしまう。

貧民街の子供達も集団があるが、孤児院での暮らしは規則が多く、無法地帯で育った子供達には窮屈過ぎるらしい。

そのため人数割りしても増えたり減ったりするため、あまり意味がない。

それならば最初から一律にし、毎年どの程度の額が支払われるか公表しておくことで横領をし難い状況をつくっている。

「制度が変わったおかげで、それからは毎年決まった額が入ってくるので孤児院としてはとても助かっているのです」

「そうなのですね」

だが、とお兄様が言う。

「今のままではまだ不十分なんだ。孤児達が職につきやすくするためにも、教育の制度を定めたいと私は思っている。……今すぐには無理でも、必ず」

お兄様の言葉にフィースさんが微笑む。

「そうなればきっと子供達はもっと自分の望む道を歩めるでしょう」

「ああ、私はそれを目指したい。そのためにも色々なことを学び、経験し、知っていく必要がある」

自分の手を見つめ、握ったお兄様は真剣な表情で、フィース様はまるで我が子の成長を見つめる母親のように柔らかな表情を浮かべていた。

「それでは子供達の生活についてもご説明いたしましょう」

子供達は基本的に自分のことは自分で行わなければならない。小さな子などは年上の子達が面倒を見る。

この孤児院は職員がいるけれど、どちらかと言うと運営を手伝うことが目的で、子供達の世話をするための人員は少ない。

教会付きだとシスター達のように子供を見守る大人がいるが、人数が限られている独立した孤児院はそうもいかないというのが現状らしい。

自分達の生活する建物を掃除し、片付け、簡単な読み書き計算を習い、年上の子供達は食事を作るのを手伝う。

子供達と職員とで作ったものを売ることもある。

それらは大抵、町の人々や貴族達が寄付の代わりに購入し、金は孤児院の運営に充てられる。

そうすることで細々とやっていけている。

「子供達にはつらいことですが、早いうちに自立して生活出来るように教育しております」

自分のことは自分で行い、生活出来るように。

物を作り、それを売ることで働くことを覚えさせる。

きっとわたしより小さな子も大勢いるだろう。

……わたしは本当に恵まれている。

「それが嫌で逃げてしまう子もいるのですが……」

フィース様が悲しそうに眉を下げた。

子供に物事を教えるのは大変だろう。

説明しても理解してくれないことだってある。

子供の為が、子供にとって楽とは限らない。

普通の家庭で育った子供が遊んでいるのに、親に甘えているのに、自分達はそれらが出来ないと思うと理不尽だと感じるだろう。

それを子供が呑み込むのは難しい。

それから色々と教えてもらった。

孤児院での子供達の様子、どのように教育しているか、どの程度まで教えているか、何を作って売っているのか。今日一日だけで全てを聞くのは無理そうだった。

それでもフィース様は出来る限り分かりやすく、孤児院にとって不都合なことや恥ずかしいことも包み隠さず話してくれた。

わたしが思っているよりも孤児院はずっと複雑で不安定な環境だった。

「よろしければ子供達と話してみますか？」

フィース様の申し出にわたしは目を丸くした。

きっとレース越しで分からないだろうが。

「……いいのですか？」

「ええ、王太子殿下はいつも子供達と遊んでくださるので人気者なのですよ。子供達もいつもとても喜んでいます」

「いや、それは私が勝手にしていることで……」

お兄様を見ると「私も気分転換になるから……」と珍しく気恥ずかしそうに頭を掻いていた。

王太子になって以降、やんちゃさは鳴りをひそめていると思ったが、案外そうでもないらしい。

……お兄様、体を動かすのが好きだもんね。

座学よりもダンスや剣の鍛練のほうが生き生きしていた。でも勉強が嫌いなわけではないようだ。

「是非会ってみたいです」

わたしの言葉にお兄様が心配そうに眉を寄せた。

「大丈夫か？　その、子供達は貴族の子息令嬢とは全く違うぞ？　かなりやんちゃな者ばかりだ」

「はい、分かっています。元より子供達に直接会ってみたいと思っておりましたので、今日のドレスも動きやすくて汚れてもいいものにしてあります」

「そうか」

そこまで言えばお兄様は納得した風に頷いた。

フィース様が案内してくれるということで、全員で部屋を後にする。

あまり広くない孤児院なのですぐに子供の明るい声が聞こえてくる。

建物を出て、庭先に出ると、子供達がわっと声を上げて駆け寄ってきた。

……お兄様ったら本当に大人気ね。

子供達はみんなお兄様に集まった。

「おーたいしさまー！」

「おーじさま、またきたの？」

「きょうもかたぐるまして！」

「ねえねえ、またおもしろいおはなししてー」

特に小さな子達がお兄様に抱き着くように寄ってきて、お兄様は身動きが出来なくなっていた。

だけど護衛の騎士達が動かないので、恐らく、これがここでの普通なのだろう。

お兄様の従者が子供によじ登られて苦笑している。

「久しぶりだな、元気だったか？」

お兄様の言葉に子供達が「げんきだよ！」「げんきー！」と明るい声で返事をする。

「今日は私の妹も一緒なんだ」

お兄様がわたしに振り返ったことで、子供達の視線がわたしへ移る。

わたしは出来るだけ柔らかな笑顔を心がけた。

「初めまして、リュシエンヌです」

そう言ってみたけれど、子供達はシンと静まり返ってしまった。

やはり突然現れた人間には警戒してしまうのだろう。

もしダメなら遠目に眺めるだけにしたほうがいいかもしれないと思っていると、女の子が近付いてきた。

まだ四、五歳くらいの子だ。

目線を合わせるために屈むとジッと見つめられる。

「……おひめさま?」

問いかけるようなそれに頷いた。

「ええ、そうよ」

「おーじさまのいもうと?　おーじさまはおひめさまのおにいちゃん?」

「ええ、お兄様はわたしのお兄様なの」

女の子がにぱ、と笑った。

「わたしもいもうと!　あっちがおにいちゃん!」

そう言ってお兄様から少し離れた場所に立つ男の子を指さした。

なるほど、兄妹というだけあって髪も瞳の色も同じで、よく見ると目元がそっくりだ。

「そうなの、カッコイイお兄様ね」

その子のお兄さんはお兄様より少し背が低いけれど、精悍な顔立ちをしていた。

女の子が大きく頷く。

「うん、かっこいい！　おにいちゃんだいすき！」

「あら、わたしと一緒だわ」

「おひめさまもおにいちゃんすき？」

その問いにわたしも頷き返す。

「ええ、たった一人の大事なお兄様よ」

女の子がニコニコ笑う。

その子のおかげで他の子供達も近付いてくる。

「うわあ、おひめさま？」

「おーたいしさまのいもうと？」

「にてなーい」

「どれすきれい！」

近付いてきた子達がドレスのスカートに触る。

外で遊んでいた子達なので、その手は少し土で汚れていたけれど、それが逆に微笑ましい。

……やっぱりこのドレスで正解ね。

子供は初めて見たものを触りたがる。

わたしは好きなようにドレスを触らせた。

「なんでめをかくしてるのー？」

別の子が訊いてくる。

「わたしの目はあんまり見せないほうがいいの。見た人に嫌な思いをさせたくないから」

「へんなめなの？」

「そうね、変というか、珍しいの」

子供達は「そっか～」「へぇ～」と言う。

これくらいの子達は前王のことを知らない年齢だ。

でも例えば、お兄様やわたしから距離を置いている子供達は、きっと王族が何なのか分かっている。

だから小さな子達のように不用意に近付かない。

それでもわたしに小さな子達が近付いたため、動けるようになって、お兄様に近付く子もそれなりにいる。

「相変わらずキラキラしてるなあ」「最近忙しかったのか？」「まあ、色々あってな」と聞こえる会話から親しさを感じる。

「ねえねえ、おひめさまもあそぼー？　おいかけっこしようよ！」

男の子がわたしの手を掴む。

他の女の子がそれを止めた。

「おひめさまははしったりしないんだよ！　あそぶなら、ほんをよんでもらうほうがいいよ！」

「えー！　ぼくはおいかけっこしたーい！」

「そんなことおひめさまはしないの！」

女の子と男の子がお互いに頰を膨らませる。

可愛らしいそれに思わず笑みが浮かんだ。

「じゃあ両方しましょう？　まずは本を読んで、その後に追いかけっこをするの」

男の子が喜び、女の子が目を丸くした。

「おひめさま、はしれるの？」

「ええ、普段は走らないけど、お姫様も走れるのよ。でもこれは秘密。普段は走っちゃいけないから」

「そうなんだ！　わかった、ひみつね！」

女の子も嬉しそうに笑った。

「さあ、好きな本を持ってきて。でも二冊だけ。遊ぶ時間がなくなっちゃうから」

「はーい！」

「もってくる！」

子供達の三分の一くらいが駆けて行った。

……二冊以上持って来そうね。

待っている間に残った子供達と日陰に移動する。

ルルが地面にハンカチを敷いてくれて、感謝しつつ、その上に座る。

そしてわたしの傍に座ったルルにも子供が纏わり付いて、その長身の肩に登ろうとして、ルルにべりっと引き剥がされていた。

子供はそれが面白かったようで、何度も引っ付いては引き剥がされて、笑っている。

当のルルは少し鬱陶しそうにしていた。

「ほんもってきたー！」

「これよんでー！」

と本を手に子供達が戻ってくる。

その手には意外にも二冊だけ抱えられていた。

＊　＊　＊　＊　＊

孤児院の庭に少女の声が響く。

高く澄んだ、けれど落ち着いたよく通る声だ。

孤児院（うち）のチビ達がその声の主の周囲を取り囲み、珍しく黙って読み聞かせに耳を傾けている。

中にはウトウトと眠りかけている子もいた。

少女、いや、王女の声はゆったりとして聞き取りやすく、何となく耳を傾けてしまう。

先ほどまで話していたアリスティードも妹である王女の読み聞かせを聞いているようだった。

「なあ、何で王女様は目を隠してるんだ？　別に目の色が珍しくたって隠すほどじゃないだろ？」

アリスティードへ声をかける。

妹が気になるのかアリスティードは視線をそちらへ向けたまま、少しばかり顔を曇らせた。どこか寂しげな、悲しげな、そんな表情である。

「リュシエンヌは琥珀の瞳なんだ」

「……それって旧王家の、王族の証しだっけ？」

「そうだ」

琥珀の瞳と聞いて、想像してみる。

宝石の琥珀のようなものなのだろうか？

王族特有ということはキラキラギラギラした、宝石みたいな派手な色合いかもしれない。

でもそれが隠すほどのことか？

アリスティードが不意に視線を俺に向けた。

「前国王も琥珀の瞳だった」

「そうなのか？」

前国王と言っても思い出せない。

「ああ。……リュシエンヌは自分の瞳のせいで、人々が旧王家を、その行いを、苦痛だった時間を思い出させたくないそうだ」

旧王家がクーデターにより消えたのは八年前。

当時の俺は五歳だった。

妹はまだ生まれていなかったが、母親と、ボロボロの隙間風が入る家で日々食べる物を得るのに苦労しながら過ごしていた記憶がある。

何も食べられない日も多かった。

それでも母親は自分に出来るだけ食べ物をくれて、自分はいつも後回しにするような人だった。

優しい人だった。

でもそのせいで体が弱かった。

妹を産むと母は亡くなり、義理の父はあっさり自分と我が子のはずの妹を捨てた。

幸い、妹は自分と同様に母親そっくりだった。

だからまだ父親が違うことは伏せている。

もう少し大人になったら話すつもりだ。

……あの貧しい頃は思い出したくない。

父親は税を払うために無理をしすぎて死んだ。

死んだ父親の給金は全て税に持っていかれた。

葬儀を行うことも出来ず、教会の管理する墓地でひっそりと別れを告げた。

食べる物もなくて、毎日腹が痛くなるほど空腹で、母親が何とか働いていたが、半分近く税として奪われた。

どうしても空腹で眠れない日は木の棒をかじって我慢したこともあった。

「そんなに前の国王に似てるのか？」

アリスティードが首を振る。

「いや、絵姿を見たが顔立ちはあまり似ていない。瞳もリュシエンヌのほうが美しい。しかし瞳の色の違いなんて、見比べないと分からないだろう？」

「だから隠すのか」

「貴族のお茶会では最近は外すことも増えている。けれど、国民はリュシエンヌの瞳を見慣れていない」

俺くらいならまだしも、大人は多分、前の国王をよく覚えているだろう。

同じ瞳を見て黙っていられない奴もいるかもしれない。

同じ瞳を見て、昔を思い出す奴もいるかもしれない。

王女様なのに顔を隠さないといけないなんて……。

「なんていうか、苦労してるんだな。お前の妹も」

アリスティードが驚いたように俺を見た。

そして困ったように笑った。

「ああ、リュシエンヌは五歳まで後宮で育ったが、決して良い暮らしではなかった。貧民街の子供よりも酷かったそうだ」

「王女なのにか？」

「母親は出産後に亡くなり、父親である国王は関心がなく、王妃に虐待されていた」

「おいおい、そういうこと話していいのか？」

「貴族なら誰でも知っていることだ」

思わず王女を見る。

読み聞かせを終えて、チビ達と一緒に立ち上がるところだった。

自分は虐待されなかったが、それでも、王女様も自分と同じく母親を亡くし、父親に捨てられたのかと思うと少しばかり親近感が湧いた。

チビ達にくっつかれても嫌そうな気配はなく、そのレースの下から覗く口元は穏やかに微笑んでいる。

「さあ、本を読み終わったから次は追いかけっこね？　誰が捕まえる役をしましょうか？」

優しい響きの声だ。

チビ達のためにゆっくり話しているのが分かる。

「ぼくにげる！」

「わたしもー！」

「おひめさまがおいかけるやくー！」

きゃーっと声を上げながらチビ達が散る。

王女様の返事すら待っちゃくれない。

ふふ、と王女様が笑う。

「あら、わたしが捕まえる役なのね」

その声はどこか楽しげだ。

「じゃあ十数えるわよ？　一、二、三――……十！　さあ、行くわよ！」

王女様がやや声を張り上げて駆け出した。

意外にも軽やかに駆け出して、チビ達が近付いてくる王女様にきゃいきゃいと騒ぎながら逃げていく。

王女様は手加減してるのだろう。

チビ達の後ろをゆっくりと追いかけている。

ひら、と目元を覆うレースが風にひらめく。

その隙間から見えた瞳は、綺麗だった。

……なんだよ、すっげぇ綺麗じゃん。

どんなにギラギラした瞳かと思えば、まるで濃い蜂蜜を固めたようなキラキラしたものだった。

なるほどあれは宝石みたいな瞳だ。

琥珀という宝石はきっとあんな感じなのだろう。

それに王女様の顔はとても整っていて美しかった。

「なあ、王女様！」

気が付けば声をかけていた。

「あんたの目、すっげぇ綺麗だぞ！」

王女が驚いたように俺へ振り返る。

そして嬉しそうに笑った。

目元は隠れていたけれど分かる。

きっとあの綺麗な瞳を細めて笑っている。

横からアリスティードに背中を叩かれた。

「私も交ぜてくれ！」

アリスティードが妹へ駆けて行く。

ドキドキと高鳴る胸に手を当てていると、先ほどまで王女様の斜め後ろに座っていた王女様の従者と目が合った。やけに整った顔の男がニコリと笑う。

何故か寒気を感じて身震いした。

「ケインもやろう！」

アリスティードの声にハッとする。

「ああ、今行く！」

慌ててその従者から顔を背け、アリスティードへ向かって駆け出した。

……貴族の従者って怖いんだな。

今後は王女様に気軽に声をかけるのはやめておこうとケインは心に決めたのだった。

＊　＊　＊　＊

「ああ、楽しかった……！」

帰りの馬車の中で思わず伸びをしてしまう。

シンプルなものとは言ってもドレスは皺だらけだし、スカート部分は土で薄っすら汚れてしまっている。洗濯してくれるメイドには申し訳ないが、久しぶりに駆け回って、声を上げてはしゃいで楽しかった。

十二歳になり公務に出るようになってからはそのようなことは全くしなかったので、ファイエット邸にいた頃を思い出して少し懐かしかった。

ファイエット邸では駆け回って、木や屋根に登って、子供らしくいられた。

孤児院の子供達は早い段階で自立を促される。

それでも子供でいられる時はちゃんとあった。

「リュシエンヌがあんなに駆け回っているのは久しぶりに見たな」

そう言ったお兄様の服も少し土埃で汚れていた。

「ふふ、だって最近はダンス以外で体を動かすことがなかったんです。だから嬉しくて」

「……そうか、リュシエンヌは魔法の勉強は座学だけだったな」

「はい、それだけは残念ですが」

魔法については勉強を続けている。

ただ魔力がないので実技もない。

魔法の属性や魔法式、詠唱について学んでいる。

わたしが詠唱を口に出しても魔法は発動しない。

分かってはいるけど少し残念だ。

「今日はフィース様からお話が聞けましたし、子供達と遊ぶのも楽しかったです」

考えてみると誰かと遊んだのは初めてだった。

お兄様とは一緒に散歩をしたり、剣の鍛錬を見学したりしたが、駆け回って遊んだ記憶はない。

騎士達の訓練に突撃したこともあったけれど、あれは遊ぶというよりかは、構ってもらったというほうが近い。

ルルは常に傍にいてくれた。

でもわたしもルルと遊ぼうとは思わなかったので、大体、いつも一人遊びだった。

それに不満もなかったけれど。

「今後も慰問は出来そうか？」

お兄様の問いに頷き返す。

「はい、大丈夫です」

「それは良かった。まあ、最初のうちは私と一緒に回って行こう。皆が顔を覚えてくれたら一人で行けば良い」

それでもすぐに一人で、と言わないのがお兄様らしい。

その心遣いがくすぐったいけど嬉しかった。

「だが孤児院ではレースを外したほうが良さそうだな。顔が見えないと子供達は警戒する」

確かに最初は子供達に警戒された。

何故目を隠しているのかも訊かれた。

「そうですね、孤児院の子供達はこの目を見ても大丈夫そうでした。次からは外して行こうと思います」

遊んでいる最中にレースが翻っても子供達は全くわたしの瞳を気にする素振りを見せなかった。それどころか綺麗だと言ってくれた子もいた。

「ああ、きっと誰も気にしないだろう」

お兄様も同じ考えらしい。

「最近は貴族のお茶会でも外す機会が増えました。もしかしたら、本当は、もう外してもいいのかもしれませんね……」

他人を不愉快にさせないように。

つらい記憶を掘り起こさないように。

でもあれから八年が経った。

しかしたった八年とも言えるし、もう八年もとも言える。

その八年で国は立て直されて以前よりかは大分豊かになった。

まだ前王を恨む者はいるだろう。

旧王家を許せないと思う人々もいる。

……だけど、もういいのかもしれない。

「ルル、レースを外してくれる？」

横にいたルルが覗き込んでくる。

「いいのぉ？」

その灰色の瞳が気遣わしげにレース越しに見つめてくる。
だから深く頷いた。
「うん、いいの」
ルルの手が伸びて、そっとレースを持ち上げた。
持ち上げたレースが後頭部へ流される。
視界が明るく鮮明になる。
誰かのためだとか言うのはもうやめよう。
このレースは本当は、多分、わたしがしたかったんだ。
理由をつけていたけれど、わたしは他人が怖かったのだと思う。
ルルと、お兄様と、お父様と、ファイエットのみんな以外が怖かったのだ。
だけどずっとそのままではいられない。
もう怯えて過ごすのはやめよう。
たとえ誰かがこの瞳を嫌ったとしても構わない。
旧王家の証しだと指さされても堂々としよう。
「わたし、もう隠れない」
今日の子供達の笑顔を見て思ったのだ。
レース越しではなく直に見たい。
レースはわたしを視線から守ってくれるけれど、同時に世界を不鮮明にしてしまう。

わたしの世界で一番はルルだけ。

それは変わらない。

でももう少しだけ世界を見てみたい。

ルルが見ている世界を、ルルがいる世界を、わたしの目線で見てみたい。

結婚するまででいい。

外の世界に触れたいと思った。

ルルが困ったように眉を下げる。

「オレから離れない？」

灰色の瞳が不安そうに揺れた気がした。

ルルに抱き着く。

「わたしの居場所はルルのところだよ」

「……そっかぁ」

頭上から溜め息のような声が聞こえる。

「残りの三年間だけ、外の世界に触れてもいい？」

見上げた先でルルが苦笑する。

「オレってばリュシーのオネガイに弱いんだよねぇ」

「仕方ないなぁ」と言うルルをギュッと抱き締める。

目一杯の感謝の気持ちを込めた。

ルルの腕がしっかりとわたしを抱き返す。

「三年だけ、ね？」

「うんっ」

こほん、と向かい側から咳払いが聞こえた。

「とにかくリュシエンヌはレースをやめるんだな？」

お兄様の問いかけに頷く。

「はい」

「では父上にも伝えるように。それからエカチェリーナ達にも。……きっと皆、喜ぶだろう」

ふっとお兄様の青い瞳が和らぐ。

……そうだといいな。

エカチェリーナ様達とのお茶会では既にレースをせずに過ごしていたが、今後は全ての公務でも素顔を隠すことはしない。

最初はすごく注目されるだろう。

でもそれはレースをつけていた時も同じだ。

この瞳に自信を持ったわけではない。

むしろ今でも琥珀の瞳なんて要らなかったと思う。

だけど後ろ向きになるのはやめよう。

レースで顔を隠さず、胸を張ろう。

ルルの隣で真っ直ぐに立ちたい。

お兄様の妹として顔を上げたい。

綺麗だと言ってくれた子の言葉が背中を押してくれる。

……わたしもこの目を愛してあげよう。

すぐには難しいけれど。

いつか、きっと好きになれると思う。

＊　＊　＊　＊

クリューガー公爵邸の一室。

自室の机に向かい、届いたばかりの手紙の封を切り、便箋を取り出してエカチェリーナはそれを読んだ。

やや丸みを帯びた細く繊細な文字が便箋に綴られている。

手短な季節の挨拶に、前回の手紙の返事、そうして喜ばしいことが書かれていた。

友人であり、何れ義理の妹になるであろう王女殿下がレースで顔を隠すのをやめるという。

エカチェリーナは大賛成である。

元々、王女の琥珀の瞳は美しいので人目を集めてしまうものの、貴族達の中で、その瞳に否定的な者は少なかった。

確かに前国王を思い出すと言う人間もいたが、だからと言って王女殿下を嫌う理由にはならないし、王女も旧王家の被害者であるという認識は貴族達の間で広まっている。

王女の受けた虐待は全てではないが、大まかに広まっており、ほとんどの貴族はむしろ同情的だった。

王女がレースで顔を隠すのは、もしや虐待で受けた傷を隠しているのでは、などという噂まで流れ始めていた。

だからこそやめる時期としては丁度良い。

「それにお顔を隠すなんて勿体ないわ」

王女殿下は美しい。

ご本人はさほどご自分の外見に興味がないようなのだけれど、繊細で美しいお顔立ちに垂れ目が少し幼い雰囲気を醸し出しており、琥珀の瞳が人目を引く。

背も同年代の子より高く、華奢で、落ち着いた性格だけど、どこか不安定な危うさもある。

その危うさを守ってあげたくなるのだ。

もしもエカチェリーナが男であったなら求婚していたかもしれない。

王太子であり、彼女の義兄であるアリスティード殿下が心を奪われたのは納得だった。

お茶会で何度も見ているが、その素顔を皆に見せれば、きっとリュシエンヌ様は有名な王女になるだろう。

王族という身分でありながら彼女は謙虚だ。

「ああ、でも本当に良かったわ」

王女がいつまでも顔を隠し続けるのは難しい。

病でもないのに顔を隠し続ければ、貴族達から疑念を持たれてしまう。

むしろこの一年ほど顔を隠していたことでリュシエンヌ様のお顔について色々な憶測も流れたものだ。

親しい者や間近で関わった者はレース越しに顔を見ているため噂など興味を示さないが、噂好きな貴族達はこっそりと話題にしていた。

この一年ほどでリュシエンヌ様のお顔に対する興味や期待は格段に上がっている。

ここでリュシエンヌ様がそのお顔をお見せになることで、噂は消え、美しいお顔に貴族達から称賛の声が上がるのは間違いない。

何とかして婚約者に成り代わろうとする者も出るかもしれない。

……でも彼はそのような者を許さないでしょうね。

最初、情報を得た時は冗談かと思った。

王女殿下の婚約者が闇ギルドで上位二位に位置する凄腕の暗殺者だなんて、普通は考えない。

その経歴を知ってゾッとした。

そんな人間と婚約するなんてと心配もした。

けれど実際に見たリュシエンヌ様と彼は寄り添い、幸せそうで、反対の言葉など出て来なかった。

そもそも反対していたらどうなったことか。

今はリュシエンヌ様を守る盾として見逃されているけれど、もしも二人の仲を引き裂こうとすれば、迷わず殺される。

ハーシア様もミランダ様も情報を得て、同じ結論に達したのか、リュシエンヌ様と彼の様子を静観している。

「さて、リュシエンヌ様に悪い虫がつかないよう、更に気を引き締めてかからねばなりませんわね」

友人として、将来の義理の姉として、王家に仕える者として。

心穏やかにお過ごしいただきたい。

さっそく返事の手紙を書きながら思う。

……これからはもっと忙しくなりそうね。

王太子妃としての、王妃としての教育もある。

それでもその忙しさを想像すると笑みが浮かぶのは、やり甲斐があるからだった。

アリスティード殿下と燃えるような恋はないものの、互いに信頼を築き上げ、家族として尊重し、共に国を支える良き相方にはなれそうである。

＊＊＊＊＊

その後、わたしは宣言通り顔を隠すことをやめた。

どうやらわたしの顔に関する憶測というか、噂がひっそりと流れていたようだ。

実は虐待の傷を隠している。実は不美人である。

実は琥珀の瞳ではない。実は他者と直に目を合わせるのを厭っている。

そういった感じの、あまり良くない噂が流れていたそうだ。

わたしと間近で言葉を交わした人々はそれが嘘だと知っているので、噂を否定してくれていた。

噂の因は、王女であるわたしと接したことのない下位貴族達であった。

お父様もお兄様も憤慨してくれたけれど、わたしは彼らの処罰はしないでほしいとお願いした。

顔を隠し続けていたわたしも悪い。

これでは貴族達に疑念を持たれても仕方ない。

でもこれからは顔を隠さないので、そういった噂もなくなるから、気にする必要はない。

そう伝えれば二人は噂の因の人々への処罰はしないでくれた。

でも主に噂を囁いていた人達は信用を失って、社交界では爪弾きに遭っているらしい。

……まあ、王女を侮辱していたわけだしね。

さすがにまずいと思ったのか、彼ら彼女らとの付き合いを切った人々も多いそうだ。

自業自得と言えばそうだが少し可哀想な気もする。

ちなみにこれらの情報はエカチェリーナ様達が、わたしに関わる噂だったからと事の顛末を教えてくれたのだ。

お兄様もルルも話さないだろうから、と。

確かにお兄様もルルも噂について口にしなかった。

きっとわたしが知る必要はないと思ったか、わたしが傷つくかもと心配してくれたのだろう。

エカチェリーナ様は「何事も知らないより、知っていたほうが良いものですわ」と言っていたし、それもそうだなと思う。

でも黙っていたお兄様やルルが悪いということもない。

ともかく、顔を隠さなくなったことで良い方向に向かうことになった。

琥珀の瞳を表立って悪く言う者もいない。

「人気者だねぇ」

むしろお茶会などの社交のお誘いが増えた。

ルルが不満そうに言う。

最近、ルルとのんびりする時間が減ったからだ。

「王女だからだよ」

手紙を書くわたしの手元をルルが後ろから覗き込み、招待状の内容を素早く読む。

「そっちに行くより、同じ日のこっちの侯爵家のパーティーに参加したほうが良くなぁい？　クリューガー公爵令嬢派の家でしょ〜？」

「そうだね、それにこの家はまだ誰かに紹介してもらったこともないし」

「じゃあ尚更行く必要はないねぇ」

対抗しているのか偶然なのか、同じ侯爵という地位の家が二つ、それぞれパーティーを主催するらしい。

ルルが指さしたほうの侯爵家はエカチェリーナ様から紹介されたことがあるので、もしどちらかに行くなら、こちらへ行くべきだろう。

「お断りと出席、両方の返事を書かないとね」

ペンを手に取り机に向かう。

沢山の手紙を確認し、返事を書き終えるまで、ルルは傍で見守ってくれていた。

時々「その家とこの家は仲が悪いよぉ」「この家は旧王家では王族派だったから近付かないほうがいいかもねぇ」「そっちの家はラエリア公爵家の分家だよぉ」と教えてくれる。

……ルルって色々知ってるけど、闇ギルドで情報を仕入れてるのかな？

ルルの謎が一つ増えた。

でもルルのそういう部分を想像するのは面白い。

得体の知れなさがルルらしかった。

功績と努力

アリスティードが学院へ通うようになった。

リュシエンヌが十三歳、兄であるアリスティードも十五歳を迎えたため、一足先に入学したのである。毎日王城から馬車で通っているが、どうやら授業を終えて、用がなければ真っ直ぐに帰って来ているらしい。

実技の授業は別だが、毎日、アリスティードはリュシエンヌに今日習ったことを教えている。

どうやら授業中に自分用のノートだけでなく、リュシエンヌ用に別に紙を持ち込み、そちらにも授業の内容を書いておいて、それを使ってリュシエンヌに勉強を教えているようだ。

教えてもらっているリュシエンヌは真面目に勉強しているが、頼られたアリスティードのほうは少し嬉しそうだ。

だがアリスティードもリュシエンヌに教えるために授業を真面目に受け、きちんと理解していなければ出来ない。

……リュシーもそうだけど、アリスティードも十分優秀な部類なんだよねぇ。

帰宅後、恐らくそのままリュシエンヌの離宮へ直行しているのだろう。

学院へ持って行っている鞄を携えてやって来るアリスティードをリュシエンヌも毎日待っている。

リュシエンヌに勉強を教えつつ、自身の予習と復習をこなすアリスティードは本当は多忙なはずなのに、リュシエンヌの前では決してそのような姿を見せない。

アリスティードはどんなに忙しくてもリュシエンヌや父親との時間を必ずつくる。

学院に通っているため、ティータイムに現れることはなくなったが、相変わらず夕食はリュシエンヌと共に摂れるようスケジュールを組んでいる。

リュシエンヌの離宮で食べることもあれば、リュシエンヌがアリスティードの離宮で食べることもあり、そして三人が集まる際には必ず王城で摂る。

「お兄様、出来ました」

リュシエンヌが顔を上げる。

横に座っていたアリスティードも顔を上げ、リュシエンヌから紙を受け取った。

その紙に目を通す。

「………ああ、全部正解だ」

アリスティードが「リュシエンヌは本当に優秀だな」と妹の頭を撫でる。

「お兄様の教え方が上手だからです」

「そうか？」

「はい、お兄様は学院の先生になれると思います」

「ははは、それは褒め過ぎだろう」

嬉しそうに、照れくさそうに笑うアリスティードにリュシエンヌも目を細めて笑っている。

父親やアリスティードをもっと信じると決めてから、リュシエンヌは二人に対して以前よりも気安くなった。二人もリュシエンヌが近付いて来たことに気付いている。

特にアリスティードのほうは以前よりも更にリュシエンヌを可愛がるようになった。

リュシエンヌも以前より「お兄様」と兄を慕うようになった。

ルフェーヴルとしてはリュシエンヌの心は自分のものだけにしておきたいと思いつつも、まだリュシエンヌには味方が必要だと理解している。

だから家族の仲が深まるのを静観していた。

それに家族二人と仲が良くなったからといって、リュシエンヌがルフェーヴルを忘れるということはなかった。

リュシエンヌが振り返る。

「見て、今日も全部正解したよ」

琥珀の瞳が「褒めて」と見上げてくる。

ルフェーヴルの口角が自然と緩んだ。

「リュシーは偉いねぇ」

よしよしと頭を撫でれば、パッとリュシエンヌの表情が明るくなる。

「飛び級だけじゃなくて、入学したら、学年上位に入りたいの。ちゃんと王族として恥じない成績を残して卒業しなきゃ」

公務に出るようになって、王女として、王族としての立場も強く意識しているらしい。

リュシエンヌなら、それも可能だろう。

元よりリュシエンヌは優秀だ。

「なら私も更に努力しないと。妹に抜かされる兄なんて格好悪い」

アリスティードが笑う。

「でもお兄様は入学当初から学年一位なんでしょう？　わたしはさすがに一位を取り続けるなんて出来ません」

リュシエンヌが兄へ尊敬の眼差しを向ける。

しかしアリスティードは「リュシエンヌに教えているからだ」と妹を見た。

実際、人に物事を教えるには、教える側がきちんと理解出来ていなければ上手くいかないものだ。

だがアリスティードは授業で教わった内容への理解度が高く、後ろで聞いているルフェーヴルでも、リュシエンヌに教えている内容が理解出来た。

……まあ、オレも昔、師匠から教わったけどさぁ。

アリスティードのほうがよほど教え上手だ。

「誰かに教えると、私自身の復習にもなるから、試験で問題が出ても困らないんだ」

リュシエンヌが首を傾げる。

「そういえば、試験には魔法の実技も含まれるんですよね？　魔力のないわたしはどうなるのでしょう？」

「いや、実技は授業が主だ。試験では魔法式の構築が試験になるからリュシエンヌも公平に受けられるだろう」

「それなら魔力は関係ないですね」

実技を行えない分、不利になる可能性が高かった。

けれども魔法式の構築であれば、リュシエンヌも試験を問題なく受けられる。

今まで座学だけとは言え、魔法について学び続けたリュシエンヌは魔法式を構築するのが実は得意だ。本人は前世の記憶のおかげだと言うけれど、リュシエンヌの構築する魔法式は既存のものとは違って斬新で、面白く、そして意味のないものも数多くあった。

生地を傷めずにシミを落とす魔法だったり、空中に少しの間だけ文字が書ける魔法だったり、色々あるが、ほとんどはリュシエンヌが魔法を使えたらやってみたい魔法らしい。

ただシミを落とす魔法は侍女達が喜んでいた。

リュシエンヌの魔法式は緻密だ。

普通、魔法式というと「自分の持つ魔力からこれくらいの量を使って、こんな感じの魔法を出して」と精霊に伝える程度のものだった。

だから人によって同じ魔法でも威力が違っていたり、効果の持続時間が変わったりする。

魔力の多い人間ほど強力で持続時間が長い。

でもリュシエンヌの魔法式は違う。

正確に「この数値の魔力量で、このような現象を起こす」と定められている。

例えば火球を生み出す魔法。

今までの魔法式だと魔力量や使用者のイメージによって、握り拳から人の頭くらいの大きさまで振れ幅がある。

リュシエンヌの魔法式は魔力を数値化しており、決まった量の魔力を使用することで火球の大きさが統一されている。

それまでの魔法式よりもずっと安定して同じ現象を起こせるのだ。

リュシエンヌに魔法を教えていた宮廷魔法士は問いかけた。

「何故、数値で指定したのですか？」

それにリュシエンヌはこう答えた。

「わたしは魔力がありません。洗礼の儀で見た水晶板には『魔力／〇』と書かれていました。〇という数値で表現されていたので、わたしも数値で示しただけです」

ステータスの数値は確かに数字で書かれている。

だがそれは今まで、その人物の能力値として捉えられるだけで、その数値を魔法式に組み込むということはなかったのだ。

……言われてみればなるほどって感じだけどねぇ。

そもそも自分のステータスを他者に漏らすことが少ないため、数値自体、滅多に耳にするものではない。

しかし全ての人間の魔力は確かに数値化されている。

全ての人間の魔力一単位は同じ量のはずだ。

リュシエンヌの魔法式の構築方法はあっという間に宮廷魔法士達の間に広まり、その構築方法は画期的だと絶賛された。

その構築方法で出来上がった魔法式を使えば、誰でも同じ魔法の現象を生み出すことが出来る。

宮廷魔法士達はその魔力量から、どうしても使用する魔法の現象が大きくなってしまい、指先に爪ほどの小さな火を灯すといった繊細な魔法が苦手な者が多かった。

けれど、リュシエンヌの構築方法のおかげで繊細な魔法もほぼ完璧に使えるようになった。

何より魔力の減り具合が明確に分かるようになったことで、魔力切れで倒れる心配がないのだ。

自分の数値を前以て知っていれば、あとはどの魔法でどの程度魔力を使用するか覚え、計算すればいい。

リュシエンヌは最初から魔法式の構築が出来たわけではない。

魔法を学び、どのようなものか自身の中で考え、教師である宮廷魔法士を質問攻めにし、何度も構築しては教師から厳しいダメ出しを受けた。

不発の魔法式もかなり沢山あった。

リュシエンヌはそれでも諦めなかった。

五歳の頃から八年、魔力のないリュシエンヌはそれでも魔法を学ぶことをやめずに続けた。

大量の魔法式と詠唱を集め、分析し、それぞれに使用出来る言葉を覚え、組み合わせでどのような現象になるのか調べた。

その好奇心が重要なのではないかとルフェーヴルは思う。

ルフェーヴルもそれを手伝ったが、リュシエンヌの魔法に対する好奇心は恐らく終わりがない。

使えないからこそ知りたい。

強い好奇心と関心がリュシエンヌを突き動かした。

「魔法の理解力に魔力は関係ない。魔法を生み出すために正確な魔法式を構築出来る者を魔法士と呼ぶならば、王女殿下は素晴らしい魔法士である。その努力と探究心を我々は見習うべきだ」

それは宮廷魔法士長の言葉だった。

ルフェーヴルから見ても、リュシエンヌの魔法式は緻密で、繊細で、まるでリュシエンヌ本人のように美しいと思えるものだった。

詠唱は既存のものに比べてやや長いが、それは時と場合によって使い分ければいい。

正確性が必要な時はリュシエンヌのもの。

威力や時間を優先したければ既存のもの。

詠唱に慣れた魔法士ならば多少長い詠唱でも既存のものと同じ速さで唱えることも可能だ。

リュシエンヌの構築方法を理解してから、ルフェーヴルはずっと、その構築方法の魔法を使用している。

現象が統一しされており使いやすく、魔力の使用量も明確に分かり、発動する時に現れる魔法式の美しさが気に入った。

宮廷魔法士から徐々にリュシエンヌの魔法式構築方法は貴族の間に広まりつつあり、アリスティードやベルナール達も既にその方法を使っている。

いずれ貴族から平民に広がり、リュシエンヌの構築方法は知れ渡ることになるだろう。

「何か褒美を与えたいのだが欲しいものはあるか？」

という、父親の言葉にリュシエンヌは首を振った。

「欲しいものはもう全部あります」

リュシエンヌはそうとだけ言った。

だから父親であり国王でもあるベルナールはリュシエンヌに報奨金を与えることにした。

もしも欲しいものが出来たらそれで購入するように、使わなければ嫁入り時に持っていくように、リュシエンヌの財産とした。

宮廷魔法士からは「宮廷魔法士の称号を与えるべきだ」という声も出たようだが、リュシエンヌは「魔力のないわたしでは荷が重いから」と断った。

王女自身が目立つことを避けていると知って以降は何も言わなくなったが、時折、宮廷魔法士達の元を訪れてはリュシエンヌは彼らと魔法について更に学んだり、互いの意見を交換したりして過ごしている。

「リュシエンヌなら魔法の試験も高得点を取れるさ」

アリスティードの言葉にルフェーヴルも同意の意味を込めて頷いた。

リュシエンヌは殺傷力の高い魔法式は構築しない。

他者を傷つける恐怖もあるが、どうやら、それが自分や周囲の人間に向けられたらと思うと構築を躊躇ってしまうのだと言う。

それがリュシエンヌらしかった。

「私よりも良い成績を残せるだろう」

リュシエンヌが、ふふっと笑う。

「お兄様、それは妹贔屓が過ぎます」

「そんなことはない。もう既にリュシエンヌは魔法の理解度も魔法式の完成度も私の上をいっている」

アリスティードが微笑んだ。

「だが私だっていつまでもこのままではない。もっと学んで、リュシエンヌが入学する頃には、魔法も剣も学院随一の男になる」

リュシエンヌが目を丸くし、そして破顔した。

「お兄様、カッコイイです」

アリスティードもそれに破顔する。

アリスティードは有言実行の男だ。

元々才能があり、集中力があり、努力を惜しまない真面目さも持っている。

きっとリュシエンヌが入学する頃には、アリスティードは剣の腕前も魔法の腕前も上がっているだろう。

……オレものんびりしてられないかもなぁ。

今度は王城の騎士団のところに行って鍛錬しようかと、ルフェーヴルは考えるのだった。

四人のお茶会

わたしは十四歳を迎えた。

この一年、大きな事件もなく、王女としての公務をこなしながらお兄様から学院での勉強を教えてもらう日々が続いた。あっという間の一年だった。

わたしより二つ上のミランダ様は、お兄様や婚約者のロイド様と共に二年生になった。

ロイド様ことロイドウェルとの関係もこの数年で大分変わった。

洗礼の日の夢のことを、わたしはロイドウェルにだけ話すことに決め、伝えたのだ。

それについてはルルが「アルテミシア公爵子息にも話して味方に引き込んだほうがいいよぉ」と言い、確かにロイドウェルにも伝えておけば、ロイドウェルルートも潰せると思った。

しかもロイドウェルはお兄様の夢の話も聞いていた。

話をすると意外なほどすんなり受け入れられた。

ただ意味深なことも言っていた。

「そうですか……。だからアレはあのような、なるほど、そういうことですか……」

その顔はどこかげんなりしていた。

どうかしたのか訊いても、お兄様もロイドウェルも話してはくれなかった。

それから夢について頻繁にやり取りするようになってからは、わたしも愛称で呼ぶ許可を得た。

原作のリュシエンヌもロイドウェルを愛称で呼んでいたが、あれは確か許可を得ずに、勝手に呼んでいたものだった。

原作のリュシエンヌと同じ呼び方になるのは少しどうかと思ったが、その話をした時のお兄様の嬉しそうな顔を見たら断れなかった。

きっと、ずっと妹と親友の微妙な距離を気にかけてくれていたのだろう。

わたしの一つ年上のエカチェリーナ様は入学して、お兄様と一緒に生徒会の役を引き受けているらしい。意外なことに、王族だからと生徒会長になることはなく、三年生の方が生徒会長を務め、お兄様は副生徒会長、ロイド様が会計、エカチェリーナ様が書記になっているそうだ。

馬車に揺られながらお兄様の離宮へ向かう。

今日はお兄様の離宮で、お兄様とエカチェリーナ様と、わたしと、そしてルルの四人だけのお茶会を行うことになっている。名目上は交流ということだ。

王太子とその婚約者、王女とその婚約者。

それぞれが互いを知るための場である。

……実際はそれぞれ知っているんだけどね。

でも、実はこの四人でお茶会をするのは初めてだ。

何せ全員予定を合わせるのが難しい。

今回、ようやく決まったのだ。

……お兄様とエカチェリーナ様が公務以外で一緒にいるところを見るのも初めてかもしれない。

きっと学院で同じ生徒会で顔を合わせているし、婚約者同士何度も会っているだろうけれど、わたしが目にするのはいつも公務の二人だ。

だからちょっとだけ楽しみでもある。

「リュシー、嬉しそうだねぇ」

隣のルルが言う。

それに頷いた。

「うん、お兄様とエカチェリーナ様と、ルルの四人でって初めてでしょ？　ルルもエカチェリーナ様も後数年もしたら家族になるんだし、みんなで仲良く出来たら嬉しいよ」

ルルも、お兄様も、エカチェリーナ様も。

全員わたしの好きな人だ。

その好きな人同士の仲が良ければ当然嬉しい。

「ふぅん、そんなもん～？」

ルルはよく分からないという風に小首を傾げた。

「まあ、それでリュシーが喜ぶならいいけどねぇ」

首を戻してルルが考えるようにそう言った。

……ルルは基本的に単独行動が好きみたいだから、複数人と仲良くするということ自体、あまり興味がないらしい。

それでもわたしが喜ぶならと今回のお茶会も受け入れてくれたのだ。

感謝の気持ちのままにルルに抱き着く。

「我が儘を聞いてくれてありがとう」

ルルはお茶会や舞踏会といった社交に関心がない。

色々覚えてくれるのも、婚約者兼侍従としてそれらに付き合ってくれるのも、わたしのため。

「どういたしましてぇ」

ドレスに皺が寄らないようにそっと抱き返される。

ガタゴトと揺れる馬車の中で、お兄様の離宮に到着するまで、わたし達はそのまま過ごした。

公務で忙しくなってからルルとの時間が減った。

ルルが傍にいる時間は変わらないが、会話を交わしたり、まったりする時間がどうしても減る。

公務中はルルは従者だったり婚約者だったりして、婚約者の時は話せるけど、侍従の立場の際はわたしから話しかけない限りは黙っていることが多い。

特に人前ではそうだ。

だから実を言うとちょっと寂しかった。

夜にお喋りしていても、疲れているせいか気付くと寝てしまっていることも珍しくなくて、ルルは「仕方ないよぉ」と言ってくれるけれど、わたしはもっとルルと過ごしたい。

べったりくっついて過ごしたい。

……ルル欠乏症である。

馬車の揺れが減り、やがて停まる。

御者が外側から扉を開ける。

ルルが先に降りて、その手を借りてわたしも降りる。

わたし達を出迎えたのはミハイル先生だった。

「王女殿下と男爵にご挨拶申し上げます」

丁寧な礼を執り、顔を上げたミハイル先生がニコリと目尻を下げて笑った。

「お久しぶりです、ミハイル先生」

「お久しぶりですね、リュシエンヌ様」

わたしがファイエット邸を出てから、ミハイル先生にはほぼ会っていなかった。

正式に王太子であるお兄様の相談役という地位につき、日々、お兄様と政や法律について色々と議論を重ねているそうだ。

ミハイル先生は博識で思慮深い人物なので、相談役にピッタリだっただろう。

「魔法式の新しい構築方法について聞き及んでおります。素晴らしい功績を上げられましたね。公務にももう随分と慣れたとアリスティード様がよくおっしゃっておりました。本当に良き王女になられましたね」

ミハイル先生の言葉に頷き返す。

「ありがとうございます。先生もお兄様の相談役に抜擢されてお忙しいでしょう?」

「ええ、まあ。ですが日々、やり甲斐を感じておりますよ」

「そうなんですね」

お兄様のことだから、疑問や腑に落ちない点があればミハイル先生と納得するまで話し合うのだろう。

ミハイル先生も真面目な方なので、きっと時間の許す限り、お兄様と議論をしているに違いない。

「ニコルソン男爵も、遅ればせながら男爵位の授爵お祝い申し上げます」

「どうもぉ」

相変わらずなルルの態度にミハイル先生は苦笑するだけだった。

昔からこうだったから、公の場でない限りはわりと見逃してくれるようになった。

「さあ、どうぞ中へ。あまり立ち話をしていると待ちかねたアリスティード様とクリューガー公爵令嬢が迎えに来てしまいますからね」

クス、とミハイル先生が笑いながら、離宮の中へわたし達を招き入れる。

お兄様の離宮はわたしの離宮と似ている。

つまりファイエット邸と似た内装なのだ。

それもあってお兄様の離宮に来ても緊張したり、落ち着かなかったりといったこともなく、毎回まったりさせてもらっている。

建物を抜けて庭園へ出る。

白い花の咲き乱れる庭園を進み、中央にある東屋に辿り着くと、そこには既にお兄様とエカチェリーナ様が待っていた。

「ミハイル、案内ご苦労だったな」

ミハイル先生は微笑むと一つ頷いて下がっていった。

「リュシエンヌもルフェーヴルも中へ入って座ると良い」

手招かれ、東屋の中へ入る。

日陰はほどよくヒンヤリとして、そよ風が通り抜けると心地好く感じられた。

お兄様の横にはエカチェリーナ様がいる。

「今日はお招きくださりありがとうございます、お兄様。エカチェリーナ様もご機嫌よう」

お兄様とエカチェリーナ様が同時に頷いた。

「ご機嫌よう、リュシエンヌ様」

その顔は嬉しそうだ。

テーブルの上には既にケーキスタンドなどの上にお菓子や軽食が並んでおり、ティーポットとティーカップも置かれていた。

お兄様自ら紅茶を淹れてくれる。

椅子に腰掛ければ、わたしとルルの前にティーカップとソーサーが並べられる。

お礼を述べてから口をつけた。

「いつも思いますが、お兄様は本当にお茶を淹れるのがお上手ですね」

リニアさんやメルティさんが淹れてくれるものと遜色ないほど美味しい。

「いちいち使用人を呼ぶくらいなら自分で淹れたほうが早いからな」

エカチェリーナ様もティーカップに口をつける。

「生徒会でもアリスティード様が一番紅茶を淹れるのがお上手なのですわ。わたくしも淹れますが、殿下のものには及びませんの」

おほほ、と愉快そうにエカチェリーナ様が笑い、お兄様が「だから生徒会で茶を淹れるのは私の仕事なんだ」とおどけるように肩をすくめてみせた。

二人はお互いに気安い雰囲気だ。

多分、馬が合うのだろう。

お兄様もエカチェリーナ様も気負った感じがない。

「そうなのですね。私も早く入学して、学院を見て回ってみたいです」

お兄様やエカチェリーナ様達が通う学院。

そして原作の舞台となる場所。

「その時はわたくしがご案内しますわ」

「その時はわたしが案内しよう」

エカチェリーナ様とお兄様の声が被った。

そして互いに顔を見合わせると、弾けるように二人分の笑い声が響く。

「あら、ではその時は二人で行いましょう」

「そうだな、二人でリュシエンヌを案内するか」

二人の間に恋愛感情はないのだろう。

だが確実に信頼関係を築けているようだ。

それが分かって安心する。

きっとこの二人なら支え合い、切磋琢磨し、お互いに良き伴侶として付き合っていけるのではないか。

「アリスティードとクリューガー公爵令嬢は随分仲良くなったねぇ」

ルルの言葉に二人がこちらを見やる。

「それは当然ですわ」

「そうだな、私達にはリュシエンヌという共通の守るべき者がいて、やがては国を背負っていく者同士だからな」

「同じ目的や目標を持っているのですもの、親しくなるのは自然なことでしょう」

ルルが「ん～」とまた首を傾げる。

「でも対立することもあるでしょぉ？」

「まあな、意見の違いや考え方の違いでぶつかることも少なくない」

わたしの取り皿に、わたしの好きなものを選んで取りながら、ルルが不思議そうに問う。

「それでも仲良くしていられるのぉ？」

お兄様が苦笑する。

「先に言っておくが、お前とリュシエンヌのように互いの全てを許容出来るほうがむしろ珍しいぞ」

「それは分かってるけどさぁ」

わたしの前にルルがお皿を置いてくれる。

「ありがとう」と言えばニコ、とルルが笑う。

ルルの前にもお皿はあるけれど、こういう場でルルが何かを口にすることは滅多にない。

「オレも味方とかつくらなきゃいけないかもなぁって考えてみたけどぉ、王サマとアリスティードがいれば、それ以上はいるのかなってさぁ」

今度はわたしが首を傾げる。

「ルル、味方が欲しいの？」

「いいや？　でも貴族社会って交流して、味方が多いほうが何かと有利って感じがあるでしょぉ？」

それは確かにそうだが。

「なるほどな。しかしお前がリュシエンヌ以外と仲良くするところなんて想像出来ないけどな」

お兄様の言葉にエカチェリーナ様も苦笑する。

「そうですわね。ニコルソン男爵が他の方と交流を深めているのを目にすると、何故か不安になってしまうのよね」

「情報収集のためなのか、それとも暗殺目的かって勘繰ってしまうよな」

「ええ」

ルルが心外だと言いたげな表情をする。

「オレ、こう見えても知り合い多いんだよぉ？」

お兄様が「どうせ闇ギルド関連だろう」と言うとルルは「そりゃあねぇ」とけらけらと笑った。

貴族の知り合いが多いより、闇ギルドの、裏社会の知り合いが多いほうが怖いと思うのはわたしだけだろうか。

「でも貴族だってそれなりにいるよぉ」

「そうなのか？」

「元依頼人だけどねぇ」

それって、つまるところはルルにこれまで仕事を依頼したことのある貴族達との繋がりのことか。

エカチェリーナ様の笑みが微妙に引き攣る。

「もしやこれまでの仕事内容を盾にするのかしら？」

ルルが「嫌だなぁ」と笑う。

「これでも暗殺者としての矜持（きょうじ）はあるつもりだよぉ。仕事内容を漏らすなんて二流以下だねぇ」

「意外だな。闇ギルドなんて金さえ積めば情報は売り物になるだろう？」

闇ギルドはどのようなものでも商品になる。

情報も、金品も、人も、命も。

価値が認められれば何だって。

「そうだけどぉ、しないよぉ。アリスティードはオレのこと何だと思ってるのぉ？」

お兄様が真顔で答える。

「リュシエンヌ一筋で他人には容赦ない、得体の知れない暗殺者。掴み所がなくて不気味」

「その通りですわね」

「ひどぉい！」

頷き合うお兄様とエカチェリーナ様に、ルルが「不気味って失礼でしょぉ？」とぼやく。

……うーん、でもそうだしなあ。

しかしお兄様がルルを見た。

「それにしても、お前が私や父上を味方と思っていることに驚いた」

「アリスティードだってそうじゃないのぉ？　言うなればオレ達は『リュシエンヌを守る会』会員みたいなもんでしょ」

「そうだな」

「わたくしもそうですもの」

……何そのわたしを守る会って。

「いっそのこと本格的に会を立ち上げてしまうか？」

お兄様が真顔で乱心している。

エカチェリーナ様が「良い案ですわね」と同意した。

助けを求めてルルを見上げたが、ルルも頷いた。

「いいねぇ。会に入るにはオレとアリスティードとクリューガー公爵令嬢の承認が必要ってことにして厳選すれば変なのも交じらないと思うよぉ」

「いや、待って！　そんな会、要らないから！　というよりわたしを守る会なんて恥ずかしいよ!!」

思わず突っ込んでしまった。

これは突っ込まざるを得ないだろう。

でも三人が首を振る。

「何かあった時にリュシーの盾になる奴が増えるよぉ」

「こういうのは形があることが大事なんだ」

「ええ、それにリュシエンヌ様はご令嬢達からも慕われておりますのよ？　きっと皆様加入してくださるわ」

……そういう問題じゃない。

どうしてそんなに積極的なんだろうか。

その後、何とか諦めてもらったけれど、出来ればそういうものはつくらないでほしいと思った。

まさかお兄様とルルとエカチェリーナ様の三人だけで、こっそり同盟をつくっていたとは、わたしはずっと後になるまで知らなかったのである。

それぞれの道

王女様が初めてうちの孤児院に来てから、大体一年が経った。

最初はアリスティードと一緒に来ていた王女様だったけど、チビ達に懐かれ、俺みたいな年上の奴らともそれなりに話す回数が増えると、一人で来るようになった。

……まあ、一人って言ってもあのおっかない従者もいるし、護衛の騎士達もいるけど。

王女様は他の孤児院も回っているそうで、毎回うちに来られるわけじゃない。

それでも来る時には食材や、売り物を作るのに必要な布や糸なんかを寄付してくれているらしい。

貴族向けのハンカチを作るには刺繍の技術が必要だからと、自分や侍女達が刺繍したハンカチや小物を、お手本として持ってきてくれることもあった。

女子達は裁縫を学び、刺繍の入ったハンカチを作るため、お手本となるものがあるとデザインなども含めて色々と学べるそうだ。

俺達が作ったクッキーを買って帰ることもある。

沢山のそれは、王女様の住む離宮の使用人達に分けたり、王女様が食べたりする。

一国の王女様が孤児院の子供が作った地味なクッキーなんて食べるのかと驚いたものだ。

アリスティードはあまり甘いものを食べないので、あっちは売るのを手伝ってくれたりしたが、自分が買っていくことはなかった。

王女様も頻繁に買うことはなくて、その代わりに、どうすれば安くてももっと美味しく作れるか、どうすればもっと貴族達が買ってくれるのか、そういったことを一緒に考えてくれた。

ナッツを毎月大量に買う代わりに少し値引きしてもらうよう店に頼んだおかげで孤児院への実入りが僅かに増えたし、クッキーを包む袋を安いガサガサの紙袋をやめ、明るい色の布で包んでリボンで口を結んで見た目を変えたら、貴族やちょっと裕福な人々がよく買ってくれるようにもなった。

特に貴族向けに布に刺繍をしたら、以前の倍近く売れている。

今、貴族の間ではリボンやレースが流行っているらしく、クッキーの包みにリボンを使っているのが良いと褒められたこともある。

それらは王女様の発案だった。

俺の中で、王女様が憧れの人物になるのに時間はかからなかった。

恋愛の好きとかじゃなくて、人として尊敬出来るし、良い奴だなって思っている。

王女様は来年、学院に入学するそうだ。

学院は昔は貴族だけしか通えなかったらしいが、今は優秀であれば平民でも入学出来る。

奨学金制度があり、何かで優秀な成績を持つ生徒は入学金や支度金が免除されるのだという。

「先生、俺、学院に通いたい！」

院長先生に言うと、先生は朗らかに笑った。

「そういえばケインは昔から運動が得意だったわね」

元々、俺は騎士になりたかった。

だから毎日体を動かして、鍛えて、時々町の巡回に来る騎士達に剣の指導もしてもらっていた。

まだまだ騎士になるには難しいけれど、アリスティードも褒めてくれるくらいには剣を扱える。

「ああ、剣の腕を磨いて、それで入学したいんだ。奨学金で入れば孤児院に負担はかからない！」

それに学院を卒業すると就職に有利だ。

学院で騎士として剣を磨いて、その後、騎士見習いになり、正式な騎士になる道だってある。

騎士になれば安定した収入が入り、年の離れた妹を養うことも、世話になったこの孤児院へ恩返しをすることも出来る。

「そうね、でも、そういう子はきっと多いわ。あなたはとても努力しないと入れないかもしれない。……それでも入学したい気持ちは変わらないかしら？」

先生はいつもと変わらない穏やかさで、でも、真っ直ぐに俺を見た。

それに強く頷き返す。

「変わらないっ。努力も出来ない奴は騎士になるなんてそれこそ無理だ！　俺は出来るまで、なれるまで、何度でも努力する！　諦めない!!」

先生の目を見据えて言えば、先生が微笑んだ。

「そう、分かったわ。そこまで言うなら、知り合いの引退した騎士にあなたを鍛えてもらえるようお願いしてみましょう」

　先生の言葉に俺は跳び上がった。

「先生、ありがとう!!」

　騎士に教えてもらえるなんてすごいことだ。

　でも先生が真面目な顔で言う。

「その方はとても厳しい方ですからね。あなたが努力をやめたり、手を抜いたりしたら、教えてもらえなくなるかもしれません」

「そんなことしない！」

「そうですね、あなたはやんちゃ過ぎるところはありますが、根は真面目ですから」

「きっと大丈夫でしょう」と先生がふっと目を細めた。

「頑張るのですよ」

「はい！」

「ですが騎士は健康な体が命です。無理をして、体を壊してはいけませんよ」

「ああ、気を付ける！」

　学院に入学して、学び、卒業後に見習いになって、やがては騎士になる。

　……その時にアリスティードや王女様を守れるくらい強くなりたい。

　王家への忠誠心なんて難しい話じゃない。

　友人達を守れるくらい強くなりたい。

ケインは拳を強く握り締めて、自分の目指す道の先にあるものを想像したのだった。

＊　＊　＊　＊　＊

今しがた届いた手紙を、レアンドル＝ムーランは苦い思いで机の引き出しに仕舞った。

差出人は数年前から友人関係のオリヴィエ＝セリエールである。

レアンドルには婚約者がいる。

ムーラン伯爵家当主である父が選んだ、同じく伯爵家の令嬢は、貴族の令嬢らしい少女だった。

淑やかで、物静かで、控えめな少女。

剣どころかティーカップよりも重い物など持ったことがないのではないかと思うほど細い指、外に出ていないのか全く焼けていない白い肌、手入れの行き届いた髪や肌は美しく、流行に乗ったドレスや髪飾り、施された化粧には一部の隙もない。

令嬢自身に不満はない。

貴族ならば政略結婚は当たり前だ。

だが、伯爵令嬢との婚約と同時に、レアンドルは父親にこうも言われていた。

「婚約した以上、お前の妻となるのは婚約者のご令嬢だけだ。ご令嬢やその家、他の貴族の者達に勘繰られぬように、友人関係はきちんとするべきだ。同性ならばともかく、特定の異性とあまり親密になるものではない」

それはオリヴィエのことだと分かった。

「彼女との関係はそのようなものではありません。ただの友人同士です、父上！」

「口では何とでも言える。婚約は絶対だ。婚約者がいながら、結婚前から特定の令嬢と親密な関係にあったなどと醜聞でしかない」

「ですから、オリヴィエとは――……」

「婚約者でない令嬢の名を呼び捨てにするな！　どこで誰が聞いているかも分からないのだぞ？」

家の政略で婚約したが、確かにレアンドルはオリヴィエ＝セリエール男爵令嬢を少なからず想ってしまっていた。

明るく、優しく、活発で、貴族の令嬢にしては少々庶民的だが、その裏表のないところに好感が持てる。あの明るさに触れてしまうと、貴族の令嬢のツンと澄ました態度はどうにも近寄りがたく感じてしまう。

しかし確かに父の言うことは正しかった。

本来、貴族の男女が名を呼び捨てにするのは親密な間柄の相手にだけ許すものである。

元は平民だったオリヴィエはその感覚が抜けなかったのか「オリヴィエでいいよ」と言った。

そしてオリヴィエはレアンドルの名を呼び捨てにした。

きっと、その時にレアンドルの心は奪われてしまったのだろう。

「……分かりました。以後、気を付けます」

それに言及したのは父だけではない。

「レアンドル、以前も言ったが婚約者を蔑ろにするような言動や、勘違いされるような行いは避けてくれ。お前が最近、婚約者でない特定の令嬢と街に頻繁に出掛けているという噂が流れているんだ」

仕えるべき主君であるアリスティード殿下にまで言われ、レアンドルは苦渋の選択でオリヴィエと距離を取ることを決めた。

「家同士の契約すら守れない者を側近には出来ない」

アリスティード殿下は眉を寄せて言った。

怒っているのではなく、レアンドルのことを案じてくれているのだと、レアンドルにはすぐに分かった。

だからオリヴィエに今後は連絡や会うことを控える旨を綴った手紙を送ると、婚約に対する祝福の言葉と共にとても残念だが仕方がないと了承する内容が書かれていた。

だが、結局、レアンドルは初恋の少女を完全に突き放すことは出来なかった。

冷たく感じられる淡々とした手紙を送ったせいか、返事で届けられた手紙のその悲しげに震える文字に、微かに滲んだ文字に、胸が痛んだ。

仲良くなっておきながら、自分の都合で捨てるなんてレアンドルには無理だった。

家族にバレないようにオリヴィエに友人の名を使って手紙を送るように頼むと、騙しているみたいで申し訳ないけれど友人と別れることにならなくて良かったと喜ぶ返事が届いた。

その後も、オリヴィエに友人の名を使ってもらい、レアンドルは手紙のやり取りを続けた。

婚約者への対応でオリヴィエと会う時間はないが、それでも、届く手紙の中にあるオリヴィエの健気な言葉に何度も励まされた。

同時にオリヴィエが自分を友人としか見ていないことに切なくなった。

しかし関係を絶つ勇気はレアンドルにはなかった。

週に一度か、月に二、三度の手紙のやり取りだけがレアンドルの傷ついた心を癒してくれる。

婚約者のことは大事にするつもりだ。

政略結婚の相手というのは向こうも同じである。

愛や恋がなくとも、何れは夫婦として穏やかな時間を過ごせるように、レアンドルは歩み寄りたいと考えていた。

……それでも、今だけは……。

初恋の少女（オリヴィエ）との関係を終えることは、レアンドルには身を切られるような苦しみで、レアンドルは踏み出すことは出来なかった。

……早く夜になれ。

使用人の目を盗んで読む時間が待ち遠しい。

こんなことをずっと続けられるはずがないとレアンドルも理解している。

婚約者に対して不義理なことをしている自覚もある。

……手紙は学院に入学するまでだ。

卒業後は、完全にオリヴィエとの関係は絶つ。

それまで婚約者を蔑ろにしないように気を付けながら、レアンドルはオリヴィエと密かに連絡を取り続けたのだった。

＊＊＊＊＊

アンリ＝ロチエはぼんやりと庭を眺めていた。

ロチエ公爵家の長男であり、唯一の男児であるアンリだが、その性格は引っ込み思案で気の弱いものだった。

貴族の中にはあまりに気弱なアンリを馬鹿にする者もいる。

でもそれも仕方がないとアンリは考えていた。

自分が公爵家の次期当主なんて似合わない。

気の強い父親に何故似なかったのかと悲しくなる。

どんなに努力しても、アンリの性格はなかなか直らなかった。

それどころか父親にあれをやってみろ、これをやってみろ、と度胸試しのようなことをさせられ、余計にアンリは怖がりになってしまった。

王太子であり、友人であるアリスティード殿下はアンリの怖がりな部分や臆病さは「思慮深さでもある」と受け入れてくれた。

勉強だけは昔から得意で、そのおかげでアリスティード殿下の側近になれるのだから、悪いことばかりではない。

そう思っていたアンリは一人の少女に出会った。

オリヴィエ＝セリエール男爵令嬢。

アンリと正反対で明るく、活発で、でも優しい少女だった。

男のくせにビクビクおどおどしているアンリを見ても馬鹿にせず、笑いかけてくれた。

本屋で出会った、やや庶民的な女の子。

でもアンリにはその裏表のない態度が良かった。

アンリの悩みを聞いてくれるし、性格のことも否定せずに「きっとアンリは繊細なんだよ」と慰めてくれた。

だからアンリがオリヴィエを好きになるのに時間はかからなかった。

でも、父であるロチエ公爵が婚約者を決めてしまった。

侯爵令嬢で、剣を扱うのが好きな、美しいけれど非常に気の強い、ロチエ公爵のような令嬢だった。

背も高く、威圧感のある令嬢がアンリは苦手で、婚約が結ばれた後も最低限しか顔を合わせていない。

アリスティード殿下が困ったように問う。

「アンリ、婚約者とはどうだ？」

アリスティード殿下に言われたことを思い出し、憂鬱な気持ちになる。

「それが、その、婚約者のご令嬢がちょっと怖くて……」

「そうか。確か剣の腕前が素晴らしいと聞いたことがあったが、それで苦手なのか？」

「いえ、あの、僕よりも背が高くて、威圧感が……あるんです……」

言いながら情けなくなってくる。

もし、もし婚約者が今の婚約者ではなくオリヴィエだったなら、きっとアンリは婚約者と仲良くなれただろう。

オリヴィエではないにしても、もう少し穏やかなご令嬢だったならと思わずにはいられない。

「一度きちんと話してみてはどうだ？　私も何度か話したことがあるが、あのご令嬢は見た目や趣味のせいで誤解されやすいが、性格は優しいぞ」

「はあ……、でも、目の前にすると言葉が出て来なくて……」

そう返すとアリスティード殿下が眉を下げた。

「頼むから婚約者ときちんと話し合ってくれ。レアンドルにも伝えたが、家同士の契約である婚約ですら守れない者を側近にはしておけないんだ」

「はい……」

「私はお前を側近から外したくない。だから、もう少しだけ頑張ってくれないか？」

アリスティード殿下の言葉にアンリは震えた。

側近になれなければ、アンリなど、きっとどの貴族達からも馬鹿にされてしまうだろう。

……殿下に見放されたら僕は終わりだ。

アンリは生唾を呑みながら、アリスティード殿下へ精一杯深く頷き返したのだった。

裏側の攻防

アリスティードはここ数年悩んでいた。

もうすぐ十六歳になるというのにちっとも喜べないのは、あの男爵令嬢のせいである。

リュシエンヌの二度目の公務で姿を見るようになって早二年近くになるのだが、その間、あの男爵令嬢はアリスティードの前に度々現れた。

公務の時だけならまだ良い。

アリスティードは騎士達に守られているため、男爵令嬢でも容易に近付くことは出来ないからだ。

だが町に身分を忍んで出掛けた時にも何度か見かけた。

それも、自分が行こうと思った店や場所に、まるで先回りするようにいる。

毎回ではないが、この二年近くで両手の指の数くらいは待ち伏せされた。

アリスティードの気分で出掛けた先にもいたので、どこからか情報が漏れているというわけでもない。

そこに来るのを知ってる風だった。

もしかしたら自分と同じように夢を見て、男爵令嬢はその通りに行動しているだけなのかもしれないが、こうも何度も待ち伏せされるとゾッとする。

ルフェーヴルは相変わらず男爵令嬢について調べさせており、報告がある度に読ませてもらうが、アリスティードだけでなくロイドウェルの行き先にも執拗なくらい現れているらしい。

ロイドウェルに問うと、気味悪そうに「頻繁に見かけるから僕も会わないように避けているよ」と返ってきた。

アリスティードはセリエール男爵家の受け持つ孤児院にも慰問に行くが、出来る限り、男爵令嬢と鉢合わせにならないように前以て闇ギルドに依頼して令嬢の予定がある日を選んでいる。

幸い、まだ一度も直に話したことはない。

だがロイドウェル曰わく、男爵令嬢はかなり行動力があるので気を付けたほうが良いとのことだった。

ロイドウェルは既に一度接触している。

王城で開かれたガーデンパーティーの場で背中にぶつかってきたらしい。

それもわざとらしいほど驚いた顔をしていたそうだが、ぶつかってよろめくどころか後ろから抱き着かれたのだとか。

自らぶつかってきたのではないかとロイドウェルは考えているし、アリスティードもそうだろうと思う。

そこでロイドウェルは咄嗟に「いや、僕も周りをよく見ていなかったから」と言ってその場をすぐに離れた。

「婚約者でもない相手に貴族のご令嬢が自ら抱き着いてくるなんてありえないよ。気持ち悪い。

……何よりあのご令嬢、自分の外見が可愛らしいと分かってて計算してやってるのが分かりやすくて白々しかった」

珍しくロイドウェルが「何であんなご令嬢にレアンドルとアンリは引っかかってるんだろうね？」と側近仲間についても言及していた。

それについてはアリスティードも同じ意見だ。

確かに庇護欲をそそる可愛らしい外見はこの二年近くで更に磨きがかかり、たまに男同士の会話でも「あの子が可愛い」と名前を聞くこともある。

しかしアリスティードとロイドウェルからすると、男爵令嬢は見た目は可愛らしいが、その行動から分かるように粘着質な人物だ。

しつこいくらいアリスティード達に近付こうとしており、正直に言って、絶対に近寄りたくないし仲良くしたくない性格だと二人とも考えている。

ロイドウェルにぶつかった時、男爵令嬢はロイドウェルに抱き着いたまま「ごめんなさい！」「大丈夫ですか？」と上目遣いで見上げてきたそうだ。

本当に申し訳ないと思っているならすぐに体を離し、頭を下げて謝罪するはずだ。

「女性相手に失礼かもしれないけど鳥肌が立ったよ……」

と、ロイドウェルは溜め息を吐いた。

しかもその日のうちに謝罪の手紙が届いたらしい。

ロイドウェルは返事をしなかったそうだ。

元々誰かに紹介されて知り合ったわけではないため、手紙の返事を送らずとも礼を欠くことにはならない。

返事をすることで繋がりを持ちたくない。

女性に対してかなり紳士的なロイドウェルにしては非常に珍しいことだが、アリスティードも同じ立場の時にはそうしたので何も言うまい。

そしてつい先日、王城での舞踏会であの男爵令嬢はアリスティードにも接近してこようとした。

未成年なので恐らく持っていたのはブドウジュースだろうが、飲み物の入ったグラスを片手にふらふらと近付いて来たのだ。

何も知らなければ間違えて酒を飲んで酔っ払ってしまったか、具合が悪いのではと思うような足取りだった。

そのままアリスティードのいる方向へ近付いて来たため、アリスティードは何気ない動作で離れ、給仕の使用人に酔っ払いがいると言って男爵令嬢を無理やり下がらせた。

後の報告で令嬢は酔ってもいなければ、具合が悪くなったわけでもなく、給仕に控え室へ連れて行かれると不満そうにしていたと知った。

それを父と聞いた時には顔を見合わせてしまった。

「まさかとは思うが、飲み物を持ったまま王太子であるアリスティードにぶつかろうとしたのか？」

父が、頭が痛いと言いたげにこめかみを押さえた。

アリスティードも眉間を押さえていた。

「恐らく、そうではないかと。以前はロイドウェルにぶつかったふりをして抱き着いたそうですが、すぐに逃げられたからではないでしょうか？」

ロイドウェルの時には逃げられたから、すぐに逃げられないように、飲み物をかけて引き留めるつもりだったのかもしれない。

それがただの平民同士なら謝罪して、服を弁償するくらいで済む話だろう。

だが貴族、ましてや王族相手となれば話は別だ。

「衆人環視の中、王族にぶつかり飲み物をかけたとなれば本人の謝罪程度では済まされないぞ？」

旧王家に比べて現在は大分穏やかな風潮になっているが、だからと言って何でも許されるわけではない。

王家主催の舞踏会で、王太子にぶつかり、あろうことか飲み物をかけたとなれば大騒ぎである。

しかも意図的にそれを行えば、王族への無礼と不敬で家の問題にもなる上に、本人はきっと養子縁組を解消されるだろう。謝罪くらいでは許されない。

「そこまで頭が回らないのでは？」

アリスティードは先に気付けたが、突然抱き着かれたロイドウェルは驚きと不快さと気持ち悪さで最悪な気分だったに違いない。

それ以降、ロイドウェルは男爵令嬢を徹底的に避けていると言っていた。

「……ですが、いっそぶつかっておけば良かったのではと少し後悔しています」

みすみす男爵令嬢を表舞台から降ろす機会を見逃してしまったと後になって気が付いた。

もしも男爵令嬢がアリスティードにぶつかっていたら、それを理由に令嬢を貴族籍から外すことが出来たはずだ。

ちなみにこの二年近く、ルフェーヴルは男爵令嬢に顔を見られていない。

舞踏会では王族のファーストダンスの時にだけ顔に認識阻害をかけ、それ以外は男爵令嬢に背を向けて顔を隠しているという。

男爵令嬢はリュシエンヌに近付かないそうなので、ルフェーヴルはリュシエンヌにべったりしている。

確かにリュシエンヌの傍にいる時は見かけない。

男爵令嬢はリュシエンヌが苦手なのだろうか。

「しかし王太子であるお前にそのようなことがあれば、護衛の騎士達の責任問題にもなりかねん」

「はい、私もそれを考えて令嬢とは距離を置きました」

「……自分の欲望ばかり優先して何も考えていないとは、まるで前国王のようだな」

ふと父がそう呟いた。

男爵令嬢は相変わらずゴテゴテとしたドレスで着飾っており、そのせいかいつも周囲から浮いていた。

あれでは恐らく同性の友人もいないだろう。

貴族の女性にとって流行を追うことは大事な社交の一環で、現在の風潮を心得ておくことは貴族として当然だ。

それが出来ない者は爪弾きにされる。

「大きな問題を起こせば処罰出来るんだがな」

「その辺りはまずいと分かっているようです」

父と共に溜め息を吐いたのは記憶に新しい。

しかも困ったことにレアンドルは当主である父親だけでなく、アリスティードからも忠告を受けたというのに、まだ男爵令嬢との関係を絶っていない。

思慮深いアンリは連絡を絶った。

いや、側近から外れるのを恐れてのことだろう。

だがレアンドルはどうやら友人の名前を使わせて、家人の目を騙しているようだが、家紋のない封の手紙が交じっていれば逆に目立つ。

当主はすぐに息子を叱責しようとしたが、アリスティードが「既に二度自分が忠告し、あなたからも忠告を受けたはずだ」と伝えると、当主には何度も謝罪された。

けれどレアンドルもまだ未成年だ。

間違った選択をしてしまうこともあるだろう。

そこでアリスティード達は学院に入学し、その間の行動によって判断すると決めた。

側近達の各家の当主にそれは伝えられた。

ムーラン伯爵からは慈悲に感謝する言葉と共に、より一層、厳しく息子達を叩き直すと手紙が送られてきた。

男爵令嬢との手紙のやり取りは止めないことにした。

それもまた判断材料の一つである。

男爵令嬢と頻繁に手紙のやり取りをする一方、レアンドルはアリスティード達の言葉を守るように婚約者へ丁寧な対応をしている。

婚約者の家にはムーラン伯爵が謝罪に行ったそうだ。

もしレアンドルが学院でも変わらなければ、婚約は解消される。

レアンドルの婚約者は貴族のご令嬢らしく淑やかで控えめな女性だが、同時に強かな女性でもあり、もし婚約が解消されたなら結婚せずに王城で働きたいと希望を出してきたほどだ。

本人がそう望むなら王家としては構わなかった。

それにエカチェリーナが学院を卒業したらアリスティードと結婚し、王太子妃付きの侍女を選ばなければならない。

レアンドルの婚約者はエカチェリーナと面識があり、どうやら王太子妃となったエカチェリーナの侍女になりたいらしかった。

レアンドルが更生すればそれでもいいそうだが、もしも更生しなかった際はそのような希望で通ることだろう。

婚約者の家も、娘が王太子妃付きの侍女になるならば喜ばしいことだと受け入れている。

後はレアンドル自身の問題である。

そしてアリスティード達も今後、男爵令嬢に近付かれないように、更に警戒していかなければならない。

だがそこで問題となるのがアリスティードの十六歳の誕生パーティーだ。

成人するため、盛大なものとなるだろう。

絶対に男爵令嬢は参加するであろうし、祝いの言葉を述べるという理由をつけて近付いてくるだろう。

「他の者と同様に扱うつもりだが……」

何かあってほしいような、ほしくないような。

その微妙な心境にアリスティードは肩を落とした。

アリスティード達の苦労は続く。

オリヴィエとレアンドル

屋敷へ帰ったオリヴィエは苛立っていた。

使用人達もそれを感じて怯えたように近付かない。

下手に近寄れば罵倒され、手を上げられるからだ。

自室に戻り、扉を閉めると、オリヴィエの怒りが爆発した。

「ああ、ムカつく!!」

羽織っていたショールを、クッションを、ヌイグルミを。

壁へ向かって力の限り叩きつける。

飾り棚に置かれた花瓶も、テーブルの上に置かれたお菓子も、とにかく目に付く物を全て床へ払い落とす。

オリヴィエの怒りが静まるまで、使用人達は部屋の外で息を殺してそれが過ぎるのを待つ。

だからオリヴィエのところには誰も来ない。

床に落ちた菓子は貴族が食べるものにしては質素で、母親がどこかの孤児院から買ったものだと分かった。

可愛らしい布の袋に入っていたが、落ちた拍子にリボンが解けて中身が散らばっている。

オリヴィエはそれをぐしゃりと踏みつけた。

「何でアリスティードにもロイドウェルにも近付けないのよ⁉　これじゃあトゥルーエンドに入れないじゃない‼」

既に教員であるリシャールは仕方がない。

学院に入学後、原作通りに親しくなればいい。

だがアリスティードとロイドウェルに全く近付けず、このままでは入学後にイベントをこなさなければならなくなる。

アリスティードとロイドウェルのイベントは基本的に被っていることが多く、両方を同時に攻略することは難しい。

だから早い段階から別々に攻略して、トゥルーエンドを目指そうと考えていたのに……。

「ヒロインである私に対してあの反応っておかしいでしょ⁉」

今夜開催された王家のパーティー。

アリスティードの誕生祝いであった。

成人を迎えたため、パーティーは盛大なものとなり、国中の貴族達がこぞって出席した。

オリヴィエも自身の可愛さを際立たせるために着飾って出席した。

他の貴族達は地味な格好ばかりなので、華やかな装いでオリヴィエの可憐な外見を最大限使って
アリスティードの好感度を上げようと思っていた。

……貴族って言うわりにセンスがないのよね。

その点、オリヴィエは違う。

きっと貴族の令嬢達の中で、一際可憐なオリヴィエを見て、アリスティードも恋に落ちるだろう。

レアンドルは既に攻略した。

手紙では二人の繋がりを隠すために、パーティーでは近付かないようにしようと決めてあったので、会うことはなかった。

レアンドルとは友人以上になるつもりはないが、それでもオリヴィエを想っていることが伝わってきて、オリヴィエを良い気分にさせてくれる。

アンリはあの謝罪の手紙以降、いくら手紙を送っても返事は戻って来なかった。

……きっと婚約者が我が儘を言ってるんだわ！

アンリとオリヴィエはただの友人同士なのに、きっと、他の女性と仲良くするのが許せないタイプの女性なのだろう。

……ああ、可哀想なアンリ君。繊細な子なのに。

自分の好みのタイプではないけれど、可愛らしい男の子は見ていると癒される。

少し気の弱いところが母性本能をくすぐられる、というゲームファンの言葉も頷ける。

今は離れ離れだが、学院に入学すればまた会える。

リシャールと同様に学院で何とかすればいい。

問題はアリスティードとロイドウェルだ。

以前、王城で開かれたガーデンパーティーでわざとロイドウェルにぶつかって繋がりを持とうとしたのだが、あの時は何故かすぐに逃げられてしまった。

その後はイベントが発生するだろう場所に行って、また会えるのを待ったが、それは叶わなかった。

それどころか最近は全く見かけない。

婚約者も出来たそうだ。

……原作通り、どうせリュシエンヌでしょ。

オリヴィエはリュシエンヌには極力近付かないようにしていた。

学院で盛大にオリヴィエを虐めて攻略対象達から断罪される、あのイベントのために、残しているのだ。

今、会って虐められても意味がない。

「そんなことよりも、何でアリスティードに近付けないのよっ」

思い出して苛立ち、その場で地団駄を踏む。

お祝いの言葉を告げるために近付いた。

大勢のご令嬢や貴族達を押し退けて、オリヴィエはアリスティードに挨拶したが、アリスティードの反応は他の者にするものと少し違った。

ただ一言「ああ、ありがとう」としか言わなかった。

他の貴族や令嬢は「出席してくれて感謝している」「贈り物ありがとう」「父君にもよろしく伝えてくれ」など、会話が続いていたのに。

オリヴィエは会話を続けられなかった。

しかも他の令嬢達は、そんなオリヴィエを鼻で笑ったのだ。

「ご覧になりまして？　あの方、他のご令嬢を押し退けて王太子殿下に近付いて行きましたわ」

「ええ、押し退けられた方は大丈夫かしら？」

「しかもあんな格好で。まるで自分が今夜の主役とでも言うような派手さですわね」

「そういえば王太子殿下やその側近の方々に近付いているご令嬢がいるそうですね」

「まあ、皆様もう婚約者がいらっしゃるのに？」

アリスティードと会話が続けられず、ぽつんと取り残されたオリヴィエを見ながら令嬢達がヒソヒソと話しているのが聞こえてきて、オリヴィエは腹が立った。

「言いたいことがあるならハッキリ言いなさいよ」

ヒソヒソと話していた令嬢達のところへ向かう。

しかし令嬢達は「何のことでしょう？」「まあ、怖い」と扇子で顔を隠しながらクスクスと笑うばかりだった。

明らかに相手にされていない。

腹立たしさはあったが、そんなことよりもアリスティードとロイドウェルのことだと考え直して、その場を離れた。

もし人の多いパーティーでなければ、オリヴィエは怒りのままに令嬢達を平手で打っていただろう。

だがそれはヒロインらしくないから我慢した。

「あ、いた……！」

アリスティードとロイドウェルを見つけた。

どうやらリュシエンヌも原作通り、あの二人にくっついているらしい。

……やっぱりリュシエンヌって嫌な女ね。

ロイドウェルという婚約者がいるのに、別の男を侍らせている。

顔は見えないけれど茶髪のその男の腕に、自分の手を添えて、それがさも当然という風だった。

あれではロイドウェルが嫌がるのも当たり前だ。

それにしてもこの世界のドレスは地味だと思う。

あのリュシエンヌですら、その程度のものかと思うようなドレスを着ている。

……それに比べてわたしのドレスは可愛くて華やかで素敵よね。

ゲームではリュシエンヌも華やかなドレスを着ていたが、もしかしたら、あれは悪役として目立たせるためだけに描かれていたのかもしれない。

リュシエンヌもその横にいる男もオリヴィエに背を向けていて顔は見えない。

……早くリュシエンヌから離れてよ。

オリヴィエのその願いは虚しく、アリスティードとロイドウェルの傍にリュシエンヌが居座り続けた。そのせいでオリヴィエは二人に近付けなかった。

「全く、存在自体が悪役だわ!!」

落ちていたクッションを蹴り飛ばす。

結局、今夜の誕生パーティーは無駄足だった。

……原作通り学院でイベントを発生させるしかないのかしら。

爪を噛み、オリヴィエは舌打ちをこぼす。

そして荒れた部屋に気付くと声を張り上げた。

「ちょっと！　部屋が汚れてるわよ！　誰か片付けなさい!!」

廊下に控えていたのか使用人達が入ってくる。

こんな荒れた部屋では気分が悪いと、オリヴィエは使用人達に片付けを押し付け、出て行ったのだった。

＊　＊　＊　＊　＊

その日、アリスティード殿下の誕生パーティーにレアンドルも出席していた。

十六歳の成人を祝うパーティーということもあって、普段よりも華やかで盛大なものだった。

午前中には王太子として貴族達の祝福と挨拶を受け、国民へスピーチをし、夜は誕生パーティー。

彼が十二歳で立太子した時と同じである。

あれから四年経ち、成長したアリスティード殿下は王太子としての威厳を持った素晴らしい人物となった。

学院へ通いながら王太子としての公務に臨み、忙しい中でも剣や魔法の鍛錬を欠かさず、時間があれば孤児院への慰問やお忍びで城下の様子を見に出掛ける。

いつ休んでいるのか心配になるほどだ。

……いや、心配をかけているのは俺のほうか。

レアンドルは婚約者を家へ送り届けた後の馬車の中で、一人、深く溜め息を漏らした。

アリスティード殿下はレアンドルに度々、婚約者との関係はどうかと問いかけてくる。

他の側近達にもそうらしい。

レアンドルが「良好です」と言うと、殿下はホッとしたような、けれど何か言いたそうな顔をする。

それに「どうかしましたか？」と尋ねても、アリスティード殿下は「いや、良好なら良いんだ」と首を振る。

そうして決まってこう言うのだ。

「貴族は噂好きが多いからな。行動には気を付けるように」

アリスティード殿下は妹の王女殿下がベールで顔を隠していたことで、良からぬ噂が流れた時に非常に憤慨していた。

そのことがあったからだろうか。

貴族達を少し気にし過ぎなところがある。

だがそれも王族として必要なことかもしれない。

座席に背中を預け、レアンドルはぼんやりと馬車の天井を見上げた。

今夜のパーティーにオリヴィエもいた。

「オリヴィエ……」

少々華やか過ぎるドレスではあったが、彼女にとても似合っていて、可憐だった。

まだ婚約者はいないのだろう。

一人でいる姿を見て、あの横に立てたら良かったのにと思ってしまった。

彼女はアリスティード殿下に挨拶に行ったけれど、どうやらその少し華やかな装いが殿下には好まれなかったらしく、遠目にも素っ気なくされているのが見て取れた。

その後、周囲にいたご令嬢達がオリヴィエを見ていたので、恐らく何か彼女のことを話題にお喋りをしていたのだろう。

オリヴィエは怒った顔をしたものの、すぐにその場を離れてしまった。

もしかしたら傷ついているかもしれない。

思わず駆け寄りたくなってしまった。

でも俺の横には婚約者がいた。

放り出すことは出来ない。

胸の内を押し隠して、レアンドルは婚約者と共にアリスティード殿下へ挨拶に向かった。

殿下は婚約者と並ぶレアンドルを見て、嬉しそうにしており、その表情を見ると胸がチクリと痛んだ。

殿下や父を騙している自覚はある。

婚約者を裏切っている自覚もある。

しかしレアンドル自身にもどうしようもなかった。

心がオリヴィエを求める。

それを抑え込むだけで精一杯だった。

「あと少し、少しだけ……」

いつか、必ず諦めるから。

レアンドルは小さく唇を噛み締めた。

入学・飛び級試験

「筆記用具は持ったか？　試験の受付票と受験番号用紙はあるか？　向こうに着いたら受付で受付

票と受験番号用紙を見せるんだぞ？」

朝食後、わたしの離宮にやって来たお兄様は、準備を整えたわたしを見て心配そうにそう言った。

先日、わたしはついに十五歳を迎えた。

学院に入学する年齢である。

そして今日は入学試験の日でもあった。

午前中に入学試験を、午後に飛び級試験を受ける予定なので、今日は一日学院にいることになるだろう。

これまできちんと勉強してきたから不安はない。

どちらの試験も通る自信がある。

勉強を教えてくれたお兄様や教師達からも、これなら大丈夫だと言ってもらえたし、自分でも、教師達が実施してくれた模擬試験でかなり高得点を取れたのが嬉しかった。

変に緊張することもなく、今朝から穏やかな気持ちで過ごせている。

むしろ離宮に来たお兄様のほうが緊張している。

「大丈夫です、お兄様。わたしは万全の状態です」

ルルが持ってくれている鞄には必要な物は揃えてある。忘れ物がないか、ルルと、リニアさんと、メルティさんと三回も確認した。

予備のペンやインクもあるし、票も用紙も入れた。

わたしの言葉にお兄様がホッとした顔をする。

「そうか、リュシエンヌがそう言うなら本当に大丈夫なのだろう」

「ええ、必ずや入学して、お兄様と同じクラスになってみせます。期待していてください」

いつにも増して自信満々なわたしにお兄様は目を丸くし、そしてパッと破顔した。

「分かった、期待してる」

そしてわたしの頭を「頑張れよ」と撫でた。

お父様もお兄様も、わたしが成長しても頭を撫でる癖はなくならない。

でも今はそれに勇気付けられる。

「はい、では行ってきます」

お兄様が頷いた。

「ああ、行っておいで」

見送られながら馬車が走り出す。

今日初めて学院の敷地内に入るのだ。

その期待に胸が高鳴る。

ルルがわたしを見て笑った。

「リュシー、目がキラキラしてるよぉ」

「だって学院に行くの、ずっと楽しみだったから」

「そうだねぇ、リュシーの言う『原作』の場所だもんねぇ」

それに頷き返す。

「でも今は、素直に学院ってどんな場所なのかなって思ってるよ」

昔は原作の舞台だからと気になっていた。

けれど、今現在はお兄様達が通う学院に私も通いたい、学院生活を送ってみたいと思う。

学院に行かないようにしたいと考えた時もあったが、ここまで頑張って勉強をしてきたので、自分の実力がどのくらいあるのか試してみたい。

それに学院にはルルも従者兼護衛として同行出来るから不安はない。

「そっかぁ。まあ、一年だけだし一緒に楽しもう？」

「うん、放課後にカフェテリアで一緒にお茶したり、買い物に行ったりしようね。放課後デートは学生の特権なの」

ルルが小さくふふっと笑った。

「それじゃああやっておかないとねぇ」

そのためにも絶対に入学しないとね。

＊　＊　＊　＊　＊

自分の席につき、鞄を膝の上に置く。

学院に到着すると教師や上級生らしき人達が立っており、試験を受けに来た者が迷わないように案内していた。

わたしも馬車から降りて、ルルから鞄を受け取り、受付を済ませたら教室まで案内してもらった。

ルルとは別々になったけれど、多分、今もどこかから見守ってくれているだろう。

……どこかというか恐らく天井かな？

他にも数名の子達と一緒に上級生に案内されて教室に入り、自分の受験番号と同じ数字の席に着く。

みんな緊張しているのかお喋りしている者はいない。

……まるで前世の受験戦争みたい。

その記憶のおかげか不思議と落ち着いている。

シンと静まり返ってピリピリとした空気に包まれていても、気にしないでいられる。

鞄の中から筆記用具を出して机に並べた。

インク壺、ペン、ペン立て、定規、円を描くためのコンパス、一応予備のインク壺とペン。

必要なものを並べたら早々に鞄を机の横にかける。

時計を見れば試験開始までまだ時間があった。

……お手洗いに行っておこう。

席を立ち、廊下に出れば、上級生が立っていた。

「すみません、お化粧を整えたいんですが……」

「それでしたらこの廊下を真っ直ぐに行った突き当たりの左手にございますわ。時間までにお戻りくださいませ」

「分かりました、ありがとうございます」

ニコリと笑みを返してくれた上級生に、感謝の気持ちを込めて浅く礼を執り、廊下を進む。

今日は学院がお休みなのだろう。

建物の中に人気は全くない。

廊下の突き当たり、左手側のお手洗いで用を足してゆっくりと廊下やそこに接する教室を眺めつつ、元の教室へと戻っていく。

……前世の大学に近い感じかしら？

教室というより講義室という感じが近い。

でもお兄様やエカチェリーナ様は教室と呼ぶので、わたしも教室と呼ぶことにした。

教室へ戻り、自分の席に着く。

それからしばらくして教室に教師が入ってきた。

「それではこれより試験を行う。筆記用具以外は全部仕舞うように。もし関係ないものが出ていたら不正行為をしているとみなされるかもしれないからな」

……………リシャール＝フェザンディエ？

原作通りの姿をしている。

……あれ？　でも口調が違う。

ゲーム内のリシャールと言えば女好きの軟派者だったが、目の前で受験者達に試験の説明を行なっている教師は真面目そうだ。

甘い顔立ちなのは変わらないが、口調もハキハキしているし、緩い雰囲気は感じられない。

それに疑問を感じながらもリシャールの注意の通り、今一度、机の上を見る。

そして必要なもの以外がないことを確かめる。

全ての受験者が動かなくなると、リシャールが確かめて回り、それから答案用紙を先に配られる。

……こういうところは前世の世界と一緒だ。

どこか懐かしさを感じつつ、自分の分を取り、後ろの人へ残りの答案用紙を渡す。

全員に行き渡ると、今度は問題用紙が配られる。

それも全員に行き渡ったのを確認し、リシャールが時計を見上げた。

「試験は算術、魔法、教養、社会の四教科あり、一教科四十五分だ。質問があれば静かに手を挙げてくれ。出来ても出来なくても四十五分で問題用紙と答案用紙は回収する。早く終わっても席を立たずに時間が来るまで待っているように。何か質問はあるか？」

誰も何も言わない。

大きな砂時計がひっくり返される。

「では始め！」

わたしは問題用紙に目を通す。

算術はわたしの得意教科だ。

答案用紙は裏表があり、全ての問題を最初に見ておくことにした。

…………ん？　んん？

ペン立てに入れていたペンを持ち、先をインク壺に浸しながら問題用紙をまじまじと見る。

……え、何これ、どれも簡単だ！

ペンを持ち直すと答案用紙にペンを滑らせる。

計算式もしっかり書き込んで、答えに辿り着き、それもきちんと書く。

驚いたことに、問題を見ただけでパッと頭の中に計算式や答えが浮かぶのだ。

後はそれを答案用紙に書いていくだけ。

計算式と答えを書く手が止まらない。

……ああ、楽しい！　こんなにスラスラ解けるなんて気持ちいい!!

わたしは夢中になって書き続けた。

＊　＊　＊　＊

……うわあ、リュシーってばすっごく楽しそ〜。

天井裏からリュシエンヌを見下ろす。

他の子供達と同様に机に向かっているが、他の子供達と違い、リュシエンヌの手は止まることを知らないかのように動き続けている。

最初に少しだけ時間をかけて問題用紙を眺めていたが、その後、ペンを持つと勢いよく答案用紙にペンを走らせ始めた。

それからずっと、リュシエンヌの手は止まらない。

問題を見ているのかと心配になるくらいだ。

延々と書き続けているリュシエンヌに周りの子供達が気付いて、リュシエンヌを気にする素振りを見せたが、教師に睨まれると慌てて自分の答案用紙に向き直っていた。

……きっと問題を解くのが楽しいんだろうなぁ。

元々リュシエンヌは勉強が嫌いじゃない。

特に問題を解いた時のすっきりした気分が心地好いのだと以前言っていたので、恐らく、今、その心地好い状態なのだろう。

あれでは下手すると規定時間の半分の時間で全て解き終えてしまうかもしれない。

……あ～、正面からリュシーの顔見れたら良かったんだけどねぇ。

きっと、あの琥珀の瞳をキラキラさせながら問題を解いているはずだ。

でも後ろ姿でもリュシエンヌの機嫌の良さが見て取れるので、ルフェーヴルはそれで我慢することにした。

多分、試験の結果が出ればリュシエンヌはまず最初にルフェーヴルへ報告してくれるだろう。

嬉しげな光を宿した琥珀の瞳が「頑張ったから褒めて」と言うようにルフェーヴルを見上げ、期待に満ちた美しいそれを間近で見ることが出来る。

それはルフェーヴルだけの特権である。

………ペン、潰れそうな勢いだねぇ。

予備のペンもあるため大丈夫だろうが、それくらい、リュシエンヌの書く勢いは凄まじかった。

そして規定時間を半分ほど過ぎた辺りでリュシエンヌの手が止まった。

どうやら答案用紙の全ての枠を埋めたらしい。

ペンをペン立てに戻し、リュシエンヌが問題用紙と答案用紙を交互に見る動作を繰り返す。

答えが合っているかの確認だろう。

十分ほどかけてじっくりと確かめると、満足そうに息をついて、答案用紙から手を離した。

そして時計を見上げて小首を傾げている。

思ったよりも時間がかからなかったからだろう。

リュシエンヌはしばし時計をぼんやり眺めていたが、その後、問題用紙に視線を落としてまた頭から問題を読み直しているようだった。

……リュシーなら飛び級も夢じゃないだろうなぁ。

その後の教科も概ねそのような感じであった。

＊　＊　＊　＊

午前中の入学試験はあっという間に終わった。

どの教科も簡単で、わたしは少し拍子抜けしてしまった。

もっと難しくてもいいと思ったくらいだ。

だが入学試験だからこれでいいのかもしれない。

これから色々学んでいくのだ。

……ああ、そっか、わたしはお兄様から既に一年生と二年生の勉強を教わっている。

だから入学試験を簡単に感じるのだろう。

教室から出ると、上級生に声をかけられた。

「王女殿下は午後の試験をお受けになるとお聞きいたしました。よろしければカフェテリアまでご案内させていただきます」

昼食は用意してきたけれど、食べる場所をどうしようかと思っていたのでありがたい提案だった。

「ありがとうございます。正面玄関で従者が待っておりますので、そちらに一度寄ってからでもよろしいですか？」

「ええ、もちろん。ではご案内いたしますわ」

そうして上級生に案内してもらいながら、正面玄関へ戻る。

「午後の試験も同じ教室で行うそうです。カフェテリアにいらっしゃるのでしたら、頃合いのお時間にお迎えに上がりますが、いかがでしょう？」

「えっ？　それはご迷惑ではありませんか？　こうして案内していただけるだけでもとても助かっていますのに……」

上級生の申し出はありがたいが、申し訳ない。

戸惑うわたしに上級生が微笑ましそうに目を細めた。

「構いませんわ。私も午後まで残る予定がありますので、お気になさらないでください」

そう言われると、それ以上断るのが失礼になってしまう。

わたしは申し訳ないと思いながらも、そうさせてもらうことにした。

「では、お言葉に甘えさせていただいてもよろしいでしょうか？」

上級生がにっこりと笑みを浮かべた。

「はい、もちろんでございます」

正面玄関に戻ると他の子達の使用人達もおり、わたしが玄関に出ると、すぐにルルが近付いてきた。

ルルと合流してカフェテリアへ向かう。

カフェテリアは温室のように大きな窓が並んでおり、美しい庭を眺めながら食事が出来るようになっていた。

案内してくれた上級生にお礼を言い、それからルルと二人であまり目立たなさそうな位置にあるテーブルへ座る。

ルルがここまで運んできたバスケットをテーブルの上に置く。

「良い所だねぇ」

ほどよく日当たりがよく、けれど魔法で空気が循環しているのか暑くなく、丁度良い気温が保たれている。

「そうだね、すごく居心地がいい」

「ココで昼食に出来て良かったねぇ」

午後も試験があるため、離宮の料理人が軽食を用意して持たせてくれたのだ。

バスケットは普通のものだけれど、中に保冷用の魔法式が書かれた布が敷いてあり、小さな魔石が縫い付けられている。それによってバスケット内は冷蔵庫のようにひんやりと保冷されている。

ルルに手拭きを渡されて、それで手を拭う。

いつの間にかインクが飛んでいたようで、手拭きの布が少し汚れた。

すぐにルルが新しい手拭きを渡してくれて、それを受け取って置いていると、今度は軽食が差し出される。

わたしの好きなたまごのサンドイッチだ。

ルルと一緒に短く食事の祈りを告げて、サンドイッチにかじりつく。

一口大の小さなものだけど、わたしでは一口で食べるには少々大きい。

どうせ周りには誰もいないのでかじりついた。

「うん、美味しいっ」

離宮の料理人が腕が良くて、いつだって美味しい食事を作ってくれる。

しかもこの二年半でわたしの好みを覚えて、わたしの好きそうなものを一生懸命考えて出してくれるので、毎日食事が楽しみなのだ。

……わ、ルルは一口なんだ。

わたしが一つを二口、三口で食べている間に、ルルがぱくぱくとサンドイッチを一口で食べている。沢山あるけれど、これはルルが食べることも考慮して用意されており、大半はルルのお腹に収まるのだ。ルルは細身の外見から想像もつかないくらい、よく食べる。

料理人達はルルの食べっぷりの良さを気に入っているらしく、お兄様が学院に通うようになってからは、わたしとルルだけのティータイムの時間なのに大量のお菓子や軽食が出されるのだ。

残れば使用人達のおやつになるが、ルルが結構食べる。でもルルは太らない。体質もあるだろうけれど、ルルは夜も闇ギルドで仕事をまだ続けているから、それも太らない理由だと思う。

いつ寝てるのかと疑問に思ったが、ルルはいわゆるショートスリーパーらしく、毎日短時間の睡眠で問題ないそうだ。

それでも昔よりは睡眠時間が増えたという。

差し出されたサンドイッチを受け取る。

食べつつ、ルルを見る。

……ぱくぱく食べてるけど、食べかすを落としたり指を汚したりしないのが不思議。

丁寧に食事している風には見えないのに、全く汚さないし、食べ方も綺麗なのだ。

「最近、離宮の料理人、腕上げたよねぇ」

ルルの言葉に頷く。

「元々美味しかったけど、最近更に美味しくなったよね。食べ過ぎちゃいそう」

「リュシーはもうちょっと太ってもいいいんじゃないのぉ？」

「うーん、結構食べてるけどなあ」

かく言うわたしもルルと似たり寄ったりだ。

それなりに食べているのに太らない。

だからリニアさんやメルティさんが心配してくれるのだけれど、もしかしたら後宮でのあの生活のせいで、何らかの後遺症があるのかもしれない。

……まあ、暴飲暴食してるわけじゃないし、わたしの好みがサッパリしたものが多いっていうのも理由の一つだろう。

脂っぽいものや味の濃いものは少量しか食べられない。あまり脂が多かったり味が濃かったりすると匂いだけでダメなこともある。

だからわたしの離宮で出る料理は脂が少なく、味付けもあまり濃過ぎないものだ。

わたしが色々食べられるようにサッパリしたもので、しつこくなく、食べやすいものを料理人達は日々考えて作ってくれる。

「もっと太ったほうがルルは好き？」

わたしの問いにルルが首を傾げる。

「ん〜、別に今のままでもちょっと太っても、どっちでもいいかなぁ。リュシーがリュシーなら体型は気にしないよぉ」

そう言われると安堵すると同時に、やはりルルに見合う外見でいるために気を付けようと思った。

ルルは原作のルフェーヴルの通りの美青年に成長した。ただ髪は長い。

ずっと昔、まだ後宮にいた頃、髪が欲しいと言われたことがあった。

その時は綺麗じゃないからと断ったが、その後、わたしは髪を伸ばして、毎日手入れしてもらったツヤツヤの髪を散髪した時に一房ルルにあげた。

「リュシーはぁ？　オレの体型とかでぇ、こうしたほうが好きとかある〜？」

「ううん、ないかな。わたしもルルがルルだから好きなの。痩せてても太ってても好き」

「そっかぁ、同じだねぇ」

そんな風にのんびりと昼食を摂る。

それから、そろそろ午後の試験に向かおうかと思っていると、先ほど案内してくれた上級生がカフェテリアに現れた。人を捜すように辺りを見ていたので、慌てて席を立つ。

ルルに「頑張ってねぇ」と言われて大きく頷いた。

そうして上級生に案内してもらいながら元来た道を辿る。

ルルは正面玄関に戻れるだろうかと疑問になったけれど、ルルなら大丈夫だろうと思い直す。

午前中に使った教室に戻り、上級生に何度も感謝の言葉を述べて、その気持ちを込めて見送った。

……優しくて、綺麗で、素敵な人だったな。

教室に入って、受験番号と同じ席に着く。

また鞄から筆記用具を出して机に並べて待つ。

……入学試験より飛び級試験のほうが難しいんだろうなあ。

少しだけ緊張でドキドキと胸が高鳴る。

けれど、それは心地好い高揚感だった。

……大丈夫、お兄様に教えてもらったし、教師達からもこれなら合格出来ると頷いてもらえたんだから。

緊張を和らげるために小さく深呼吸をする。

教室の扉が開く。

「悪い、遅くなった」

午前中と同じくリシャールが現れた。

「いいえ、わたしも今来たばかりです」

「そうか。準備は――……出来てるな。すぐに始めても大丈夫か？」

「はい、よろしくお願いします」

リシャールがわたしに問題用紙と回答用紙を渡しに来る。

近くで見ても整った甘いマスクだけど、その表情は真面目そのものだ。

「午前中の入試試験と同じく四教科、一教科四十五分で、二学年分行うと聞いたが。休憩時間はいるか？」

それに首を振る。

「いいえ、必要ありません」

「分かった。もし早く終わったら声をかけてくれれば、次の教科の試験を繰り上げて行うことが出来る。質問はあるか？」

「ありません」

リシャールが頷いた。

「では、始めてくれ」

手元の問題用紙へ目を向ける。

入学試験の時と同じく、まずは問題をザッと読み通していく。

……確かに午前中のものより難しい。

でも、と思う。

わたしの頭の中にはもう答えは浮かんでいた。

ペン立てからペンを取り、インク壺に先を浸し、答案用紙にペン先をつけ、書き始める。

問題を読みながら楽しくて仕方がない。

どれもお兄様から教わったものばかりだ。

前世の記憶もあるから、きっとこの世界では難しい部類に入るだろう問題も、驚くほどスラスラ解ける。

……これはお兄様も苦戦したと言ってた応用ね。

……こっちはお兄様が得意な問題だった。

……あ、図形の問題もある！

どれも知っていて、どれも解き方が分かるので、とにかく面白い。

しかもどの問題もお兄様に教えてもらったから、その時のことを思い出して、つい笑みが浮かんでしまった。

前世では試験って退屈で面倒で嫌なものだと思っていたみたいだけど、わたしは楽しくて、面白くて、結構好きだ。

あっという間に最後の問題まで解き、最後に見直しの確認をして、リシャールに声をかける。

「終わりました」

本を読んでいたリシャールが顔を上げる。

「もう？　見直しはしたのか？」

「はい、見直しも終わりました。よろしければ次の教科をお願いします」

「分かった」

本を閉じ、席を立ったリシャールがこちらへ来て、わたしの問題用紙と答案用紙を回収していく。

そうして次の教科の問題用紙と答案用紙が配られる。

リシャールの開始の合図に合わせて、わたしは問題用紙に視線を向けたのだった。
＊　＊　＊　＊

わたしが自分の離宮に帰ったのは夕方頃だった。

さすがに四教科を二学年分というのは大変だったけれど、とても楽しい一日になった。

一年生と二年生、両方の試験も自分なりにかなり出来た方だと思う。

小さなミスはあるかもしれないが、解き方の分からない問題はなかった。

帰りの馬車で思わず鼻歌を歌っていると、横にいたルルが笑った。

「ご機嫌だねぇ。試験、そんなに手応えあった〜？」

それに大きく一つ頷いた。

「うん、かなり出来たと思う。それに、問題を解くのもすごく面白かった。これはあの時習ったやつだ〜って思い出せて楽しかったよ」

「そっかぁ、リュシーが楽しかったなら何よりだねぇ」

笑っているルルの手を握る。

手袋越しだけど大きな手の感触に肩の力が抜ける。

「待たせてごめんね」

わたしが試験を受けている間、ルルはずっと待ってくれていた。

「いいよぉ。オレはリュシーの侍従だしぃ？　主人を待つのも仕事のうちってやつだよぉ」

よしよしと空いた手で頭を撫でられる。

「試験お疲れ様ぁ。頑張ったねぇ」

ルルの手に頭を撫でられると眠くなってくる。

それが分かったのか、そのままわたしの肩を引き寄せて、ルルの肩に体を預けさせる。

「着くまで休んでていいよぉ」という言葉に甘えて目を閉じる。

心地好い眠気に意識が沈んでいく。

……少しだけ。

ルルに体を預けて、微睡(まどろ)むことにした。

＊　＊　＊　＊

浅い眠りに落ちたリュシエンヌの体勢が崩れないよう、肩に回した腕で支えてやりながら、ルフェーヴルはその寝顔を眺めていた。

いつも間近で見ているが、リュシエンヌはルフェーヴルの予想した通り美人に成長した。

一つ一つの顔のパーツが整っており、それが左右対称に配置され、はっきりとした目鼻立ちは誰の目から見ても端正なものだった。

……まあ、端正って言うよりかは繊細って感じのほうが似合うけどねぇ。

雪のようだけど少し赤みのある、透き通った色白の肌に柔らかなダークブラウンの髪、同色の長い睫毛（まつげ）に縁取られた瞳は今は見えないが美しい琥珀色だ。

紅をしなくても血色の良い唇は触れたらきっととても柔らかいだろう。

細身だけれど胸は人並みくらいはあるし、腰も綺麗にくびれ、線が細く、淡い色合いのドレスを着ると、ベルナールが言っていたように妖精みたいなのだ。

優しそうな垂れ目も色気がある。

あの男爵令嬢も見目は整っていたが、アレよりもリュシエンヌのほうがずっと美しい。

リュシエンヌは人を惹きつける何かがある。

女神の加護のせいか、それとも前世の記憶というやつのせいか、浮世離れした雰囲気があるのだ。触れれば壊れてしまいそうな、消えてしまいそうな、でも手を伸ばさずにはいられない。そんな魅力がリュシエンヌにはあるとルフェーヴルは思う。

学院に通えば歳の近い異性が多い。

きっとリュシエンヌに近付こうとする者も出てくるだろう。

リュシエンヌが大勢から大事にされ、愛されることは構わないし、リュシエンヌにとってもそれは良いことだ。

だが下心を持って近付くのは許せない。

……リュシーはオレのもの。

そしてルフェーヴルもリュシエンヌのもの。

誰であろうと、その間に割って入ろうとするならば容赦はしない。

うとうとと微睡むリュシエンヌにそっと擦り寄る。

すると繋がっている手が緩く握り返される。

……かわいい。

無意識にルフェーヴルに反応している。

昔からリュシエンヌはルフェーヴルに警戒しなかったし、これからも、ずっとそうだろう。

……もっともっとオレに甘えて、頼って、好きになって、堕ちてきてね。

いつか「愛してる」という言葉をリュシエンヌの口から聞きたい。

そうしたらきっと、ルフェーヴルも同じ言葉を返し、より一層リュシエンヌはルフェーヴルに傾倒するに違いない。

その瞳にルフェーヴルだけを映してほしい。

結婚まで後一年半。

これまでの時間を考えればまだ十分に待てる。

「でも、早くオレのお嫁さんになってね」

眠るリュシエンヌの頭にそっとキスをした。

入学までの準備

入学、飛び級試験から三ヶ月。

その間にわたしは十五歳になった。

そして無事、合格の通知が離宮に届けられた。

通知は飛び級試験の結果も載っており、わたしは入学して、そのままお兄様と同じ三年生から通うことが決まった。その結果をまずはルルに見せた。

ルルは「良かったねぇ」と抱き締めてくれた。

それからリニアさんやメルティさんもお祝いの言葉をくれて、わたしはすぐにお父様とお兄様にも合格と飛び級の旨を手紙で報せた。

お父様もお兄様もお祝いの言葉を綴った手紙をすぐに返してくれて、その日の夜は三人で夕食を摂った。二人とも「頑張ったな」「さすがリュシエンヌだな」とそれぞれ軽くだが抱き締めてくれて、夕食も普段より少し豪華なものになっていた。

わたしのことを聞いた王城の料理人達が出来る限りメニューを変更して祝ってくれたのだと思うと、その心遣いが嬉しかった。

「これでお兄様と一緒に学べますね」

そう言えば、お兄様が破顔した。

「ああ、学院に通うのが更に楽しみになるな」

「学院の中を案内してほしいです」

「もちろん、エカチェリーナと一緒に案内するよ」

お兄様とエカチェリーナ様はこの一年で更に仲良くなり、私的な場ではお互いに呼び捨てにするほどだ。どちらも恋愛感情はないそうだけど、仲間として、同志として、支え合い、そして何れは家族の情を持って接することが出来るだろうと二人は言った。

二人の間にはわたし達とは違う種類の、でも確かに強い絆があるようだ。

まだ確定ではないようだが、お兄様が二十歳に、エカチェリーナ様が十九歳になったら結婚したいと二人は話している。

学院卒業後すぐではないのは王太子の結婚式は盛大なものとなるため、準備期間が長めに欲しいのと、公務で忙しいのでエカチェリーナ様が二年は欲しいと言ったからだ。

お兄様もあと半年もしないうちに十七歳になる。

もうあと三年半で二人は結婚するのだ。

……わたしはあと一年くらいだけど。

お父様とルルと話し合い、わたしが十六歳になった段階で婚姻届は受理される。

卒業後はわたしは離宮を出る。

ルルと決めた家は見に行けていないけど、代わりにルルが定期的に様子を見に行ってくれている。

お屋敷は修繕され、模様替えもされ、この三年間で二人で選んだ家具達も運び込まれており、使用人達が先に数名住んでお屋敷を整えているという。

場所は王都の西にある町の外れ。

少々王都から離れているが、離れ過ぎているというほどでもない。

王都に行こうと思えば案外すぐに行ける。

しかし町からも離れているため静かな場所だ。

そういう絶妙な位置に屋敷があるらしい。

「内装は行ってからのお楽しみだよぉ」

と、ルルは言っていた。

その言葉通り、わたしはそれ以上は深く訊かずに楽しみとして取っておいている。

卒業後の話はともかく、わたしは無事に入学試験も飛び級試験も合格出来たのである。

残念なことにオリヴィエ＝セリエールも入学試験を受けて合格したそうだ。

ただ成績はそこまで良くなかったようで、闇ギルドが調べた話では一番下のクラスに振り分けられたらしい。

原作のヒロインちゃんなら一番上のクラスの、それも上位に入っていたはずだ。

勉強が苦手なのか、ゲームの世界だからやらなくとも問題ないと考えているのか、どちらにしても彼女は攻略対象であるアンリとも悪役のわたしとも同じ教室にはなれないことが確定した。

ちなみにわたしは三年生の一番上のクラスだ。

合格通知と共にクラス分けも通知されているため、この時点で自分がどのクラスに入るかが前以て分かる。

クラス分けの紙にみんなが詰めかけるということはない。

お兄様の話によると一年は一階、二年は二階、そして三年は別の棟の二階になっているそうなので、一年のオリヴィエ＝セリエールと会う機会は減る。

お兄様は三年からは昼食はお弁当にする。

そうして生徒会室横の休憩室でエカチェリーナ様やロイド様と共にみんなで昼食を摂ろうということになった。生徒会室は用のない者は立ち入り禁止だが、隣の休憩室は生徒会役員の関係者なら入っても良いらしい。

カフェテリアに行くとオリヴィエ＝セリエールに会うかもしれないから、極力避ける方向でお兄様はいくとのことだった。

カフェテリアは二階にも席があり、二階は生徒会や王族といった特定の人物しか利用出来ないので、もしわたしがカフェテリアを利用するなら上を使うことになるだろう。

でも何回かはカフェテリアで食べてみたい。

そう言うと、お兄様は「その時は一緒に行く。変な奴に絡まれたら大変だからな」と相変わらずの過保護さを見せた。

最後の一年だから、一緒にいる時間は増やしたい。

わたしはお兄様のその申し出を受け入れた。

それから入学への準備が始まった。

そうは言っても地方から出て来る子達と違って寮に引っ越すこともなく、宿を取ることもなく、わたしは教材を購入するくらいである。

学院には制服がない。

ただ学生らしく派手な格好は控えるように、といった注意は合格通知の後の入学手続きで送られてきたパンフレットに書かれていた。

学院の生徒として恥じぬ装いや行いを心がけるように云々とあったが、勉強しに行くのに派手な格好や化粧で来る者はそういないと思いたい。

そういう格好は夜会でやればいい。

……まあ、でも、結婚相手を学院で探す人も少なくないらしいし。

結婚相手を探す人からすれば出来るだけ綺麗な姿で出会いたいというのも分からなくはない。

だが現在の風潮を考えれば派手な格好は誰もしないだろう。

…………多分。

だけどオリヴィエ＝セリエールは王家の主催する夜会やガーデンパーティーなどで、毎回、派手な格好をしている。あれはハッキリ言ってとても目立つ。もし似合ってなければ誰かが指摘しただろうけれど、困ったことに、その華やかな装いは彼女に似合っていた。

お兄様もロイド様も彼女が苦手らしく、近付かれそうになるとそれとなく逃げている。

エカチェリーナ様達は彼女に関知せずにいる。

どうやらオリヴィエ＝セリエールは他の貴族の女性達からも敬遠されているらしい。

派手さや華美さを控える風潮は以前よりは緩んできているが、それでもあまり豪奢な装いや暮らしは未だ忌避されている。

それなのに彼女は毎回華やかな装いでいるため、他の貴族、それも若い女性達の一部からは顰蹙を買ってしまっているそうだ。

その女性達も本当は華やかな装いをしたいのを我慢しているのに、彼女だけがそのような装いをしているのが気に入らないようだ。

今の風潮ではどうしても落ち着いた装いを求められる。

若いうちに出来ることをしたいと思うのは自然な流れで、今の風潮も、その影響を受けている。

年々、少しずつ、装いが華やいできている。

宝石を散りばめるようなことはしないが、リボンやフリル、レースが増えていき、布を重ねたり、刺繍の範囲を広げたり、以前の派手なものよりはずっと上品な装いになってきてはいるそうだが。

南の国から輸入されたカメオも人気が出始めている。

宝石よりも安く、彫刻が美しく、装飾品としても見目がよく、使いやすい。

わたしもいくつか持っている。

繊細な彫刻が本当に綺麗で、ブローチやチョーカーだけでなくバッグなどにも付けると良いアクセントになるのだ。国民の間でも何れ流行るだろう。

聞くところによると南の国では珊瑚や真珠なども採れるそうで、しかも値段は安く、わたしは白く綺麗な真珠が欲しいとお父様にお願いした。

ルルとの結婚式に着るウェディングドレスは白を選んだ。

この世界ではウェディングドレスの色は何色でも良いらしく、わたしはルルにだけ前世の結婚式を説明し、二人で白を身に纏うこととしたのだ。

そのドレスに真珠貝を少しだけ散りばめる。

そして装飾品も真珠で統一する。

真っ白なわたしとルルはきっと、とても目立つし、人々の印象に残るかもしれない。

でも、どうしても白がいい。

前世のわたしの憧れでもあったから。

……オリヴィエ＝セリエール。

彼女もわたしと『同じ』だとしたら同郷である。

この世界がゲームではなく現実だと理解して、行動を改めてくれないだろうか。

……もし彼女が原作のような人だったら。

わたしはきっと自分から話しかけた。

そして仲良くなれただろう。

しかし彼女は原作のヒロインちゃんとは違う。

わたしも原作のリュシエンヌとは違う。

「ねえ、ルル。わたし監視をつけてもらおうと思う」

ルルが目を丸くした。

「何で～？」

こてんと首を傾げられる。

成人男性なのにかわいい仕草だ。

「もし男爵令嬢が原作通りに事を進めようとするなら、絶対にわたしに虐められたって言い出すから。わたしが虐めをやってないって証明出来るようにしたいの」

「王女相手に冤罪かけようとするかなぁ」

「しないと思いたいけど、今までの報告書を読んだ限り、男爵令嬢は自分以外の人を多分人間だと思ってない」

ルルが眉を寄せて、考える風に視線を斜め上に向けた。

すぐに否定の言葉が出てこないというのは、つまり、そういうことである。

ルルの了承を得てから、わたしはお父様にも話をすることにした。

「お父様、お願いがあります」

入学の二ヶ月前、わたしはお父様にお願いした。

「話してみなさい」

「わたしに監視をつけてください。お兄様やわたしが見た夢ではわたしは男爵令嬢を虐めていました。しかし、今のわたしはそうする理由がありません」

「だろうな」

お父様が頷いた。

わたしもそれに頷き返す。

「はい。でも、もし令嬢も夢を見ていたとしたら、わたしが虐めをしなくても『虐められた』と言い出すかもしれません」

それまで黙っていたお兄様が手を止めた。

「そこまでするとリュシエンヌは考えているのか」

「父上、あの令嬢ならばやりかねません」

お父様の問いに答えたのはお兄様だった。

お兄様はカトラリーを置くと深刻そうな表情でわたしを見て、そしてお父様へ視線を戻す。

「あの令嬢についての報告書は読んでいらっしゃるでしょう。執拗に我々を追いかけるだけではなく、後先の考えない行動をします。普通ならば王女に冤罪をかけるなどとありえない行為ですが、あの令嬢ならば自分の目的のためにリュシエンヌを陥れようとしても不思議はありません」

お父様も報告書を思い出したのか苦い顔をする。

「だが、監視というのは本来罪人につけるものだ」

「分かっています。ですが自衛のためにも、どうか、公正な目を持つ者にわたしを監視させてください」

監視は本来罪人や、その疑いのある者につける。

実際、オリヴィエ＝セリエールには闇ギルドに依頼して監視と調査が入っている。

わたしにも監視がつけば、いざという時に何もしていない証明になる。

お父様は少し思案したが、最終的には頷いてくれた。

「分かった。では入学までに選んでおこう。誰が監視者かは伏せておいたほうが良いな？」

お父様以外は知らないほうがいい。

監視者と親しくしていたら、公正ではないと言われてしまうかもしれないから。

「はい、よろしくお願いします」

オリヴィエ＝セリエール男爵令嬢。

彼女とは学年もクラスも違うようにした。

お兄様やロイド様との関係も良好にした。

見た目も性格も原作のリュシエンヌとは違う。

社交界の毒婦でもなければ、お兄様やロイド様に病的に執着しているわけでもない。

わたしには既に婚約者がいる。

婚約を破棄も解消も出来ないものだ。

だから彼女に嫉妬することはない。

虐めることも、出会うことも少ないだろう。

出会ったとしても王女と男爵令嬢だ。

関わりや繋がりを持つ可能性も少ない。

そして監視もつけてもらった。

さあ、原作の舞台がついに幕を開ける。

エピローグ

入学式前日の夜。

準備を終えたわたしはルルとのんびり過ごしていた。

……明日、ついに学院に入学するんだ。

そう思うと少しそわそわしてしまう。

「リュシー、何だか落ち着かなさそうだねぇ」

ルルに指摘されて、うん、と頷いた。

「ほら、明日から学院に通うでしょ？　ちょっと不安もあって……」

「不安ってもしかしてオリヴィエ＝セリエールのことぉ？」

「うん。それにクラスの人達と仲良く出来るかなって心配もあるの……」

元の世界でも学校に通っていたけれど、学院が似たような場所とは限らない。

出来れば同じクラスの人達とも仲良く過ごしたいが、二歳年下のわたしのことを受け入れてもらえるかは分からないし、きっと、最初は気まずくなるだろう。

せっかくの学院生活だから楽しく、思い出に残る一年にしたい。

横に座っていたルルにギュッと抱き寄せられた。

「大丈夫だよぉ、アレについてはアリスティード達も知ってるしぃ、学年も違うんだからリュシーが会うことはまずないでしょ。それから、リュシーなら誰とでも仲良くなれると思うよぉ」

わたしの頭をルルがよしよしと撫でる。

「そうかなぁ」

「そうだよ～。こんな美人でかわいくって気立ても良くて、頭も良いんだから、クラスどころか学院の人気者になっちゃうんじゃないかってオレは心配だなぁ」

見上げれば、ルルが優しく笑っている。

さすがに学院の人気者にはならないだろうけど、ルルがそう言ってくれると、安心感が胸の内に湧き上がってくる。大丈夫だと思えるのだから、わたしはやっぱり単純かもしれない。

背伸びをしてルルの頬にキスをした。

「励ましてくれてありがとう、ルル」

「どういたしましてぇ」

お返しとばかりにルルからも頬にキスされる。

「もしヒロインちゃんに何かされそうになってもオレが守ってあげるから、リュシーはそんなこと気にしないで学院生活を楽しみなよ～」

抱き寄せられたまま、わたしはルルに身を預けた。

「ルルがいてくれるなら何があっても大丈夫だね」

物語が始まることへの高揚感はあるものの、先ほどまで感じていた不安はなくなった。
……そう、ルルがいてくれるなら大丈夫。
だってルルはいつでもわたしを助けてくれるから。
今のわたしにはお父様やお兄様、エカチェリーナ様達もいて、原作とは違う。
原作みたいにヒロインちゃんを虐めたりしないし、関わること自体がまずないだろう。
だから断罪されることもなければ、ヒロインちゃんの行動に嫉妬することもない。
わたしにはもうルルという特別がいる。
原作のリュシエンヌではないのだ。
「学院に通うの、楽しみ。カフェテリアデートとかしようね」
と、言えば、ルルが「うん」と頷いた。
「やっぱりリュシーは笑顔が一番似合うよぉ」
それは、ルルがいてくれるからだ。
ルルという存在がわたしに幸せをくれて、強くしてくれるから。
あんなヒロインちゃんには絶対に負けたりなんてしない。
わたしはルルと幸せを掴むんだ。

特別書き下ろし

番外編

ルルとリュシーとおばけの話

I WAS REINCARNATED
AS A VILLAIN PRINCESS.
BUT THE HIDDEN CHARACTER
IS NOT HIDDEN.

……眠れない。

十二歳の誕生パーティーから半月。

そろそろ夜が少しずつ涼しくなり始めているものの、まだ寝苦しいほど暑い日も多い。

そのせいか、横になったのに眠れずにいた。

二度、三度と寝返りを打っていると天蓋のカーテンが少しだけ開けられた。

「リュシー、眠れないのぉ？」

「うん……」

覗き込んできたルルに、わたしも上半身を起こす。

「ちょっと暑くて……」

そう言えば、ルルの手が首に触れてくる。

「熱があるわけじゃないみたいだねぇ」

「お昼寝しちゃったから余計に眠くないのかも」

今日は公務がなくて、授業も午前中だけだったので午後に図書室へ行ったのだけれど、窓から差し込む日差しが心地好くて転寝(うたたね)してしまったのだ。

ベッドの端に寄ればルルが脇に避けてくれて、ベッドの縁に座る。

ルルがすぐに果実水の入ったグラスを差し出してくれた。グラスを持つとひんやりしていて、一口飲めば中の果実水も冷たくて、ほうっと息が漏れた。

「ありがとう、ルル。……ねえ、ちょっとだけお散歩したらダメかな？　このまま寝ても、眠れない気がするの」

それにルルが小首を傾げた。

「この時間に散歩〜？」

「うん、体を動かしたら眠れると思う」

「ん〜、まあ、いいけど、ちょっとだけだよぉ？」

ルルの言葉に頷き返す。

室内用のスリッパを履いて立ち上がると、ルルが手櫛で乱れたわたしの髪を整えてくれる。

ルルが小さな燭台に火を移し、部屋の燭台の火をフッと吹き消した。

音もなく歩くルルにわたしも足音を出来るだけ消してついていく。

扉に手をかけたルルが人差し指を唇に押し当ててわたしを見下ろした。

「言ったら許可してもらえないから、こっそりねぇ」

わたしも唇の前で人差し指を立てて頷いた。

二人で部屋をこっそり出て、廊下を進む。

本来ならわたしが寝ている時間だからか、廊下の明かりもほとんど落とされていて、窓から差し込む月明かりがぼんやりと照らしている。

ルルが右手に燭台を持ち、左手を差し出してくれたので、それに自分の手を重ねた。

どこへ行こうと話したわけではないけれど、ルルがゆっくりと歩き出して、わたしはそれについて行くことにした。

昼間に何度も通っている道なのに、夜になると、なんだかいつもと違う風に見える。

「さすがに外には出られないからぁ、ギャラリーでも見に行こっかぁ」

「うん」

夜だから使用人もおらず、静かで暗い廊下をルルと二人で歩いて行く。

ギャラリーはわたしの部屋から少し離れているが、遠いというほどではないので、散歩には丁度いい。

「あのね、前世ではね、夏の夜は肝試しをやるんだって。わたしは行ったことなかったけど」

「肝試し～？」

「うん、お墓とか廃墟とか、おばけが出そうなところに度胸試しで夜こっそり行くの。昔はともかく、わたしが生まれた時にはそういうのは人様の敷地に勝手に入ることだし、危ないからやっちゃいけないって言われてた」

ルルが小さく笑った。

「リュシーの前世の世界は平和だったんだねぇ」

世界はどうか知らないが、確かに平和な国だったと思う。

「ここはお墓でも廃墟でもないけど、おばけ出そう」

「大丈夫だよぉ、ココ建てたばっかりだしぃ」

「あ、そっか」

昔からある建物ならばともかく、この離宮は後宮を潰した跡地に新しく建てられている。

……うーん、後宮で人が死んでたら幽霊とか出そうな気もするけど……。

そういう噂も聞かないし、多分、おばけはいないのだと思う。

ギャラリーに到着するとルルが一度わたしから手を離して扉を開け、先に入り、わたしも後に続く。

このギャラリーにはよく分からないけど、高価なものらしい絵画が多く飾られている。

風景や誰かの肖像画をルルと二人で眺めながら歩く。

「そういえば、学校の七不思議とかあったなあ。あ、学校っていうのは学院みたいな場所で、その音楽室の絵の目が夜中に動くとか、ピアノが誰もいないのに鳴るとか、そういう不思議が七つあるから七不思議って言われてたの」

ルルが「ふぅん？」と不思議そうに首を傾げた。

「ルルはおばけとか信じてない？」

「信じてないってわけじゃないけどぉ、見たことないからなぁ。今まで殺してきた奴らも幽霊になって出てきたこともないしぃ」

「それって暗殺でしょ？　相手はルルに殺されたって理解しないまま死んじゃってるなら、ルルの前には出てこないんじゃない？」

「あ～、それもそうかもねぇ」

ふと、ルルと出会った時のことを思い出した。

男子禁制なのに後宮にいたルルを見た時、一瞬、幽霊かもって思って足があるか確認したのだ。

「でも、前に闇ギルドにいた奴は『幽霊を見た～！』って騒いでたっけ」

「そうなの？　足、やっぱりなかった？」

「それは知らないけどぉ、幽霊って足がないの～？」

不思議そうに訊き返されてわたしは頷いた。

「前世では幽霊は足がないのが多かったよ。わたしも見たことはないから、本当なのかなって気になる。その幽霊を見たって人、なんて話してたの？」

「任務帰りに通りかかった墓場で青い火の玉が浮かんでてぇ、近付いたら、それは火の玉じゃなくて人間の生首でぇ、それがすっごい形相で呻き声を上げながら暴れまわってたって～。なんでもぉ、その墓場には旧王家時代に首を切られたり火刑にされたりした人間がたっくさん埋められてるんだとか～」

「何それ普通に怖い」

……訊くんじゃなかった。

思わずルルの手を握ると、しっかり握り返された。

「リュシーの前世にいたおばけってどんななのぉ？」

「え？　うーん……」

……わたしの世界にいたおばけ……。

「わたしの国では幽霊って言うと長い黒髪を垂らして顔を隠した女の人で、足がなくて、タクシー……えっと、馬車に乗るんだけど妙な存在感があって、御者が怖いと思いながらも目的地まで乗せるんだけど、目的地の近くにきたら、いつの間にかいなくなってたって話とか。座ってた場所だけが濡れてるんだって」

「何それ無賃乗車～？」

「確かに」

ルルにそう言われると怖さが一気になくなった。

……この手の話って、お金を受け取ったっていうのは聞いたことがないかも？

つい納得してしまったわたしにルルが首を傾げた。

「あ、じゃあこっちは？」

夜道を歩いていた男性が道端に蹲って泣いてる女の人を見つけて声をかける。

「大丈夫ですか？」

「……失くしものが見つからないの」

「何が見つからないんだい？」

そうして顔を上げた女には、目も鼻も口もない茹でたまごみたいなのっぺらぼうで、男性がビックリして近くのお店に逃げ込むのだ。

店には店員とお客がいる。

「そんなに慌ててどうしたんですか？」

店員が仕事をしながら男性に問う。

「女、女の顔が……！」

慌てふためき叫ぶ男性に店員とお客が振り返る。

「それってこんな顔？」

店員もお客も顔がなくて、男性が悲鳴を上げて気絶する。男性が気付くとお店も店員も客もいなくなっていて、何もない街角にいたという話である。

話を終えるとルルが傾げていた首を戻す。

「それ魔法で出来るよねぇ？」

「え？　出来るの？」

ルルが頷くとわたしの手を離した。

小さく魔法の詠唱をしながら、離した手を顔に当て、それから手を下げた。ルルの顔がなかった。

思わずビクッとしたわたしは悪くないだろう。

「どう？　のっぺらぼうってやつになったぁ？」

何度もそれに頷き返すものの、正直言って怖い。

辺りが暗く、小さな燭台の明かりにぼんやり照らされたルルの顔には目も鼻も口もなく、つるりとしている。

言った通りののっぺらぼうだった。

まじまじと見ているとルルが笑った。

「怖い～？」

「うん、結構怖い。でもどうやったの？」

「幻影魔法でちょ～っとね」

ルルが顔を左右に動かして見せる。

横から見てものっぺらぼうだ。

「すごいねルル、本物みた――……」

ガチャ、とギャラリーの扉が開く音がした。

同時に女性の甲高い悲鳴が響き渡った。

一瞬で明かりが消えて、ルルだろう腕に抱き寄せられると窓の外へ飛び出した。

悲鳴が遠退いていく。

気付くとわたしはルルに抱えられて屋根の上にいた。

わたしを抱えたままだったルルも、ちょっと驚いたような顔でわたしを見て、空を見上げて、あは、と困ったように笑う。

「ついクセで逃げちゃったぁ」

その顔はまだのっぺらぼうのままだった。

「ルル、ルル、顔戻して」

「あ、ごめんねぇ」

わたしを屋根の上へ下ろしたルルが片手で顔に触れ、離せば、見慣れた顔が戻っていた。

誰が来たのかは知らないが、十中八九、のっぺらぼうのルルを見て叫んだに違いない。

ルルと顔を見合わせて、どちらからともなく噴き出した。

「あれ、絶対騒ぎになっちゃうよ。すごい悲鳴だったし。逃げないで説明したほうが良かったんじやない？」

「そうだねぇ。暗殺者（ほんしょく）のクセでさぁ、暗かったからついねぇ。でもメイドは殺さなかったしぃ？」

「いつもは見られたら殺してるの？」

……まあ、暗殺者だし当然なのかも。

わたしの質問にルルが頷いた。

「うん、だけどオレはスキルがあるから見られるってこと自体、まずないんだけどね〜。リュシーの傍にいる時は基本スキル使わないようにしてるから」

ふとルルが首を動かした。

「そろそろ戻ったほうがいいかもねぇ。残念、お散歩は終わりにしよっかぁ」

もう一度ルルに抱き上げられる。

「今度はスキル使って行くから静かにね〜？」

うん、と頷けば、ルルが屋根の上を走って行く。

夜空には星と月が輝いていて、雲一つなく、綺麗だった。満月の光がルルの髪に当たり、柔らかな茶髪がより明るく見える。

小さく魔法の詠唱が聞こえ、ルルがわたしを抱えたまま屋根から飛び降り、ふわっと風に包まれて音もなくバルコニーに着地した。

わたしの部屋のバルコニーのようだ。

ルルはわたしを下ろすとバルコニーの扉の前へ立って、また魔法の詠唱を行うと、窓を開けた。

……あれ、鍵は？　魔法で開けられちゃうの？

目を瞬かせていると、それに気付いたルルにウィンクを返される。

「今見たことは秘密だよぉ」

そう言って背中を軽く押すように促されて部屋に入り、ベッドに戻る。

縁に座るわたしにルルが「眠れそう～？」と訊いてきたので「うん」と頷いた。

……さっきのこと、言わなくていいのかな？

騒ぎになってるなら、きちんと説明したほうがいいと思うのだが……。

ルルの手でベッドへ横になると眠気が襲ってくる。

……明日言えば、大丈夫だよね……？

「おやすみぃ、リュシー」

ルルの言葉にストンと眠りに落ちた。

＊　＊　＊　＊

翌朝、わたしの朝の支度を手伝ってくれるために来たメルティさんが普段通りだったのと、ルルも何も言わなかったので、わたしはすっかりおばけ騒動を忘れていた。

それについて思い出したのは、午後になって、予定がなかったはずなのにお兄様がわたしの離宮を訪れたからだった。

「昨夜、顔のない幽霊が出たと聞いたがリュシエンヌは大丈夫だったか？」

お兄様に問われた瞬間、飲みかけていた紅茶でむせてしまった。

ルルが背中を撫でてくれたが、昨日のことを思い出したことと、それが一晩でお兄様のところにまで届いていたことにビックリしてしまった。

むせたわたしに勘違いしたのかお兄様が眦を下げた。

「すまない、もしかしてリュシエンヌは知らなかったか？　言わないほうが良かったな」

「い、いえ……」

口にハンカチを当てて咳き込む。

チラリとルルを見上げたけれど、いつもと同じ緩い笑みを浮かべているだけだ。

「ああ、怖がらなくても、そういうものが出た時には教会から司祭を派遣してもらい、祈りを捧げれば大体落ち着く。使用人も怖がっているようだし、手配もしてあるから心配する必要はない」

更にお兄様の言葉に罪悪感が増す。

「……いえ、違うんです、お兄様。その幽霊、わたしのせいなんです……」

「ん？　どういうことだ？」

不思議そうな顔をするお兄様に申し訳なく思う。

ルルをもう一度見上げれば、ルルが小さく詠唱を行い、片手で顔を隠す。

「ねぇ、アリスティード、その幽霊って……」

あ、となんだか既視感を覚えた。

「こんな顔～？」

「うわっ⁉」

ばあ、と手を下ろしたルルの顔から目や鼻、口が消えて、それを見たお兄様がビクッと身を引いた。

ルルの愉快そうな笑い声が響く。

お兄様はルルを見て、眉根を寄せると、すぐに引いていた身を戻した。

「それは幻影魔法か……？」

お兄様の問いにルルが頷いた。

「せぇかぁ〜い」

「だが、なんで急にそんなことを？」

それからお兄様にどうしてこんなことになったのか、わたしの前世については省いて事の顛末を説明すると、呆れた顔をされた。

「夜のギャラリーで何をやっているんだ。と言うか、昼間でもかなり気持ち悪いのに、夜中にこんなのを見てしまったメイドに同情する」

「ごめんなさい……」

まさかあのタイミングで人が入ってくるとは思わなかったので、わたしも、多分ルルも驚いたのだ。

ちなみに話をしている間、ルルはずっとのっぺらぼうのままだった。

「とりあえず、まずルフェーヴルは顔を戻せ」

「はいはぁ〜い」

ルルが顔に手を翳し、下ろすと、本来の顔立ちに戻っていて、お兄様が小さく息を吐く。

「幽霊が出たわけではないのは分かったが、もう父上のところにも話が届いてるだろうし。目撃したメイドは酷く怯えていたそうだ」

ぐさりとお兄様の言葉が胸に刺さる。

……そうだよね。

明るい場所で見ても違和感の塊なのっぺらぼうを、夜の、それも暗い中で見てしまったメイドにとっては幽霊と勘違いして当然である。

お兄様も少し困ったような顔をした。

「リュシエンヌとルフェーヴルの悪戯だと説明して、やって見せれば納得はしてくれるだろうが、もうかなり噂が広がっているからな……」

王女が自分の離宮で幽霊騒動を起こしました、というのは良くないのだろう。

しかも噂が広まっているのなら、それなりに大ごととして捉えられているのかもしれない。

「父上には伝えておくが、恐らく、噂を鎮めるためにも一度司祭に祈りに来てもらうことになるだろう」

「分かりました……」

……ただちょっと散歩したかっただけなのに。

やはり勝手なことはするべきではないのだ。

落ち込むわたしにお兄様が苦笑する。

「次からは気を付けるように。しかし、今回の騒動が本物の幽霊ではなかったのは良かった。……

「ここは後宮の跡地だからな」

「アリスティードはおばけが怖いのぉ？」

「別に怖くない」

からかうようなルルの声に、お兄様が少しムッとした様子で返す。

「でもビックリしてたよねぇ？」

「あれは誰でも驚くだろう。驚くのと怖がるのは違う。私は驚いただけで怖がってはいない」

「そういうことにしておいてあげるよぉ」

ルルとお兄様はすっかりいつも通りに言い合っているが、わたしは、今後はもっと気を付けようと思った。

……まあ、怖い話もそんなに好きじゃないし。

こういうことはもう起きないだろう。

後日、王家からの依頼ということで大司祭様がわざわざお祈りをしに来てくれて、お父様がこっそり寄付金を渡していた。

ちなみに事の真相を知っているのは、わたしとルルとお兄様、お父様、そしてお祈りをしてくれた大司祭様だけらしい。

大司祭様がお祈りをしてくれたおかげか噂はすぐに消えて、離宮にはまた平穏が訪れた。

ただ、ルルはのっぺらぼうが気に入ったようだ。

「のっぺらぼうさぁ、アサドにやって見せたら、アリスティードと同じ反応してた～」

闇ギルド長も心底ビックリしただろう。

わたしは心の中で、ごめんなさい、と謝っておいた。

前世の幽霊やおばけについてルルに話すのはやめようと誓ったのだった。

あとがき

昨年八月よりご無沙汰しております、早瀬黒絵です。

この度は『悪役の王女に転生したけど、隠しキャラが隠れてない。3』をご購入いただき、まことにありがとうございます。三巻の壁を越えられて喜びも一入です。

皆様のおかげで第一巻、第二巻共に重版もさせていただきました!

正直、三巻のお話や重版のお話、他の小説のお話など、色々なことが一気に舞い込んできて、もちろんとても嬉しいのですが、良いことが続きすぎて「私、このまま運を使い果たして死ぬんじゃなかろうな?」と変な不安も感じてしまっておりました(笑)。

人生とは良いこともあれば、悪いこともある。その割合は大体同じと思っているので、良いことが続くとそのうちガッと悪いことも起きるのでは、と邪推してしまいます。

幸い、そのようなこともなく、無事に第三巻も出版出来て、感激しています!

第三巻はリュシエンヌの王女としての話が強いですが、エカチェリーナ達友人が出来たり、攻略対象達と会ったり、ヒロインちゃんが登場したり、登場人物が一気に増えて個人的には楽しい一冊となりました。

あと、表紙を描いていただいた際にヒロインちゃんが可愛くて「さすがヒロインちゃん」と一人で頷いていました。ツインテール可愛い。ピンクのドレス可愛い。

二巻からリュシエンヌもルフェーヴルもグッと成長しており、リュシエンヌはより可愛らしく、ルフェーヴルもより大人の男性らしさが出てきて、二人の時間を感じられますね。

「あの小さかったリュシエンヌがこんなに成長して……」と、親のような気分です。

ルフェーヴルの髪形も三つ編みが良い感じに時間の経過を現してくれていて、好きな部分の一つだったりします。実を言えば、ルフェーヴルの髪形はポニーテールもありと思っていたのですが、アリスティードが基本的に後頭部の高い位置でのポニーテールなので、ルフェーヴルは三つ編みにしようとなりました。

と、まあ、お話したいことは沢山ありますが、この辺りでやめておきましょう（笑）。

家族や友人、小説を読みに来てくださる読者様、出版社様、編集者さん、一巻二巻に続いて今回も素敵なイラストを描いてくださったイラストレーターの先生のおかげで第三巻も出すことが出来ました。改めまして、皆様ありがとうございました！

締め切り怖い人間なので、締め切りより先に出しても次の締め切りに怯えています（汗）。

それでも、やはり書籍化の作業は楽しいですね。

私自身の、そして皆様の健康を祈りつつ、これからも頑張ります。

リュシエンヌやルフェーヴル、そしてヒロインちゃんなど今後もお楽しみに！

次もあとがきでお会い出来ることを願って。

二〇二三年　四月　早瀬黒絵

巻末おまけ

コミカライズ
第二話試し読み

漫画
四つ葉ねこ
原作
早瀬黒絵

第2話

誰だろう？

後宮は男子禁制なのに…

いつの間にいたの？全然気づかなかった

おかしいなぁ
君
グイッ

オレのことが見えてるの？

あのねまず
ここは後宮だから
男の子は入っちゃだめなの

誰かに見つかる前に
早くここから
出たほうがいいよ

服装からして
兵士でも
貴族でもないよね
ってことは
乙女ゲーム内の
キャラ?
でも
いたかな?
んん?
でもどこかで
見たことある
リュシエンヌの
記憶じゃない
たぶん前世の記憶で…
うーん
思い出せない…
スッ
オレって
侵入者なんだよねぇ
へ?

もし今君が叫んで
オレを引き渡せば
君はご褒美を
もらえるかも？
どうする？
どうするって…
うーん…
キャキ…
!
わたしは
なんにも
見てない
クルッ

誰にも会っていない
だからあなたのことも知らない
侵入者って…何が目的なのかわからないし…
この人の雰囲気から変な返答するとなんとなくやばい気がする…！
ダラダラ
ドラマや映画とかだとこんなふうに答えてたけど…どうだ!?
チラッ
フッ
うんいい答え
ホッ
うんたぶんセーフ
どうしてリュシエンヌを見てないの！
ビクッ

アレには
死なれては
意味がないのよ
も…申し訳
ございません
王妃様!?
わたしの様子を
見に来たんだ!
…
王妃様が探してるのは
わたしだから大丈夫
あなたは逃げて
グイッ
どうしたの?

おばさん尋常じゃなく
怒ってるし
君やばいんじゃない？
おばさんって…
わたしは大丈夫だよ
…
これでも死なれちゃ
困る存在ではあるからね
へぇ優しいんだ
でも…
ス…
オレはどうせ他の人に
見えてないし
君のほうこそ
さっさと逃げなよ
えっちょっと

わかってない
王妃様は
容赦ない人だ
侵入者…
しかも
わたしに少しでも
関わったと知られたら…
リュシエンヌ
この子はね
あなたに話かけたから
こうなったの
ドクン
あなたが関わって
しまうと皆不幸に
なるのよ

だめ！
!?
！
リュシエンヌ!?
なぜこんなところにいるの！
遅かった…

あなたは
また勝手に
抜け出したのね
こっちに来なさい！
え―…!?

気づいて…ない？
あんな真横にいて
まさか
本当に幽霊とか…
ザッ
！
リュシエンヌ…
頭を打ったと聞いていたけれど
言いつけを破って外に出る元気があるようで安心したわ

NEXT EPISODE

学院入学後も、ヒロインちゃんは奇妙な行動ばかり。
でも、みんなが優しく守ってくれるし、ルルがいるから大丈夫。
そこへ突然、ヒロインちゃんから不思議な手紙が届いて――?

秘密があるの…？
悪役の王女に転生したけど、隠しキャラが隠れてない。
I WAS REINCARNATED AS A VILLAIN PRINCESS, BUT THE HIDDEN CHARACTER IS NOT HIDDEN.
4
早瀬黒絵
KUROE HAYASE
イラスト comet
キャラクター原案 四つ葉ねこ
2023年6月20日、

悪役の王女に転生したけど、隠しキャラが隠れてない。3

2023年5月1日　第1刷発行
2023年6月10日　第2刷発行

著　者　早瀬黒絵

発行者　本田武市

発行所　TOブックス
〒150-0002
東京都渋谷区渋谷三丁目1番1号　PMO渋谷Ⅱ　11階
TEL 0120-933-772(営業フリーダイヤル)
FAX 050-3156-0508

印刷・製本　中央精版印刷株式会社

ISBN978-4-86699-827-5